DEMAIN LES CHIENS

CLIFFORD D. SIMAK

DEMAIN
LES CHIENS

TRADUIT DE L'AMÉRICAIN
PAR JEAN ROSENTHAL

À la mémoire de Scootie, qui fut Nathanael

Titre original :
CITY

Note de l'Editeur

Voici les récits que racontent les Chiens quand le feu brûle clair dans l'âtre et que le vent souffle du nord. La famille alors fait cercle autour du feu, les jeunes chiots écoutent sans mot dire et, quand l'histoire est finie, posent maintes questions :

« Qu'est-ce que c'est que l'Homme ? » demandent-ils.

Ou bien : « Qu'est-ce que c'est qu'une cité ? »

Ou encore : « Qu'est-ce que c'est que la guerre ? »

On ne peut donner à ces questions de réponse catégorique. Les hypothèses ne manquent pas, ni les théories, ni les suppositions les mieux fondées, mais rien de tout cela ne constitue véritablement une réponse.

Dans le cercle de famille, plus d'un conteur a dû recourir à l'explication classique : il ne s'agit là que d'un conte, l'Homme n'existe pas et non plus la cité, et d'ailleurs ce n'est pas la vérité qu'on recherche dans une légende mais le plaisir du conte.

Mais si ces explications suffisent aux jeunes chiots, en fait elles n'expliquent rien. Et l'on est quand même en droit de chercher la vérité, fût-ce dans des contes aussi simples que ceux-ci.

La légende, qui comprend huit contes, se transmet depuis des siècles innombrables. Pour autant

5

qu'on puisse le déterminer, elle n'a pas de base historique ; les études les plus attentives n'ont pu mettre en valeur les étapes de son développement. Il va de soi que des années de transmission orale l'ont quelque peu stylisée, mais on ne possède aucun indice qui permette de découvrir dans quel sens s'est opérée cette stylisation.

Qu'il s'agisse d'une légende fort ancienne et, selon certains auteurs, d'origine extra-canine, c'est une thèse qui s'appuie sur l'abondance remarquable dans les contes de mots, de phrases et même d'idées qui n'ont et qui n'ont jamais pu avoir aucune signification. A force d'être répétés inlassablement, ces mots et ces phrases ont fini par être admis et par se voir attribuer, grâce au contexte, une valeur arbitraire. Mais il est absolument impossible de savoir si ces valeurs arbitrairement attribuées approchent ou non du sens primitif de ces termes.

Cette édition des contes n'entend pas entrer dans le détail des nombreux arguments techniques invoqués en faveur ou à l'encontre de l'existence de l'Homme, à propos de l'énigme de la cité, des diverses théories relatives à la guerre et de tant d'autres questions qui viennent harceler quiconque voudrait trouver à la légende des racines historiquement acceptables.

Le but que se propose cette édition est seulement de donner le texte complet et non expurgé des contes tels qu'ils nous ont été transmis. Les notes placées avant chaque chapitre sont destinées à souligner les principaux points controversés, mais ne prétendent pas apporter des conclusions. Pour ceux qui désirent mieux comprendre les textes et les problèmes qu'ils soulèvent, il existe nombre d'ouvrages dus à des Chiens plus qualifiés que l'éditeur de ce livre.

On a voulu voir dans la récente découverte de

fragments de ce qui a dû constituer dans le passé une œuvre importante la preuve qu'il fallait attribuer à une partie au moins de la légende une origine non pas canine mais humaine. Mais tant qu'on n'a pas réellement prouvé l'existence de l'Homme, il est impossible d'attacher de l'importance à des arguments qui voient dans ces fragments l'œuvre de cet Homme mythique.

La première question qui se pose en effet, c'est de savoir si cette créature appelée l'Homme a jamais existé. Dans l'état actuel de la question, et devant l'absence de preuve positive, l'opinion généralement admise est qu'il n'a pas existé et que l'Homme, tel qu'il apparaît dans la légende, n'est qu'une création de l'imagination populaire. Peut-être l'Homme est-il apparu à l'aube de la culture canine comme un être mythique, une sorte de dieu racial, dont les Chiens pouvaient invoquer l'assistance.

En dépit de ces conclusions dictées par le bon sens, il se trouve des auteurs pour voir dans l'Homme un dieu plus ancien, un visiteur venu d'une terre mystique ou d'une dimension étrangère passer quelque temps pour guider les premiers pas de la civilisation canine, et puis qui est reparti là d'où il venait.

D'autres encore croient que l'Homme et le Chien ont pu se développer côte à côte, que leur évolution a pu entrer dans le cadre du progrès d'une civilisation commune mais que, à une époque maintenant éloignée, leurs chemins ont pu se séparer.

De tous les éléments déconcertants qu'on rencontre en abondance au cours de ces contes, le plus déconcertant est cette vénération dont l'Homme, semblait-il, était l'objet. Il est difficile pour le lecteur moyen de ne voir là qu'un artifice de conteur. Cette vénération dépasse le culte d'un dieu

7

tribal ; on a presque l'impression qu'elle a des racines profondément ancrées dans quelque croyance oubliée ou dans quelque rite touchant à la plus lointaine préhistoire de notre race.

On ne peut guère espérer voir éclairci maintenant aucun des nombreux problèmes que pose cette légende.

Voici donc ces contes ; que chaque lecteur y trouve ce que bon lui semble : un simple divertissement, le reflet d'événements historiques, ou quelque allusion au sens caché. Pour notre part, et en guise de conclusion, nous nous contenterons de dire au lecteur : « Ne prenez pas ces récits trop à cœur car le désarroi, sinon la folie, guette ici le chercheur trop anxieux de savoir. »

Notes sur le premier conte

Il est hors de doute que, des huit contes que comprend cette légende, le premier est le plus difficile à comprendre pour le lecteur non prévenu. Non seulement il est lourd d'une nomenclature accablante, mais encore sa logique même et les idées qui y sont exprimées semblent, au premier abord, entièrement étrangères. Peut-être cela tient-il à ce que, dans cette histoire et dans la suivante, ne figure pas un seul Chien et qu'il n'est même pas fait allusion à l'un d'eux. Dès le tout premier paragraphe de ce conte, le lecteur se trouve en face d'une situation extrêmement étrange où se meuvent des personnages qui ne le sont pas moins. Il faut cependant bien dire qu'une fois ce conte passé, les autres, par comparaison, semblent presque familiers.

Le concept de la cité imprègne tout le conte. Bien qu'on ne sache pas exactement ce que pouvait ou ce que devait être une cité, on admet généralement qu'il s'agissait d'une région peu étendue où logeaient et vivaient un grand nombre d'habitants. Le texte fournit quelques explications superficielles de son existence, mais Bounce, qui a consacré sa vie à l'étude des légendes, est convaincu que ces explications ne sont que les habiles improvisations d'un conteur du temps jadis désireux d'étayer un concept invraisemblable. La

plupart de ceux qui ont étudié les contes convien-
nent avec Bounce que les raisons données dans
celui qui nous occupe ne cadrent pas avec la logi-
que et certains, parmi lesquels Rover, se sont de-
mandé s'il ne fallait pas voir là les traces d'une
vieille satire dont la signification se serait perdue.

La plupart des autorités en matière d'économie
et de sociologie tiennent une organisation comme
la cité pour une conception absolument impossi-
ble, non seulement du point de vue économique,
mais aussi du point de vue sociologique et psycho-
logique. Une créature dotée d'une structure ner-
veuse suffisamment complexe pour créer une cul-
ture serait incapable, selon eux, de survivre à l'in-
térieur de limites aussi étroites. Selon ces autori-
tés, l'expérience de la cité, si elle était tentée, mè-
nerait à un état de névrose collective qui aurait
tôt fait de détruire la culture même qui l'aurait
édifiée.

Rover est persuadé que dans le premier conte
nous sommes en plein mythe et qu'il ne faut donc
accepter aucune situation, aucune déclaration,
pour sa valeur nominale, mais que tout le conte
est pénétré d'un symbolisme dont nous avons de-
puis longtemps perdu la clef. Il est cependant as-
sez déconcertant de constater que, s'il ne s'agit
que d'un mythe et de rien de plus, il ne contient
pas les symboles qui sont précisément la marque
ordinaire du mythe. Le lecteur moyen ne trouvera
guère là d'éléments susceptibles d'être immédia-
tement reconnus pour mythiques. Le récit est
peut-être en soi ce qu'il y a de plus extraordinai-
re : décousu et dépouillé de ces touches de nobles
sentiments et d'idéaux élevés qu'on trouve dans
le reste de la légende.

La langue même est particulièrement déroutan-
te. Des locutions comme « satané gosse » ont in-
trigué les sémanticiens depuis bien des siècles et

le problème n'est pas plus près de sa solution aujourd'hui qu'il ne l'était quand les savants ont
commencé à s'intéresser à la légende.

En ce qui concerne l'Homme, par contre, la
terminologie a été bien mise au point. Cette race
mythique était désignée sous le nom de race humaine ; les femelles sont des femmes ou des épou-
ses (deux termes qui ont peut-être jadis corres-
pondu à des nuances distinctes, mais que l'on regarde aujourd'hui comme synonymes), les chiots
sont des enfants. Un chiot mâle est un garçon. Un
chiot femelle, une fille.

Outre le concept de cité, deux autres concepts
apparaissent dans le conte, que le lecteur sera incapable de concilier avec son mode de vie et qui
heurteront peut-être même sa façon de penser :
ce sont les idées de guerre et de meurtre. Le meurtre est un procédé, impliquant généralement la
violence, par lequel une créature vivante met un
terme à la vie d'une autre créature vivante. La
guerre, semble-t-il, était une forme de meurtre collectif pratiqué à une échelle inconcevable.

Rover déclare, dans son étude de la légende,
être persuadé que les contes sont beaucoup plus
anciens qu'on ne le croit d'ordinaire : il affirme
en effet que des concepts comme ceux de guerre
et de meurtre n'ont pas pu venir de notre culture
actuelle mais qu'ils doivent remonter à une ère
de sauvagerie dont on ne possède plus de traces
historiques.

Tige, qui est presque le seul à croire que ces
contes ont un fondement historique et que la race
de l'Homme a bien existé aux premiers jours qu'a
connus le Chien, prétend que ce premier conte
relate l'histoire véritable de l'effondrement de la
culture de l'Homme. Il pense que le conte tel que
nous le connaissons aujourd'hui n'est peut-être
que le pâle reflet d'un conte plus vaste, une gigan-

*tesque épopée qui autrefois a pu être aussi impor-
tante que l'ensemble du cycle légendaire que nous
connaissons aujourd'hui. Il ne semble guère possible, écrit-il, qu'un événement aussi considérable
que la chute d'une puissante civilisation mécanique ait pu être condensé par les narrateurs de
l'époque sous une forme aussi ramassée que le
cadre de ce premier conte. Nous n'avons là, estime
Tige, que l'un des nombreux contes qui narraient
toute l'histoire et peut-être celui qui nous est parvenu n'est-il qu'un conte mineur.*

LA CITE

Grand-père Stevens, assis dans un fauteuil de jardin, regardait travailler la tondeuse, tout en laissant la douce tiédeur du soleil pénétrer jusque dans ses os. La tondeuse parvint au bord de la pelouse, eut un petit gloussement de poule satisfaite, prit un virage impeccable et repartit tondre une nouvelle bande de gazon. Le sac où s'amassaient les brins coupés se gonflait.

Soudain, la tondeuse s'arrêta avec un cliquetis excité. Un panneau s'ouvrit sur son flanc et un bras en forme de grue en émergea. Des doigts d'acier raclèrent l'herbe, remontèrent en brandissant triomphalement une pierre qu'ils abandonnèrent dans un petit réceptacle, puis disparurent à nouveau dans le panneau. La tondeuse à gazon reprit son vrombissement et continua son travail.

Grand-père poussa un petit grognement de méfiance.

« Un de ces jours, se dit-il, ce satané truc va manquer un brin d'herbe et faire une dépression nerveuse. »

Il se renversa dans son fauteuil et contempla le ciel inondé de soleil. Très loin au-dessus de lui, un hélicoptère passait sans bruit. Quelque part dans la maison, on alluma une radio et un abominable fracas musical déferla dans le jardin. En

l'entendant, Grand-père frissonna et se recroquevilla davantage encore dans son fauteuil.

Le jeune Charlie allait se payer une séance de
danse de Saint-Guy. Satané gosse !

La tondeuse passa en gloussant et Grand-père
lui jeta un regard rusé.

— Automatique, dit-il au ciel. Tout est automatique, maintenant. On n'a plus qu'à prendre une
machine dans un coin et qu'à lui souffler quelques
mots à l'oreille pour qu'elle se précipite au travail.

La voix de sa fille lui parvint par la fenêtre,
très aiguë pour dominer la musique.

— Père !

Grand-père se sentit tout de suite gêné.

— Oui, Betty.

— Voyons, père, il faut bouger quand la tondeuse vient vers toi. N'essaie pas d'être plus entêté qu'elle. Ce n'est qu'une machine après tout.
La dernière fois, tu n'as pas bougé d'un cran et
tu l'as laissée tondre la pelouse tout autour de
toi.

Sans répondre, il se contenta de hocher légèrement la tête, espérant que sa fille le croirait
endormi et qu'elle le laisserait tranquille.

— Père, cria-t-elle d'une voix perçante, tu m'as
entendue ?

Il n'y avait rien à faire.

— Bien sûr, je t'ai entendue, lui dit-il. J'allais
justement bouger.

Il se leva lentement, en s'appuyant de tout son
poids sur sa canne. Peut-être regretterait-elle la
façon dont elle le traitait quand elle verrait comme il devenait faible et vieux. Mais il faudrait
faire attention. Si elle se rendait compte qu'il
n'avait absolument pas besoin de la canne, elle
chercherait quel travail elle pourrait lui faire faire,
et d'un autre côté, s'il s'appuyait trop fort des-

14

sus, elle ferait venir cet imbécile de docteur qui l'empoisonnerait encore.

Tout en marmonnant, il emporta son fauteuil à un endroit de la pelouse qui avait déjà été tondu. La tondeuse passa devant lui en lui lançant un gloussement démoniaque.

— Un de ces jours, lui dit Grand-père, je vais t'allonger une taloche qui te fera sauter quelques rouages.

La tondeuse donna un coup de klaxon dans sa direction et poursuivit sa route d'un air serein.

De la rue envahie par l'herbe arrivèrent un bruit de ferraille et un toussotement quinteux.

Grand-père, qui allait s'asseoir, se redressa et tendit l'oreille.

Le bruit se précisa : on entendait maintenant les pétarades grondantes d'un moteur, le cliquetis de pièces de métal qui bringuebalaient.

— Une automobile ! cria Grand-père. Sac à papier, une automobile !

Il allait s'élancer en courant vers la grille, quand il se souvint brusquement qu'il était faible et se limita à un boitillement rapide.

« Ça doit être ce timbré d'Ole Johnson, se dit-il. C'est le seul qui ait encore une voiture. Bien trop entêté pour y renoncer. »

C'était bien Ole.

Grand-père arriva à la grille juste à temps pour voir la vieille machine rouillée et branlante tourner le coin et s'engager en cahotant dans la rue qu'on n'utilisait plus jamais. La vapeur jaillissait en sifflant du radiateur surchauffé et un nuage de fumée bleue sortait du tuyau d'échappement qui avait perdu son silencieux depuis cinq ans au moins.

Ole était installé derrière le volant, l'œil aux aguets, essayant d'éviter les trous les plus mauvais, ce qui était une tâche bien difficile car les

15

racines et les mauvaises herbes avaient envahi les rues et on voyait mal ce qu'elles dissimulaient.

Grand-père brandit sa canne.

— Salut, Ole ! cria-t-il.

Ole s'arrêta, en serrant le frein à main. La voiture eut un hoquet, frémit, fut secouée d'une quinte et le moteur se tut avec un horrible soupir.

— Qu'est-ce que vous brûlez ? demanda Grand-père.

— Un peu de tout, dit Ole. Du pétrole, un peu de vieux gas-oil de tracteur que j'ai trouvé au fond d'un baril, et de l'alcool à frictions.

Grand-père considéra la machine avec une admiration non dissimulée.

— C'était le bon temps, dit-il. J'en ai eu une moi aussi, qui faisait du cent soixante kilomètres à l'heure.

— Elle marcherait encore bien, celle-là, dit Ole, si seulement on pouvait trouver du carburant et des pièces détachées pour la retaper. Il y a seulement trois ou quatre ans, j'arrivais encore à trouver assez d'essence, mais ça fait longtemps que je n'en ai pas vu une goutte. Je crois qu'on n'en fabrique plus. Plus besoin d'essence, qu'ils me disent, puisqu'on a l'énergie atomique.

— Bien sûr, dit Grand-père. C'est peut-être vrai, mais l'énergie atomique, ça ne sent rien. C'est rudement bon, l'odeur de l'essence brûlée. Avec tous ces hélicoptères et autres engins, ils ont ôté tout romanesque au voyage, je trouve. (Il lorgna vers les fûts et les paniers entassés sur la banquette arrière.) Des légumes ? demanda-t-il.

— Ouais, fit Ole. Du maïs, des pommes de terre nouvelles et quelques cageots de tomates. Je me suis dit que je pourrais peut-être les vendre.

L'autre secoua la tête.

— Sûrement pas, Ole. Les gens ne les achèteront pas. Ils sont persuadés que les produits hydro-

16

poniques sont les seuls végétaux comestibles. Ils disent que c'est plus sain et plus parfumé.

— Je ne donnerais pas un clou de tout ce qui pousse dans leurs espèces de réservoirs, déclara Ole d'un ton agressif. Moi, je trouve que ça a un drôle de goût. Comme je dis à Martha, les légumes, il faut que ça pousse en pleine terre pour ressembler à quelque chose. (Il se baissa pour remettre le contact.) Je ne sais pas si ça vaut la peine de porter ça en ville, dit-il, étant donné la façon dont ils entretiennent les routes, ou plutôt dont ils ne les entretiennent pas. Il y a vingt ans, la grande route nationale était un ruban bien cimenté, et ils en refaisaient des morceaux de temps en temps ; ils ne savaient pas quoi inventer, ils dépensaient des fortunes pour son entretien. Et maintenant, c'est comme s'ils en avaient oublié l'existence. Le ciment est tout cassé, par endroits il n'y en a même plus. Il y pousse des ronces. Ce matin, il a fallu que je descende de voiture pour scier un arbre qui était tombé en travers de la route.

— Eh oui, c'est comme ça, acquiesça Grand-père.

Dans un fracas d'explosion, la voiture reprit vie, toussant et haletant. Un nuage d'épaisse fumée bleue jaillit entre les roues. Avec une brusque secousse, toute la mécanique se mit en mouvement et descendit la rue en cahotant.

Grand-père revint en boitillant vers son fauteuil qu'il trouva trempé. La tondeuse automatique, ayant achevé sa tâche, avait déroulé le tuyau d'arrosage et inondait la pelouse.

L'injure aux lèvres, le vieux alla s'asseoir sur le banc installé dans la véranda, derrière la maison. Ce n'était pas qu'il aimât cet endroit, mais là, du moins, il était à l'abri de cette saleté de machine.

D'abord, la vue qu'on avait du banc était quelque peu déprimante : seules s'offraient aux regards rue après rue, des maisons abandonnées, des cours envahies d'herbes folles.

Sa nouvelle place avait pourtant un avantage. Du banc, il pouvait prétendre être légèrement sourd et ne pas entendre la musique de sauvages que déversait à grand bruit la radio.

Une voix l'appela du jardin.

— Bill ! Bill, où es-tu ?

Grand-père se retourna.

— Je suis ici, Mark. Derrière la maison. Là où cette satanée tondeuse ne peut pas me voir.

Mark Bailey déboucha d'un pas lourd au coin de la maison, sa cigarette menaçant d'embraser ses favoris broussailleux.

— Un peu en avance pour notre partie, non ? fit Grand-père.

— Je ne peux pas jouer aujourd'hui, dit Mark.

Il vint s'asseoir auprès du vieux sur le banc.

— Nous partons, dit-il.

Grand-père pivota d'un seul coup :

— Vous partez !

— Eh oui. On s'en va à la campagne. Lucinda a fini par décider Herbert. Je crois qu'elle ne lui laissait pas un instant de répit. Elle lui ressassait que tout le monde allait s'installer dans de belles propriétés à la campagne et qu'elle ne voyait pas pourquoi nous ne pourrions pas en faire autant.

Grand-père demanda, la gorge serrée :

— Et où allez-vous ?

— Je ne sais pas exactement, dit Mark. Un endroit où je ne suis jamais allé. C'est quelque part dans le Nord. Du côté des lacs. Dix arpents de terrain. Lucinda en voulait cent, mais Herbert a mis le holà en disant que dix, c'était bien assez. Après tout, on se contentait bien d'un lotissement de banlieue, autrefois.

— Betty tanne bien Johnny aussi, dit Grand-père, mais il tient bon. Il dit que c'est tout simplement impossible. Que ça ferait mauvais effet si lui, le secrétaire de la Chambre de Commerce, il quittait la ville.

— Les gens sont fous, dit Mark. Fous à lier.

— C'est bien vrai, dit Grand-père. Un pays de fous, voilà ce que c'est. Regarde-moi ça. (De la main, il désignait les files de maisons abandonnées :) Je me souviens encore du temps où tout ça était un tas de jolies maisons. Et il n'y avait que de bons voisins avec ça. Les femmes couraient d'une porte à l'autre pour échanger des recettes. Et, pendant ce temps-là, les hommes passaient la tondeuse sur les pelouses, et quand ils avaient fini, ils les rangeaient dans un coin et tout le monde s'attablait. Des gens bien sympathiques, Mark. Mais regarde-moi ça maintenant.

Mark se tortilla d'un air gêné.

— Faut que je rentre, Bill. Je me suis juste esquivé entre deux valises à fermer pour te dire qu'on déménageait. Lucinda serait furieuse si elle savait que je suis parti.

Grand-père se leva avec effort et tendit la main :

— Je te reverrai ? Tu viendras faire une partie d'adieu ?

Mark secoua la tête.

— Je ne crois pas, Bill.

Ils se serrèrent la main, gauchement, d'un air gêné.

— Ça va me manquer, les parties, tu sais, dit Mark.

— A moi aussi, dit Grand-père. Quand tu seras parti, je n'aurai plus personne.

— Au revoir, Bill, dit Mark.

— Au revoir, dit Grand-père.

Il resta debout, regardant son ami s'éloigner en

traînant la jambe ; et il sentit la main froide de la solitude s'abattre sur lui et le toucher de ses doigts de glace. Une terrible solitude. La solitude de l'âge... La solitude du vieillard qui se sent suranné. Grand-père en convenait : il était démodé. Il appartenait à une autre époque. Il avait outrepassé son temps, il avait vécu trop longtemps.

Les yeux embués de larmes, il chercha sa canne appuyée sur le banc et se dirigea lentement vers la grille qui ouvrait sur la rue déserte derrière la maison.

Les années avaient passé trop vite. Des années qui avaient apporté l'avion familial, puis l'hélicoptère, laissant l'automobile rouiller dans un coin et les routes inutiles se désagréger faute d'entretien. Des années qui avaient virtuellement supprimé la culture de la terre avec le développement des hydroponiques. Des années qui avaient mis la terre à vil prix maintenant que la ferme avait disparu en tant qu'unité économique, qui avaient éparpillé les habitants des cités dans la campagne où, pour un prix inférieur à celui d'un lotissement urbain, chacun pouvait devenir propriétaire de vastes arpents de terre. Des années qui avaient bouleversé l'architecture au point que les gens quittaient tout simplement leurs vieilles maisons pour aller s'installer dans des maisons neuves qu'on pouvait acheter toutes faites pour la moitié de ce que coûtait une construction avant la guerre et modifier à peu de frais si l'on en éprouvait le besoin ou l'envie.

Grand-père eut un reniflement de mépris. Des maisons qu'on pouvait changer tous les ans, comme on change le mobilier de place. Est-ce que c'était une façon de vivre ?

Il descendit à pas lents le sentier poussiéreux qui était tout ce qui restait d'une rue jadis fréquentée d'un quartier résidentiel. Une rue de fantômes, se dit le vieil homme, de petits fantômes furtifs qui chuchotaient dans la nuit. Des fantômes d'enfants qui jouaient, des fantômes de tricycles qui se renversaient et de maîtresses de maison qui cancanaient. Des fantômes de cris de bienvenue. Des fantômes de cheminées où un bon feu flambait en hiver.

Des petits nuages de poussière s'élevaient autour de ses pieds et venaient blanchir les revers de son pantalon.

Là, c'était la maison du vieil Adams. Adams en était rudement fier, en son temps. Une façade toute en pierre de taille grise avec des fenêtres à vitraux. Maintenant, la mousse avait verdi la pierre et les carreaux brisés donnaient à la maison un regard affreux. Les mauvaises herbes avaient étouffé la pelouse et envahi la véranda. Un orme poussait ses branches contre le pignon. Grand-père se rappelait encore le jour où le vieil Adams l'avait planté, cet orme.

Il s'arrêta un moment au milieu de la rue envahie d'herbes folles, les pieds dans la poussière, les mains crispées sur la crosse de sa canne, les yeux clos.

A travers la brume des années, il entendait les cris des enfants, l'aboiement du roquet de Conrad. Et il voyait Adams, torse nu, maniant la pelle pour creuser le trou ; l'orme, les racines enveloppées dans des chiffons, était allongé sur la pelouse.

Mai 1946. Quarante-quatre ans déjà. Adams et lui venaient juste de rentrer tous les deux de la guerre.

Un pas résonna, assourdi, dans la poussière et Grand-père sursauta, ouvrant brusquement les yeux.

Un jeune homme se tenait devant lui. Trente ans peut-être. Ou un tout petit peu moins.

— Bonjour, dit Grand-père.

— J'espère, dit le jeune homme, que je ne vous ai pas fait peur.

— Vous m'avez vu planté là, demanda Grand-père, les yeux fermés comme un idiot ?

Le jeune homme acquiesça.

— Je pensais au passé, dit Grand-père.

— Vous habitez par ici ?

— En bas de cette rue. Je suis le dernier habitant du quartier.

— Vous allez peut-être pouvoir m'aider, alors.

— Dites toujours.

— Eh bien, voilà... bredouilla le jeune homme. Je suis en train de faire... heu.. enfin une sorte de pèlerinage sentimental, si vous voulez...

— Je comprends, dit le vieux. C'est ce que je fais aussi.

— Je m'appelle Adams, dit le jeune homme. Mon grand-père habitait quelque part par ici. Est-ce que par hasard...

— Il habitait juste là, dit Grand-père.

Tous deux contemplèrent la maison en silence.

— Autrefois, c'était une belle maison, lui dit le vieux. Votre grand-père a planté cet arbre juste en revenant de la guerre. J'ai fait toute la guerre avec lui et nous sommes rentrés ensemble. Ça a été un beau jour...

— Quel dommage, dit le jeune Adams. Quel dommage...

Mais Grand-père ne semblait pas l'avoir entendu.

— Qu'est-il devenu ? demanda-t-il. Je l'ai perdu de vue.

— Il est mort, dit le jeune Adams. Cela fait déjà pas mal d'années.

— Il était dans une histoire d'énergie atomique, dit Grand-père.

— C'est exact, dit Adams fièrement. Il s'est lancé là-dedans dès qu'on a commencé les applica-

22

tions industrielles. Tout de suite après l'accord de Moscou.

— Quand ils ont décidé qu'ils ne pouvaient plus faire de guerres, dit Grand-père.

— C'est cela, dit Adams.

— Ça n'est pas commode de faire une guerre, dit Grand-père, quand vous n'avez rien à bombarder.

— Vous voulez parler des cités, dit Adams.

— Bien sûr, dit le vieux, et c'est drôle : vous pouviez brandir toutes les bombes atomiques que vous vouliez, ça ne faisait pas partir les gens. Mais voilà qu'on leur a donné de la terre bon marché et des avions pour chaque famille et ils se sont tous éparpillés comme autant de lapins.

John J. Webster gravissait les larges degrés de la mairie quand l'épouvantail ambulant, qui avait un fusil sous le bras, l'arrêta.

— Comment va Mr Webster ? dit l'épouvantail.

Webster le toisa un instant, puis reconnut son interlocuteur.

— Tiens, c'est Levi, dit-il. Comment ça va, Levi ?

Levi Lewis eut un sourire qui découvrit ses chicots.

— Pas trop mal. Les jardins vont bien et les jeunes lapins ne vont pas tarder à être bons à manger.

— Vous n'êtes pas compromis dans cette histoire de maisons ? demanda Webster.

— Non, monsieur, déclara Lévi. Nous autres Squatters, on ne fait rien de mal. On respecte la loi, on a de la religion, nous autres. La seule raison qui fait qu'on est là, c'est qu'on n'a pas d'autre endroit pour vivre. Et si on habite dans des endroits que les autres gens ont laissés, ça ne fait de mal à personne. C'est la police qui veut nous mettre sur le dos tous les cambriolages et toutes les histoires qui arrivent, parce qu'elle sait bien qu'on ne peut pas se protéger. On est les boucs émissaires.

— Je suis heureux de vous l'entendre dire, dit Webster. Le chef veut brûler les maisons.

— S'il essaie, dit Levi, il va rencontrer une opposition à laquelle il ne s'attend pas. Ils nous ont chassés de nos fermes avec leurs histoires de cultures dans des réservoirs, mais ils ne vont pas nous chasser encore une fois. (Il cracha sur les marches.) Vous n'auriez pas un peu de monnaie sur vous ? demanda-t-il. Je suis à court de cartouches et avec tous ces lapins...

Webster tira de la poche de son veston une pièce d'un demi dollar.

Levi grimaça un sourire.

— C'est bien aimable à vous, Mr Webster. A l'automne, je vous apporterai un plat d'écureuils.

Le Squatter porta deux doigts à son chapeau et descendit les marches, le canon de son fusil étincelant au soleil. Webster repartit vers les bureaux.

Le conseil municipal était déjà en pleine séance quand il entra dans la salle de réunion.

Jim Maxwell, le chef de la police, était debout auprès de la table, et le maire, Paul Carter, était en train de parler.

— Ne croyez-vous pas que vous agissez un peu précipitamment, Jim, en demandant qu'on prenne de telles mesures à l'égard des maisons ?

— Absolument pas, déclara le policier. A l'exception d'une douzaine d'entre elles, aucune de ces maisons n'est occupée par son propriétaire légal, ou plutôt par son propriétaire original. En raison de l'accumulation des impôts en retard, elles sont maintenant, toutes, propriété de la ville. Et elles ne sont d'ailleurs qu'une menace et qu'un spectacle

24

disgracieux. Elles n'ont aucune valeur. Pas même à la casse. Le bois ? Nous ne l'utilisons plus. Les matières plastiques sont bien supérieures. La pierre ? Nous employons l'acier à la place. Pas une seule de ces maisons n'a la moindre valeur marchande.

« De plus, elles sont devenues le repaire des éléments criminels et indésirables. Envahis comme ils sont de végétation, les quartiers résidentiels constituent une cachette parfaite pour tous les criminels. Qu'un homme commette un crime, il fonce aussitôt vers les maisons : une fois là-bas, il est en sûreté, car je pourrais bien y envoyer mille hommes, il se jouerait d'eux.

« Ces maisons ne valent pas la peine qu'on les abatte. Et pourtant, elles représentent, sinon une menace, du moins un fléau. Il nous faut nous en débarrasser et le moyen le plus rapide, le plus économique, c'est le feu. Nous prendrons toutes les précautions nécessaires.

— Et avez-vous envisagé la question sous l'angle légal ? demanda le maire.

— J'ai vérifié. Un particulier a le droit de détruire ses biens comme il l'entend, sous réserve qu'il ne cause pas de dommage aux biens d'autrui. Je pense que la même loi s'applique à une municipalité.

Le conseiller Thomas Griffin se leva d'un bond.

— Vous allez aliéner les biens d'un tas de gens, déclara-t-il. Vous allez brûler toute une collection de vieilles demeures familiales. Il y a des gens qui ont encore des liens d'attachement sentimental...

— Si les gens tenaient à leurs baraques, aboya le chef de la police, pourquoi n'en ont-ils pas payé les impôts et ne les ont-ils pas entretenues ? Pourquoi ont-ils tous fichu le camp à la campagne en plantant là leurs maisons ? Demandez donc à Webster. Il vous dira quel succès il a rencontré

25

quand il a essayé d'intéresser les gens à leurs demeures ancestrales.

— Vous parlez de cette comédie de la Semaine de la Vieille Maison, dit Griffin. Cela a échoué. Il fallait s'y attendre. Webster en a mis une telle tartine que les gens n'ont pas pu l'avaler. C'est ce que donne généralement l'esprit Chambre de Commerce.

Le conseiller Forrest King intervint brutalement :

— Je ne vois pas ce que vous pouvez reprocher à la Chambre de Commerce. Ce n'est pas une raison parce que vous n'avez pas réussi dans vos affaires pour que...

Griffin ne releva même pas :

— C'est fini, cette époque-là, messieurs. C'est fini à jamais. Le bla-bla-bla est quelque chose de mort et d'enterré.

— Voilà longtemps qu'est passé le temps où on organisait une journée du blé ou du dollar ou bien où on inventait je ne sais quelle festivité à la noix qui attirait des foules innombrables. On dirait que vous êtes les seuls à l'ignorer.

— Ces coups-là réussissaient tant qu'on pouvait tabler sur la psychologie des masses et la loyauté civique. Mais il ne peut pas y avoir de loyauté civique dans une cité qui tombe en poussière. Et vous ne pouvez pas miser sur la psychologie des masses quand il n'y a plus de masses... quand chaque homme ou presque peut jouir d'une solitude de quarante arpents.

— Messieurs, fit le maire. Messieurs, nous nous égarons.

King ébranla la table d'un coup de poing :

— Pas du tout, réglons ce point une bonne fois. Webster est ici. Peut-être voudra-t-il bien nous dire ce qu'il pense de cette question.

26

Webster se tortilla dans son fauteuil d'un air gêné.

— Je crois, annonça-t-il, que je n'ai rien à dire.

— Alors, n'en parlons plus, lança Griffin en se rasseyant.

Mais King était toujours debout, le visage cramoisi, la bouche tremblante de colère.

— Webster ! cria-t-il.

Webster secoua la tête.

— Vous êtes venu ici avec encore une de vos grandes idées ! cria King. Vous aviez l'intention de l'exposer devant le conseil. Allons, mon cher, parlez donc.

Webster se leva, les lèvres crispées.

— Peut-être avez-vous l'esprit trop obtus, dit-il à King, pour comprendre pourquoi votre attitude me déplaît.

King demeura bouche bée, puis explosa :

— Trop obtus ! C'est vous qui me dites ça ! Nous avons travaillé ensemble et je vous ai aidé. Vous ne m'avez jamais dit ça auparavant... vous...

— Je ne vous ai jamais traité comme cela auparavant en effet, dit Webster sans se démonter. Je tenais à garder ma situation.

— Eh bien ! vous pouvez lui dire au revoir à votre situation, gronda King. Désormais vous êtes chômeur.

— Taisez-vous, dit Webster.

King le considéra, ahuri, comme si l'autre venait de le gifler.

— Et asseyez-vous, dit Webster, d'une voix qui traversa le silence de la salle comme un coup de couteau.

Les genoux de King fléchirent sous lui et il s'assit brusquement. Il régnait dans la salle un silence crépitant d'électricité.

— J'ai quelque chose à dire, déclara Webster. Quelque chose qui aurait dû être dit depuis longtemps. Quelque chose que vous devriez tous entendre. Ce qui m'étonne, c'est que ce doive être moi qui vous le dise. Et pourtant, comme j'ai servi quinze ans durant les intérêts de la ville, peut-être est-il logique que je vous apprenne la vérité.

« Le conseiller Griffin a dit que la cité tombait en poussière et c'est là une déclaration fort exacte. Je lui ferai seulement le reproche d'être au-dessous de la vérité. La cité... cette cité, comme toutes les autres... est déjà morte.

« La cité est un anachronisme. Elle ne sert plus à rien maintenant. Les hydroponiques et l'hélicoptère ont sonné son glas. La cité a d'abord été un emplacement tribal, l'endroit où les membres de la tribu se rassemblaient pour se protéger les uns les autres. Plus tard, on a élevé un mur autour de cet emplacement pour assurer une meilleure protection. Puis le mur a fini par disparaître, mais la cité a continué à vivre en raison des commodités qu'elle offrait au commerce et aux échanges. Elle s'est perpétuée jusqu'à l'époque moderne parce que les gens étaient obligés de vivre à proximité de leur travail et que leur travail était dans la cité.

« Mais tout cela n'est plus vrai aujourd'hui. Grâce à l'avion familial, cent cinquante kilomètres représentent aujourd'hui une distance plus petite que cinq kilomètres en 1930. Les gens peuvent très bien faire plusieurs centaines de kilomètres pour aller travailler et rentrer chez eux une fois la journée de travail finie. Ils n'ont plus besoin de vivre entassés dans une cité.

« Cet état de choses a pris naissance avec l'automobile et l'avion familial n'a fait que l'affirmer. Dès le début de ce siècle, on a commencé à constater une tendance des citadins à s'éloigner de la cité avec ses impôts et son atmosphère étouffante, et à émigrer vers la banlieue et les propriétés à la

28

campagne. Le manque de transports adéquats, le manque de moyens, retenaient beaucoup de gens dans la cité. Mais aujourd'hui que la culture en réservoirs a détruit la valeur de la terre, chacun peut acheter un vaste domaine à la campagne pour un prix inférieur à ce que lui aurait coûté un lotissement urbain voilà quarante ans. Et avec les avions fonctionnant à l'énergie atomique, le problème des transports n'existe plus.

Il se tut et personne ne rompit le silence. Le maire avait l'air profondément choqué. Les lèvres de King s'agitaient mais sans émettre aucun son. Griffin souriait.

— Que nous reste-t-il donc ? demanda Webster. Je vais vous le dire. Il nous reste rue après rue, bloc après bloc, des maisons abandonnées, des maisons que les gens ont quittées pour aller s'installer ailleurs. Pourquoi seraient-ils restés ? Que pouvait leur offrir la cité ? Rien de ce qu'elle offrait aux générations qui les ont précédés, car le progrès a fait disparaître tous les avantages de la cité. Evidemment ils ont perdu quelque chose, ils ont perdu un peu d'argent en abandonnant leurs maisons. Mais le fait de pouvoir acheter une propriété deux fois aussi belle pour moitié moins cher, le fait de pouvoir vivre comme ils l'entendaient, de pouvoir constituer de véritables domaines familiaux suivant la meilleure tradition que leur ont inculquée les riches de la génération précédente, tout cela a pesé plus lourd dans la balance que le regret de quitter leur foyer.

« Et que nous reste-t-il ? Quelques blocs d'immeubles commerciaux. Quelques arpents d'usines. Un gouvernement municipal conçu pour s'occuper d'un million d'habitants alors que ce million n'est plus là. Un budget qui a fait monter si haut les impôts que même les maisons de commerce finiront pas s'en aller aussi pour y échapper. L'accu-

29

mulation des impôts non payés nous a laissés les bras chargés de propriétés sans valeur. Voilà ce qui nous reste.

« Si vous croyez qu'une Chambre de Commerce, que des discours creux, que des plans à courte vue vous apporteront la solution, c'est de la folie. La réponse à tous les problèmes qui vous occupent existe et elle est simple : la cité, en tant qu'institution humaine, est morte. Elle continuera peut-être à se débattre encore quelques années, mais c'est tout.

— Mr Webster... dit le maire.

Mais Webster ne lui accorda aucune attention.

— Sans ce qui s'est passé aujourd'hui, continua-t-il, je serais resté et j'aurais continué à jouer à la maison de poupée avec vous. J'aurais continué à prétendre que la cité était un organisme vivant. J'aurais continué à me leurrer et à vous leurrer aussi. Mais il existe, messieurs, quelque chose qui s'appelle la dignité humaine.

Le silence glacial qui suivit ne fut rompu que par des bruits de froissement de papier, ou par la toux d'un auditeur embarrassé.

Mais Webster n'en avait pas fini.

— La cité a échoué, dit-il, et c'est aussi bien ainsi. Au lieu de rester assis à pleurer sur son corps brisé, vous devriez vous lever et vous répandre en actions de grâces sur cet échec.

« Car si cette cité n'avait pas perdu toute utilité, comme les autres, si les cités du monde n'avaient pas été abandonnées, elles auraient été détruites. Il y aurait eu une guerre, messieurs, une guerre atomique. Avez-vous oublié les années 1950 et 1960 ? Avez-vous oublié ces nuits où vous vous réveilliez en attendant que tombe la bombe, tout en sachant que vous ne l'entendriez pas venir et que si elle venait vraiment, vous n'auriez pas de nouvelle occasion de l'entendre ?

« Mais les cités ont été abandonnées, l'industrie s'est dispersée, il n'y avait plus d'objectifs, il n'y a donc pas eu de guerre.

« Certains d'entre vous, messieurs, dit-il, beaucoup d'entre vous, sont vivants aujourd'hui parce que la cité a été abandonnée par ses habitants.

« Alors, pour l'amour du ciel, laissez la morte. Félicitez-vous qu'elle soit morte. C'est l'événement le plus heureux de toute l'histoire humaine.

Sur quoi John J. Webster tourna les talons et quitta la salle.

Parvenu sur les larges degrés de l'escalier, il s'arrêta et ses yeux fixèrent le ciel sans nuages et les pigeons qui tournoyaient autour des tourelles et des flèches de la mairie.

Il s'ébroua mentalement, comme un chien qui sort de l'eau.

Il avait été idiot, naturellement. Maintenant, il ne lui restait plus qu'à chercher une situation, et cela demanderait peut-être du temps. Il commençait à se faire un peu vieux pour la chasse aux emplois.

Mais, malgré ces sombres pensées, une petite chanson monta toute seule à ses lèvres. Il s'éloigna d'un pas léger, les lèvres froncées et sifflotant doucement.

Plus d'hypocrisie. Finies les nuits d'insomnie où il se demandait quoi faire, alors qu'il savait que la cité était morte, que le travail qu'il accomplissait était inutile, alors qu'il se sentait honteux de toucher un salaire qu'il était conscient de ne pas mériter. Fini l'étrange et lancinant malaise du travailleur qui sait qu'il fait œuvre improductive.

Il se dirigea vers le parc de stationnement pour reprendre son hélicoptère.

Maintenant, se dit-il, ils allaient peut-être pouvoir s'installer à la campagne, comme Betty le désirait. Peut-être allait-il pouvoir passer ses soirées à fouler une terre qui lui appartiendrait. Une propriété avec un ruisseau. Il fallait absolument qu'il y eût un ruisseau où il pourrait mettre des truites.

Il se dit qu'il lui faudrait penser à monter au grenier pour vérifier son équipement de vol.

Martha Johnson attendait à l'entrée de la basse-cour quand le vieux tacot descendit l'allée en toussotant.

Ole en sortit péniblement, le visage tiré par la fatigue.

— Tu n'as rien vendu ? demanda Martha.

Ole secoua la tête :

— Rien. Ils ne veulent pas acheter de produits de ferme. Ils m'ont ri au nez. On m'a montré des épis de maïs deux fois aussi gros que les miens, tout aussi doux et deux fois plus fournis. Et des melons qui n'avaient presque pas de pépins. Et meilleur goût aussi, à ce qu'ils disaient.

Il donna un coup de pied dans une motte de terre qui s'émietta en poussière.

— Pas la peine de tourner autour du pot, déclara-t-il. La culture en réservoirs, ça nous a ruinés, un point c'est tout.

— On ferait peut-être mieux de se décider à vendre la ferme, proposa Martha.

Ole ne répondit pas.

— Tu pourrais trouver du travail dans une exploitation de réservoirs, dit-elle. C'est ce qu'a fait Harry. Ça lui plaît bien.

Ole secoua la tête.

— Ou peut-être une place de jardinier, dit Martha. Tu ferais un jardinier épatant. Les gens huppés qui sont allés s'installer dans de grandes propriétés aiment bien avoir des jardiniers pour s'occuper des fleurs et des jardins. Ça fait plus chic que d'employer des machines.

Ole encore une fois secoua la tête.

— Je pourrais pas me faire à m'occuper de fleurs, déclara-t-il. Pas après avoir fait du maïs pendant plus de vingt ans.

— Peut-être, dit Martha, qu'on pourrait avoir un de ces petits avions. Et l'eau courante à la maison. Et une baignoire au lieu de prendre nos bains dans le vieux tub près de la cuisinière.

— Je ne saurais pas conduire un avion, fit Ole.

— Bien sûr que si, tu saurais, dit Martha. C'est facile comme tout, il paraît. Regarde, les petits Anderson, ils sont hauts comme trois pommes et ils pilotent. Il y en a bien un qui, à force de faire l'idiot, a fini un jour par tomber, mais...

— Faut que j'y réfléchisse, dit Ole, désespéré. Faut que j'y réfléchisse.

Il tourna les talons, enjamba une haie et s'enfonça dans les champs ; Martha, debout près de la voiture, le regarda s'en aller. Une larme furtive roula sur sa joue poussiéreuse.

— Mr Taylor vous attend, dit la secrétaire.

— Mais je ne suis jamais venu, bredouilla John J. Webster. Il ne savait pas que je venais.

— Mr Taylor vous attend, insista la jeune fille. Du menton, elle désigna la porte sur laquelle on lisait :

SERVICE DE READAPTATION

— Mais je suis venu ici pour demander du travail, protesta Webster. Pas pour me faire adapter ni rien de ce genre. C'est bien le service de placement du Comité Mondial, n'est-ce pas ?

— C'est exact, répondit la secrétaire. Vous ne voulez pas voir Mr Taylor ?

— Puisque vous insistez... dit Webster.

La jeune fille pressa un bouton et dit dans un interphone :

— Mr Webster est là, monsieur.

— Faites-le entrer, dit une voix.

Son chapeau à la main, Webster franchit une porte.

L'homme assis derrière le bureau avait un visage jeune sous des cheveux blancs. Il lui désigna un fauteuil.

— Vous avez essayé de trouver du travail, dit-il.

— Oui, dit Webster, mais...

— Asseyez-vous, je vous en prie, dit Taylor. Si c'est cette pancarte sur ma porte qui vous préoccupe, n'y pensez plus. Nous n'allons pas essayer de vous adapter.

— Je n'ai pas pu trouver de travail, dit Webster. J'ai cherché pendant des semaines, et personne n'a voulu de moi. Alors, en fin de compte, je suis venu ici.

— Vous n'y teniez pas ?

— Non, franchement non. Un bureau de placement. Ça... enfin... ça ne me plaît pas beaucoup.

— Le nom n'est peut-être pas heureux, sourit Taylor. Vous pensez aux bureaux de placement d'autrefois. Les endroits où allaient les gens quand ils désespéraient de trouver du travail. C'était le gouvernement qui avait créé ces bureaux afin de trouver du travail à des gens qui autrement seraient tombés à la charge de l'Etat.

— Je désespère, en effet, dit Webster. Mais j'ai encore de l'orgueil, ce qui me rend cette démarche pénible. Mais finalement, il n'y avait pas d'autre solution. Vous comprenez, je suis devenu un traître...

— Un traître, fit Taylor, parce que vous avez dit la vérité ? Quand bien même cela vous coûtait votre situation ? Les gens d'affaires, non seulement ici, mais dans le monde entier, ne sont pas prêts pour cette vérité. L'homme d'affaires se cramponne encore au mythe de la cité, au mythe de la vente.

34

Le temps viendra où il se rendra compte qu'il n'a pas besoin de la cité, et que le dévouement et une échelle de valeurs honnêtes lui apporteront des revenus plus substantiels que l'art de la vente. Je me suis demandé, Webster, ce qui vous a poussé à agir comme vous l'avez fait.

— J'en avais assez, dit Webster. J'en avais assez de les regarder s'en aller à l'aveuglette parce qu'ils s'obstinaient à ne pas ouvrir les yeux. J'en avais assez de voir maintenir vivace une vieille tradition alors qu'on aurait dû l'écarter. J'en avais assez de l'enthousiasme civique de King et de toutes ses simagrées, alors qu'il ne reste plus aucune raison de s'enthousiasmer.

Taylor hocha la tête :

— Webster, croyez-vous que vous puissiez aider des êtres humains à s'adapter ?

Webster le regarda sans rien dire.

— Parfaitement, dit Taylor. Cela fait des années que le Comité Mondial s'acquitte de cette tâche, tranquillement, sans histoire. Un grand nombre de ceux qui ont été adaptés ne savent même pas qu'ils l'ont été.

« Des modifications se sont produites, du même ordre que la création du Comité Mondial à partir des Nations unies, et qui ont fait qu'un grand nombre de gens se trouvent inadaptés. Les applications pratiques de l'énergie atomique ont mis en chômage des centaines de milliers de travailleurs. Il a fallu les former et les guider dans de nouvelles voies, soit dans le domaine de l'industrie atomique, soit dans d'autres directions. L'avènement de la culture en réservoirs a chassé les fermiers de leur terre. Ce sont eux, peut-être, qui nous ont posé le plus grave problème car, à part les connaissances particulières qu'exigent la culture et l'élevage, ils n'avaient aucune aptitude professionnelle. Et la plupart d'entre eux n'avaient

35

aucun désir d'en acquérir. Ils étaient le plus souvent furieux d'avoir été dépossédés du gagne-pain qu'ils avaient hérité de leurs ancêtres. Et, comme ils étaient par nature des individualistes, ils nous ont posé des problèmes psychologiques plus difficiles à résoudre que les travailleurs de n'importe quelle autre classe.

— Un grand nombre d'entre eux, déclara Webster, sont encore passablement désorientés. Une centaine de ces pauvres diables habitent en squatters les maisons où ils vivent au jour le jour. Ils tirent un lapin ou un écureuil par-ci par-là, pêchent un peu, cultivent des légumes et cueillent des fruits sauvages. Parfois ils commettent un petit larcin ou bien ils s'adonnent à la mendicité dans les rues de la ville.

— Vous connaissez ces gens ? demanda Taylor.

— J'en connais quelques-uns, dit Webster. L'un d'eux m'apporte de temps en temps des écureuils ou des lapins. En échange, il me tape pour acheter des munitions.

— Ils n'aimeraient pas qu'on les adapte, n'est-ce pas ?

— Oh, pas du tout, dit Webster.

— Vous connaissez un fermier du nom de Ole Johnson ? Qui s'accroche à sa ferme, qui ne l'a toujours pas reconstruite ?

Webster acquiesça.

— Si vous essayiez de l'adapter ?

— Il me ficherait à la porte, dit Webster.

— Ce sont des hommes comme Ole, comme les Squatters, qui nous donnent actuellement le plus de soucis, dit Taylor. Dans l'ensemble, les gens sont assez bien adaptés, et bien installés dans la nouvelle routine. Il y en a bien encore qui gémissent sur le temps jadis mais c'est simplement pour se rendre intéressants. On ne pourrait pas les faire revenir à leur mode de vie d'autrefois.

« Voilà des années, lorsque s'est développée l'industrie atomique, le Comité Mondial a dû prendre une grave décision. Les modifications qu'impliquait le progrès, fallait-il les apporter graduellement au monde pour permettre aux gens de s'adapter eux-mêmes sans heurts, ou bien fallait-il les mettre en application le plus vite possible, le comité aidant les gens à procéder à l'adaptation nécessaire ? On décida, à tort ou à raison, que le progrès devait passer d'abord, quels que fussent ses effets sur les gens. Dans l'ensemble, cette décision s'est révélée sage.

« Nous savions, naturellement, que dans bien des cas la réadaptation nécessiterait beaucoup de doigté. Quand, par exemple, elle devait porter sur de vastes troupes de travailleurs réorientés, la tâche était facile, mais il n'en était pas de même pour la plupart des cas individuels, comme celui de notre ami Ole. Il faut aider ces gens à se retrouver dans ce monde nouveau, mais ils ne doivent pas savoir qu'on les aide. Cela détruirait leur confiance en eux et le sens de leur propre dignité ; or, la dignité humaine est la clef de voûte de toute civilisation.

— J'étais au courant, évidemment, des réadaptations qu'on avait opérées dans l'industrie elle-même, dit Webster, mais je n'avais pas entendu parler de cas individuels.

— Nous ne pouvions faire aucune publicité, dit Taylor. C'est un travail pratiquement clandestin.

— Mais pourquoi me dites-vous tout cela maintenant ?

— Parce que nous aimerions vous avoir avec nous. Essayez donc d'adapter Ole pour vous faire la main. Après cela, vous pourrez voir ce qu'on peut faire avec les Squatters.

— Je ne sais vraiment pas... dit Webster.

— Nous attendions votre visite, dit Taylor.

Nous savions que vous finiriez pas venir ici. King fait et fera échouer toutes vos chances de trouver une situation. Il a passé la consigne. Vous êtes sur la liste noire de toutes les Chambres de Commerce et de tous les organismes municipaux du monde entier.

— Je n'ai sans doute pas le choix, dit Webster.

— Nous ne voulons pas que vous ayez cette impression, dit Taylor. Réfléchissez quelque temps, puis revenez me voir. Même si vous n'acceptez pas mon offre, nous vous trouverons autre chose... en dépit de King.

Devant le bureau, Webster trouva une espèce d'épouvantail qui l'attendait. C'était Levi Lewis, qui avait toujours son fusil sous le bras, mais n'arborait plus son sourire édenté.

— Des types m'ont dit qu'ils vous avaient vu entrer ici, expliqua-t-il. Alors je vous ai attendu.

— Qu'est-ce qui ne va pas ? interrogea Webster, car l'expression de Levi signifiait clairement que quelque chose n'allait pas.

— C'est eux, les policiers, dit Levi, en crachant de côté pour exprimer son mépris.

— Les policiers ! dit Webster.

Il sentit son cœur se serrer. Car il savait de quoi il s'agissait.

— Ouais, dit Levi. Ils veulent ficher le feu à nos baraques.

— Ainsi le conseil a fini par céder, dit Webster.

— J'arrive du commissariat central, déclara Levi. Je leur ai dit qu'ils feraient mieux d'y aller doucement. Je leur ai dit que, s'ils s'y frottaient, il allait y avoir des tripes au soleil. J'ai posté des hommes partout avec ordre de ne tirer qu'à coup sûr.

— Vous ne pouvez pas faire ça, Levi, dit Webster sèchement.

— Comment, je ne peux pas ! rétorqua Levi. Mais je l'ai déjà fait. Ils nous ont chassés de nos fermes, ils nous ont obligés à vendre parce qu'on n'arrivait plus à vivre. Et ça suffit comme ça. Ou bien on reste là, ou on crève sur place. Et ils n'arriveront à nous chasser de là que quand il ne restera plus un seul d'entre nous pour leur résister.

Il remonta son pantalon et cracha par terre encore une fois.

— Et on n'est pas les seuls à penser comme ça, dit-il. Grand-père est là-bas avec nous.

— Grand-père !

— Parfaitement, Grand-père. Le vieux qui habite avec vous. Il est comme qui dirait notre commandant en chef. Il dit qu'il se souvient de trucs de la guerre dont la police n'a jamais entendu parler. Il a envoyé des types au bâtiment de la Légion pour barboter un canon. Il dit qu'il sait où il peut trouver des obus pour aller avec, dans les musées. Il dit qu'on va tout préparer et puis qu'on préviendra la police que s'ils font un geste, on leur tire dessus.

— Ecoutez, Levi, voulez-vous faire quelque chose pour moi ?

— Pour sûr, Mr Webster.

— Voulez-vous entrer et demander Mr Taylor ? Insistez pour le voir. Dites-lui que je suis déjà au travail.

— Entendu, mais où allez-vous ?

— Je vais à la mairie.

— Vous ne voulez pas que je vous accompagne, sûr ?

— Non, fit Webster. Je m'en tirerai mieux tout seul. Et, Levi...

— Oui.

— Dites à Grand-père de ne pas bouger avec son artillerie. Qu'il ne tire pas à moins d'y être obligé... mais s'il y est obligé, alors qu'il y aille à fond.

— Le maire est en conférence, dit Raymond Brown, son secrétaire.

— C'est vous qui le dites, fit Webster en se dirigeant vers la porte.

— Vous ne pouvez pas entrer, Webster ! cria Brown.

Il bondit de sa chaise et se précipita sur Webster. Webster fit tournoyer son bras, heurta Brown en pleine poitrine et l'envoya s'affaler sur le bureau. Le meuble glissa, Brown battit l'air de ses bras, perdit l'équilibre et s'écroula par terre avec un bruit sourd.

Webster ouvrit d'un geste sec la porte du maire.

Le maire enleva précipitamment les pieds de sur son bureau.

— J'avais dit à Brown... commença-t-il.

Webster acquiesça :

— Et Brown m'a dit. Qu'est-ce qu'il y a, Carter ? On a peur que King sache que je suis venu ? On a peur de se laisser corrompre par de bonnes idées ?

— Que voulez-vous ? jappa Carter.

— Je crois comprendre que la police va mettre le feu aux maisons.

— C'est exact, déclara le maire d'un ton vertueux. Elles constituent une menace pour la communauté.

— Quelle communauté ?

— Ecoutez, Webster...

— Vous savez bien qu'il n'y a plus de communauté. Il ne reste plus que vous et votre bande de sales politiciens qui vous cramponnez ici pour pouvoir dire que c'est votre résidence et être sûrs d'être élus tous les ans et toucher votre traitement. On en est au point où tout ce que vous avez

40

à faire, c'est de voter les uns pour les autres. Les gens qui travaillent dans les grands magasins ou dans les boutiques, et même ceux qui font les travaux les plus ingrats dans les usines, vivent en dehors de la cité. Les hommes d'affaires ont quitté la cité depuis belle lurette. Ils continuent à y traiter leurs affaires, mais ils n'y résident plus.

— Mais c'est toujours une cité, dit le maire.

— Je ne suis pas venu pour discuter de cela avec vous, dit Webster. Je suis venu pour essayer de vous faire comprendre que vous avez tort de brûler ces maisons. Même si vous ne vous en rendez pas compte, les maisons sont les foyers de gens qui n'en ont pas d'autre. Des gens qui sont venus chercher refuge dans cette cité, et qui l'ont trouvé parmi nous. Dans une certaine mesure, nous sommes responsables d'eux.

— Absolument pas, gronda le maire. Tout ce qui leur arrive, c'est tant pis pour eux. Nous ne leur avons pas demandé de venir. Nous n'en voulons pas ici. Ils ne contribuent en rien au bien de la communauté. Vous allez me dire qu'ils sont des inadaptés. Eh bien ! qu'est-ce que j'y peux ? Vous allez me dire qu'ils ne peuvent pas trouver de travail. Et je vous répondrai qu'ils en trouveraient s'ils en cherchaient. Ce n'est pas le travail qui manque ; il y en a toujours. On leur a bourré le crâne avec ces histoires de monde nouveau et ils s'imaginent que c'est à quelqu'un d'autre de trouver la place et le travail qui leur conviennent.

— Vous m'avez l'air d'un individualiste résolu, dit Webster.

— Vous dites ça comme si vous trouviez ça drôle ! aboya le maire.

— Je trouve ça drôle en effet, dit Webster. Drôle et tragique que l'on puisse encore nourrir vos idées aujourd'hui.

— Le monde ne serait pas dans un pétrin pareil s'il y avait un peu plus d'individualisme résolu, lança le maire. Regardez les hommes qui ont un peu roulé leur bosse...

— Vous, par exemple ? demanda Webster.

— Moi, si vous voulez, convint Carter. J'ai trimé dur. J'ai saisi l'occasion par les cheveux. J'ai eu du flair, j'ai...

— Vous voulez dire, corrigea Webster, que vous avez léché les bottes qu'il fallait et que vous avez marché sur les pieds qu'il fallait. Vous êtes le brillant exemple de cette sorte de gens dont le monde aujourd'hui ne veut plus. Vous sentez à la lettre le renfermé tant vos idées sont vieilles. Vous êtes le dernier des politiciens, Carter, tout comme j'étais le dernier des secrétaires de la Chambre de Commerce. Seulement, vous ne le savez pas encore. Moi, si. Je suis parti. Malgré tout ce qu'il m'en coûtait, je suis parti, parce qu'il me fallait sauvegarder ma dignité. Votre politique est morte. Elle est morte parce que le premier matamore qui savait crier plus fort que les autres pouvait parvenir au pouvoir en s'appuyant sur la psychologie des masses. Mais vous ne pouvez plus tabler sur la psychologie des masses quand les gens se fichent pas mal de ce qui arrive à quelque chose qui est déjà mort, à un système politique qui s'est effondré sous son propre poids.

— Sortez d'ici ! vociféra Carter. Sortez avant que je ne sois obligé de vous faire expulser par la police !

— Vous oubliez, dit Webster, que je suis venu ici pour vous parler des maisons.

— Ça ne vous avancera à rien, dit Carter. Vous pouvez rester là à m'en parler jusqu'à la Saint-Glinglin, ça ne changera rien. Ces maisons brûleront. Un point, c'est tout.

— Cela vous amuserait de voir le centre devenir un amas de ruines ? interrogea Webster.

— Votre comparaison est grotesque, dit Carter.

— Je parle très sérieusement, dit Webster.

— Vous parlez tr... (Le maire le dévisagea avec affolement :) Que voulez-vous dire ?

— Simplement ceci, dit Webster. A l'instant même où la première torche s'approchera des maisons, le premier obus arrivera sur la mairie. Et le second sera pour la banque. Et ainsi de suite, en commençant par les principaux objectifs.

Carter eut un sursaut. Puis son visage s'empourpra.

— Allons donc, Webster ! lança-t-il. Vous ne me ferez pas marcher comme ça. C'est une histoire à dormir debout...

— Ce n'est absolument pas une histoire à dormir debout, déclara Webster. Ces hommes ont de l'artillerie de leur côté. Des pièces prises devant les bâtiments de la Légion, dans les musées. Et ils ont avec eux des hommes qui savent s'en servir. Ils n'auraient même pas besoin de techniciens d'ailleurs. Ils n'ont qu'à tirer à bout portant. Ça n'est pas plus difficile que de viser un mur à vingt mètres.

Carter tendit la main vers la radio, mais Webster l'arrêta d'un geste.

— Vous feriez mieux de réfléchir une minute, Carter, avant de donner vos instructions. Vous êtes dans une situation difficile. Exécutez votre plan et vous voilà avec une bataille sur les bras. Les *maisons* brûleront peut-être, mais le centre sera fichu. Les hommes d'affaires ne vous le pardonneront jamais.

La main de Carter abandonna la radio.

On entendit dans le lointain la détonation sèche d'un fusil.

— Vous feriez mieux de les rappeler, dit Webster.

Carter était perplexe.

Un autre coup de feu, un autre encore, puis un autre.

— Bientôt, dit Webster, il sera trop tard. Maintenant, vous pouvez encore intervenir.

Une explosion sourde fit trembler les vitres de la pièce. Carter bondit de son fauteuil.

Webster sentit une sueur froide lui perler au front. Mais il fit effort pour garder un visage impassible et une voix calme.

Carter regardait par la fenêtre ; on aurait dit qu'il était pétrifié.

— Je crains, dit Webster, qu'il ne soit déjà trop tard.

Sur le bureau, le poste de radio crépita avec insistance, et la lampe rouge s'alluma.

Carter tendit une main tremblante et ouvrit le contact.

— Carter ! disait une voix. Carter ! Carter !

Webster reconnut la voix de dogue de Jim Maxwell, le chef de la police.

— Qu'y a-t-il ? demanda Carter.

— Ils avaient un gros canon, dit Maxwell. Il a sauté quand ils ont essayé de tirer. Les munitions ne devaient plus être bonnes.

— Un canon ? demanda Carter. Un seul canon ?

— Je n'en vois pas d'autres.

— J'ai entendu des coups de fusil, dit Carter.

— Oui, ils nous ont bien un peu tiré dessus. Nous avons deux blessés. Mais ils ont abandonné leurs postes maintenant. Ils se sont enfoncés dans les broussailles. Ils ne tirent plus.

— Bon, fit Carter, alors, allez-y et allumez les feux.

Webster s'avança :

— Demandez-lui, demandez-lui...

Mais Carter coupa le contact et la radio se tut.

— Qu'est-ce que vous vouliez lui demander ?

— Rien, dit Webster. Rien d'important.

Il ne pouvait pas dire à Carter que c'était Grand-père qui s'y connaissait en artillerie. Il ne pouvait pas lui dire que quand le canon avait sauté, le vieux devait être là.

Il fallait qu'il y aille en tout cas, il fallait qu'il aille là-bas le plus vite possible.

— Joli bluff, Webster, disait Carter. Seulement, voilà, ça a raté.

Le maire se tourna vers la fenêtre d'où l'on apercevait les maisons.

— Plus de coups de feu, dit-il. Ils ont vite renoncé.

— Vous pouvez vous estimer heureux, fit Webster, si une demi-douzaine de vos policiers vous reviennent indemnes. Ces hommes sont disséminés dans les taillis avec leurs fusils et ils sont capables de tirer dans l'œil d'un écureuil à cent mètres.

Des pas résonnèrent dans le couloir, le bruit de deux paires de pieds courant vers la porte.

Le maire se retourna d'un coup et Webster pivota sur ses talons.

— Grand-père ! s'exclama-t-il.

— Salut, Johnny, fit Grand-père, haletant, puis il s'arrêta net.

Derrière Grand-père se tenait un jeune homme qui brandissait quelque chose : une liasse de papiers dont les feuilles bruissaient.

— Que voulez-vous ? lança le maire.

— Des tas de choses, dit Grand-père. (Il se tut un moment pour reprendre haleine puis dit d'une voix tout essoufflée :) Je vous présente mon ami Henry Adams.

— Adams ? demanda le maire.

— Parfaitement, dit le vieux. Son grand-père habitait ici. Dans la 27e Rue.

— Oh, fit le maire. (Et on aurait dit qu'il venait

de recevoir une brique sur la tête :) Oh, vous voulez dire F. J. Adams ?

— Tout juste, dit Grand-père. Lui et moi, on a
fait la guerre ensemble. Il m'empêchait de dormir des nuits entières à me parler de son fils.

Carter se tourna vers Henry Adams.

— En tant que maire de la cité, dit-il, en essayant de retrouver quelque dignité, je vous sou-
haite la bienvenue...

— Vous me la souhaitez d'une étrange façon,
dit Adams. Je crois comprendre que vous êtes
en train de brûler mes biens.

— Vos biens !

Le maire s'étrangla et fixa un regard incrédule
sur les liasses de papiers que Adams lui brandissait sous le nez.

— Eh oui, ses biens ! s'écria Grand-père. Il vient
de tout acheter. Nous sortons du bureau du tré-
sorier-payeur. Il a payé tous les impôts en retard,
toutes les amendes et toutes les chinoiseries que
vous autres, chats fourrés, avez inventées pour
les maisons.

— Mais, mais... (Le maire cherchait ses mots,
cherchait son souffle :) Il n'a pas tout acheté.
Seulement la maison du vieil Adams.

— Mais si, il a tout acheté, jusqu'à la dernière
bicoque, dit Grand-père triomphant.

— Et maintenant, dit Adams au maire, si vous
voulez avoir l'amabilité de dire à vos hommes de
cesser de détruire ce qui m'appartient.

Carter se pencha sur le bureau, tripota gauchement la radio.

— Maxwell ! cria-t-il. Maxwell ! Maxwell !

— Que voulez-vous ? cria Maxwell.

— Arrêtez de mettre le feu ! vociféra Carter.
Arrêtez tout de suite. Appelez les pompiers. Faites n'importe quoi. Mais éteignez-moi tous ces in-
cendies.

46

— Bon sang, dit Maxwell, faudrait quand même vous décider.

— Faites ce que je vous dis ! hurla le maire. Eteignez-moi ces feux.

— Très bien, fit Maxwell. Très bien. Ne vous emballez pas. Mais ce sont mes gars qui vont faire une drôle de tête. Ils vont trouver un peu amer de se faire canarder pour que vous changiez d'avis cinq minutes après.

Carter se leva.

— Laissez-moi vous assurer, Mr Adams, dit-il, que tout ceci n'est qu'une regrettable erreur.

— En effet, dit Adams, solennel. Une erreur infiniment regrettable, monsieur le maire. La plus regrettable que vous ayez jamais faite.

Un moment, les deux hommes se dévisagèrent d'un bout à l'autre de la pièce.

— Demain, dit Adams, je déposerai devant le tribunal une demande de dissolution de la charte de la cité. En tant que principal propriétaire de terrains sis dans les limites de la municipalité, tant du point de vue superficie que du point de vue valeur, je crois en avoir parfaitement le droit.

Le maire avala péniblement sa salive, puis réussit à articuler :

— Sous quel prétexte ?

— Sous le prétexte, dit Adams, qu'il n'y a plus besoin de municipalité. Je ne pense pas avoir beaucoup de mal à le prouver.

— Mais... mais... cela signifie...

— Parfaitement, dit Grand-père, vous avez bien compris. Cela signifie que vous êtes sur le sable.

— Un parc, dit Grand-père, en désignant d'un grand geste le désert qui avait été jadis le quartier résidentiel. Un parc qui rappellera aux gens comment vivaient leurs ancêtres.

Ils étaient tous les trois au sommet de Tower

Hill ; au-dessus d'eux se dressait la silhouette du château d'eau, dont les pieds massifs s'enfonçaient dans une mer de hautes herbes.

— Pas exactement un parc, expliqua Henry Adams. Un mémorial plutôt. Un monument commémoratif d'une époque de vie communautaire qu'on aura oubliée dans cent ans d'ici. On y conservera certains types de constructions qui avaient été conçues pour répondre à certaines conditions de vie, et aux goûts de chaque propriétaire. En ce temps-là, on n'était pas l'esclave de conceptions architecturales, on faisait effort pour réussir à mieux vivre. Dans cent ans d'ici, des hommes visiteront ces maisons avec le même sentiment de respect, de vénération qu'ils éprouvent aujourd'hui dans les musées. Ce sera pour eux comme un vestige d'une époque primitive, une étape sur la route d'une vie meilleure, plus remplie. Des artistes passeront leur vie à transposer sur leurs toiles l'image de ces vieilles demeures. Les auteurs de romans historiques viendront chercher ici un souffle d'authenticité.

— Mais vous disiez que vous aviez l'intention de restaurer toutes les maisons et de rendre aux pelouses et aux jardins exactement l'apparence qu'ils avaient autrefois, dit Webster. Cela va coûter une fortune. Sans compter les frais d'entretien.

— J'ai trop d'argent, dit Adams. Beaucoup trop d'argent. N'oubliez pas que mon grand-père et mon père ont été parmi les premiers à se lancer dans l'industrie atomique.

— C'était le meilleur joueur de crap que j'aie connu, votre grand-père, dit le vieux. A chaque fin de mois, au moment de la paie, il me lessivait.

— Autrefois, dit Adams, quand un homme avait trop d'argent, il avait un tas de moyens de le dépenser. Il y avait les œuvres de charité, par exemple. Ou la recherche médicale ou d'autres choses encore. Mais il n'existe plus d'œuvres de charité, aujourd'hui. Elles n'auraient pas assez de travail. Et depuis que le Comité Mondial est rodé, l'argent ne manque pas pour la recherche médicale ou scientifique, ou pour toute recherche qu'il prendrait à quelqu'un l'envie d'entreprendre.

« Je ne pensais pas à tout cela quand je suis revenu voir la vieille maison de mon grand-père. Je voulais simplement la voir. Il m'en avait tant parlé. Comment il avait planté l'arbre sur la grande pelouse. Et la roseraie qu'il avait installée.

« Et puis je l'ai vue. Et elle m'a fait l'effet d'un fantôme. C'était quelque chose qu'on avait laissé à l'abandon. Quelque chose qui avait représenté beaucoup pour quelqu'un et qu'on avait abandonné. Ce jour où je me suis trouvé avec Grand-père en face de la maison, l'idée m'est venue que je ne pourrais rien faire de mieux que de préserver pour la postérité un échantillon de la vie que menaient nos ancêtres.

Un mince filet de fumée bleue s'éleva au loin au-dessus des arbres.

— Et eux ? fit Webster.

— Les Squatters peuvent rester s'ils veulent, dit Adams. Le travail ne manquera pas pour eux. Et il y aura toujours une maison ou deux qu'ils pourront occuper.

« Il n'y a qu'une chose qui me tracasse. Je ne pourrai pas être là tout le temps. Il me faudra quelqu'un pour gérer cela. Ce sera une situation à vie.

Il regarda Webster.

— Qu'est-ce que tu en penses, Johnny ? dit Grand-père.

Webster secoua la tête :

— Betty tient à aller s'installer à cet endroit que nous avons vu à la campagne.

— Vous ne seriez pas obligé de rester ici, dit Adams. Vous pourriez venir en avion tous les jours.

Quelqu'un les héla du pied de la colline.

— Voilà Ole, dit Grand-père. (Il brandit sa canne :) Salut, Ole. Montez donc.

Ils regardèrent Ole grimper la colline et attendirent en silence qu'il les eût rejoints.

— Je voulais vous parler, Johnny, dit Ole. J'ai eu une idée. Ça m'en a réveillé au beau milieu de la nuit.

— Allez-y, dit Webster.

Ole jeta un coup d'œil à Adams.

— Vous pouvez parler devant lui, dit Webster. C'est Henry Adams. Vous vous souvenez peut-être de son grand-père, le vieux F. J. Adams ?

— Je m'en souviens, dit Ole. Il ne jurait que par l'énergie atomique. Comment est-ce qu'il s'en est tiré ?

— Pas trop mal, dit Adams.

— Ça me fait plaisir, dit Ole. Je devais avoir tort. Je lui avais dit qu'il n'arriverait à rien. Que tout ça, c'étaient des billevesées.

— Et cette idée qui vous est venue ? demanda Webster.

— Vous avez entendu parler des ranches pour touristes ? demanda Ole.

Webster acquiesça.

— Les gens, dit Ole, allaient là pour jouer aux cow-boys. Ça leur plaisait parce qu'ils ne connaissaient pas tout le boulot que c'est de tenir un vrai ranch, et qu'ils trouvaient ça romanesque de faire du cheval et...

— Voyons, fit Webster, vous n'allez tout de même pas transformer votre ferme en ranch pour touristes, non ?

— Que non, dit Ole. Pas en ranch. Mais en ferme pour touristes peut-être. Les gens ne savent

50

plus guère ce que c'est qu'une ferme, puisqu'il n'y en a presque plus. Et ils lisent des descriptions des perles de rosée sur les citrouilles et...

Webster considéra Ole.

— Ils marcheront sûrement, Ole, déclara-t-il. Ils s'écraseront pour passer leurs vacances dans une bonne vieille ferme comme autrefois.

D'un buisson au pied de la colline jaillit un objet brillant qui passa en trombe dans un gargouille-ment d'engrenages et de lames brandies au soleil, agitant un bras de grue.

— Qu'est-ce que c'est ? demanda Adams.

— C'est cette satanée tondeuse, glapit Grand-père. J'ai toujours pensé qu'il viendrait un jour où un rouage se détraquerait et où elle se met-trait à battre la campagne !

Notes sur le second conte

Bien qu'encore étrange à bien des égards, le second conte rend un son plus familier que le premier. Ici, pour la première fois, le lecteur a l'impression que ce conte aurait pu prendre naissance autour d'un feu de camp canin, hypothèse inconcevable en ce qui concerne le premier conte.

Ici se trouvent exprimés certains des hauts concepts moraux que les Chiens en sont venus à estimer. On y verra également un conflit qu'un Chien peut comprendre, encore que ce conflit ne fasse que souligner l'état de détérioration mentale et morale du personnage central.

Pour la première fois aussi apparaît une figure d'aspect familier : le robot. Avec le robot Jenkins, que l'on rencontre pour la première fois dans ce récit, nous trouvons un personnage qui depuis des millénaires est devenu le compagnon favori des jeunes Chiens. Tige considère Jenkins comme le véritable héros de la légende. Il voit en lui une extension de l'influence de l'Homme après la disparition de celui-ci, une invention mécanique qui a permis à la pensée humaine de continuer à guider les Chiens longtemps après que l'Homme lui-même eût cessé d'exister.

Nous avons encore des robots, de précieux petits engins qui n'existent que pour une unique raison : pour nous servir de mains. Mais avec les ans, le robot du Chien est devenu à ce point partie intégrante de sa personne qu'il n'est plus un Chien aujourd'hui qui considère son robot comme un objet distinct de lui.

Les assertions de Tige selon lesquelles le robot est une invention de l'Homme, un héritage que nous tenons de lui, ont été violemment critiquées par la majorité des autres savants qui se sont penchés sur cette légende.

D'après Bounce, la thèse selon laquelle le robot a été conçu et donné aux Chiens pour les aider à développer leur culture est à ce point romanesque qu'elle peut être éliminée d'emblée. C'est, affirme-t-il, un artifice de conteur et comme tel éminemment suspect.

Il est impossible de savoir comment les Chiens ont mis au point le robot. Les quelques savants qui ont étudié le problème de l'origine des robots font remarquer que le haut degré de spécialisation auquel est parvenu le robot montre assez qu'il a été inventé par un Chien. Pour être à ce point spécialisé, assurent-ils, le robot a dû être inventé et mis au point par la race aux exigences de laquelle il répond si parfaitement. Nul autre qu'un Chien, affirment-ils, n'aurait pu tirer si bon parti d'un instrument aussi complexe.

Dire qu'aucun Chien aujourd'hui ne serait capable de construire un robot, c'est prendre pour axiome la question à démontrer. Aucun Chien aujourd'hui ne pourrait construire de robot parce qu'il est inutile d'en construire un, les robots se construisant eux-mêmes. Quand le besoin s'en est présenté, il est bien évident qu'un Chien a effectivement construit un robot. Qui plus est, en concevant un robot doué du besoin de se reproduire et donc de construire d'autres robots semblables à lui, il a apporté au problème une solution typiquement canine.

54

Dans ce conte, on rencontrera également une idée qu'on retrouve tout au long de la légende et qui a longtemps déconcerté les savants et les lecteurs. C'est qu'on peut quitter ce monde et traverser l'espace pour atteindre d'autres mondes. Cette idée a le plus souvent été tenue pour une pure fantaisie, fort à sa place dans une légende, mais il n'empêche qu'elle a fait l'objet d'études approfondies. La majorité de ces études a confirmé l'opinion que c'est là une entreprise impossible. Il faudrait admettre, pour que pareil voyage fût réalisable, que les étoiles que nous voyons la nuit sont de vastes mondes situés à de grandes distances du nôtre. Et nul n'ignore, bien entendu, que les étoiles ne sont que des lumières accrochées au ciel et dont la plupart sont très près de nous.

Bounce a peut-être donné la meilleure explication de l'origine de cette idée d'un autre monde situé plus loin dans l'espace. Ce n'est, dit-il, qu'une déformation légendaire de la notion de mondes de « horlas » dont les Chiens connaissent l'existence depuis la plus lointaine Antiquité.

LA TANIERE

Le crachin tombait du ciel chargé de nuages comme une fumée flottant parmi les arbres dénudés. Il voilait le contour des haies, estompait la silhouette des bâtiments et rapprochait l'horizon. Les gouttelettes étincelaient sur l'enveloppe métallique des robots silencieux et brillaient en perles argentées sur les épaules des trois hommes qui écoutaient psalmodier l'homme vêtu de noir penché sur un livre qu'il tenait entre ses mains.

— *Car je suis la Résurrection et la Vie...*

La figure sculptée au-dessus de la porte de la crypte, et dont la mousse avait adouci les traits, semblait tendue vers quelque chose que personne d'autre ne pouvait voir. Elle était tendue ainsi depuis le jour lointain où des hommes l'avaient sculptée dans le granit pour orner le caveau de famille et lui ajouter une note symbolique pour la plus grande satisfaction du premier John J. Webster vers la fin de sa vie.

— *Et quiconque vit et croit en Moi...*

Jérôme A. Webster sentit les doigts de son fils se crisper sur son bras, il entendit le sanglot étouffé de sa mère ; il vit les rangs des robots qui se tenaient tout raides, la tête penchée par respect pour le maître qu'ils avaient servi. Du maître qui maintenant partait pour un long voyage... pour son dernier voyage.

Jérôme A. Webster se demanda vaguement s'ils

comprenaient — s'ils comprenaient ce que c'est que la vie et que la mort — s'ils comprenaient que Nelson F. Webster gisait là dans ce cercueil tandis qu'un homme lisait pour lui des prières dans un livre.

Nelson F. Webster, quatrième de la lignée des Webster à vivre sur ce domaine, avait vécu et était mort ici, sans presque jamais en bouger ; et voilà maintenant qu'il allait prendre son dernier repos dans cet emplacement que le premier d'entre eux avait préparé pour les autres, pour cette longue suite de descendants ignorés qui vivraient ici et qui chériraient les objets et les usages et le mode même de vie que le premier John J. Webster avait aimés.

Jérôme A. Webster sentit ses maxillaires se crisper et un petit frisson le traverser. Un moment, ses yeux le piquèrent et le cercueil disparut dans une brume, tandis que les mots que disait l'homme en noir se confondaient avec le vent qui murmurait parmi les pins au garde à vous auprès du mort. Des images lui revenaient à l'esprit : celles d'un homme aux cheveux gris arpentant champs et collines, humant la brise du petit matin, ou planté devant l'âtre où flambait un bon feu, un verre de cognac à la main.

L'orgueil... l'orgueil de la terre et de la vie, et l'humilité aussi et la grandeur qu'une existence paisible engendre chez un homme. La satisfaction de loisirs bien ménagés, la sûreté du but. L'indépendance que donne la sécurité matérielle, le confort de vivre dans un cadre familier, le sentiment de liberté qu'assure un vaste domaine.

Thomas Webster le poussait du coude.

— Père, soufflait-il. Père.

Le service était terminé. L'homme en noir avait refermé son livre. Six robots s'avancèrent, soulevèrent le cercueil.

A pas lents, les trois personnages suivirent le cercueil jusque dans la crypte et regardèrent les robots le faire glisser sans bruit dans sa niche, refermer la petite porte et fixer la plaque sur laquelle on lisait :

NELSON F. WEBSTER
2034-2117

C'était tout. Rien que le nom et les deux dates. Et, se dit Jérôme A. Webster, c'était assez. Il n'y avait besoin de rien d'autre. C'était tout ce qu'avaient eu les précédents Websters : d'abord William Stevens (1920-1999). On l'appelait Grand-père Stevens, se rappela Webster. C'était le père de la femme de ce premier John J. Webster qui était là aussi (1951-2020). Et après lui, son fils, Charles F. Webster (1980-2060). Et le fils de celui-ci, John J. II (2004-2086). Webster se souvenait de John J. II, un grand-père qui s'endormait au coin du feu, la pipe au bec, menaçant perpétuellement de réduire en cendres sa moustache.

Les yeux de Webster s'arrêtèrent sur une autre plaque : Mary Webster, la mère du garçon qui était aujourd'hui à ses côtés. Et qui n'était déjà plus un petit garçon. Il oubliait toujours que Thomas avait vingt ans et que, d'ici une semaine environ, il allait partir pour Mars, tout comme lui-même, dans son jeune âge, était parti pour Mars.

Ils sont tous là, se dit-il. Les Websters, avec leurs femmes et leurs enfants. Réunis dans la mort comme ils l'étaient dans la vie, reposant dans l'orgueil du marbre et du bronze, sous la garde des pins et de la figure symbolique qui surmonte la porte verdie par les ans.

Les robots attendaient, silencieux maintenant que leur tâche était achevée.

Sa mère le regarda.

— Te voici chef de la famille maintenant, mon fils, lui dit-elle.

Il la serra contre lui. Chef de la famille... de ce qu'il en restait, plutôt. Ils n'étaient plus qu'eux trois maintenant. Sa mère, son fils et lui. Et bientôt son fils allait partir, gagner Mars. Mais il reviendrait. Il reviendrait avec une femme peut-être, et la famille se perpétuerait. La famille ne se limiterait pas à trois personnes. La maison n'allait pas rester en grande partie comme elle l'était maintenant. Jadis elle résonnait des cris d'une douzaine de membres de la famille, chacun vivant dans son appartement particulier et tous sous un seul grand toit. Ce temps-là reviendrait, c'était certain.

Tous trois tournèrent les talons, quittèrent la crypte et reprirent le chemin de la maison qui se dressait comme une immense ombre grise dans la bruine.

Un feu pétillait dans l'âtre ; Jérôme A. Webster prit le livre posé sur son bureau et relut le titre :

« Physiologie Martienne, et plus particulièrement du Cerveau », par Jérôme A. Webster, docteur en médecine.

Un ouvrage épais, qui faisait autorité : l'œuvre d'une vie. A peu près unique en son genre. Fondé sur des faits rassemblés durant les cinq années de l'épidémie qui avait ravagé Mars... cinq années que Jérôme avait passées à peiner jour et nuit avec ses collègues de la commission médicale du Comité Mondial dépêchés en sauveteurs sur la planète voisine.

On frappa à la porte.

— Entrez, dit-il.

La porte s'ouvrit et un robot glissa dans la pièce.

— Le whisky de monsieur.

60

— Merci, Jenkins, dit Webster.

— Monsieur, dit Jenkins, le pasteur est parti.

— Ah ! bien. Je pense que vous vous êtes occupé de lui.

— Oui, monsieur. Je lui ai donné les honoraires habituels et je lui ai proposé de prendre quelque chose, mais il n'a rien voulu boire.

— C'était une erreur de savoir-vivre, dit Webster. Les ecclésiastiques ne boivent pas.

— Que monsieur m'excuse, je ne savais pas. Il m'a dit de demander à monsieur que monsieur vienne quelquefois au temple.

— Hein ?

— Je lui ai dit que monsieur n'allait jamais nulle part.

— C'est exact, Jenkins, dit Webster. Aucun de nous ne va jamais nulle part.

Jenkins se dirigea vers la porte, puis il s'arrêta en chemin et se retourna.

— Que monsieur me permette de lui dire que la cérémonie à la crypte était bien touchante. Le père de monsieur était un humain de classe, le meilleur qui fût. Les robots ont trouvé le service très impressionnant. Tout empreint de dignité, monsieur. Le père de monsieur aurait été content s'il avait pu voir cela.

— Mon père serait plus content encore de vous l'entendre dire, Jenkins, dit Webster.

— Monsieur est trop bon, dit Jenkins. Sur quoi il sortit.

Webster s'assit auprès du feu avec son whisky et son livre : il éprouvait une impression de confort à se trouver dans cette pièce familière ; c'était pour lui comme un refuge.

C'était son foyer. Cela avait été le foyer des Webster depuis le jour où le premier John J. était venu construire ici la première unité de la maison tentaculaire. John J. avait choisi cet emplacement parce qu'il y avait un ruisseau à truites. Mais il y avait certainement autre chose. Il devait y avoir plus que cela, se dit Webster.

Ou peut-être, n'y avait-il eu d'abord que le ruisseau à truites. Le ruisseau et les arbres et les prés, le petit mur de pierre où chaque matin s'accrochait la brume qui montait de la rivière. Peut-être le reste était-il venu plus tard, peu à peu, avec les années d'association familiale, jusqu'à ce que le sol se fût imprégné de quelque chose qui était presque, presque mais pas tout à fait, la tradition. Quelque chose qui faisait de chaque arbre, de chaque pierre, de chaque motte de terre, un arbre, une pierre ou un peu de terre Webster. Cela faisait un tout.

John J., le premier John J., était venu ici après l'effondrement des cités, après que les hommes eurent abandonné à jamais les tanières du xxᵉ siècle, après qu'ils se furent libérés de l'instinct grégaire qui les poussait à se rassembler dans une caverne ou dans une clairière pour affronter un ennemi commun ou une angoisse commune. Un instinct qui avait passé de mode puisqu'il n'y avait plus d'ennemis ni de peurs à combattre. L'homme s'était révolté contre cet instinct que les conditions économiques et sociales lui avaient imposé jadis. Une nouvelle sécurité morale et matérielle avait permis la dispersion du troupeau.

Les premières traces de cette dispersion remontaient au xxᵉ siècle, à plus de deux cents ans en arrière, à l'époque où les hommes étaient allés s'installer à la campagne pour avoir de l'air, de l'espace et une vie agréable que l'existence communautaire, sous sa forme la plus stricte, ne leur avait jamais donnée.

Et le résultat était là. Une vie paisible. Une paix que seules pouvaient donner les bonnes choses de ce monde. Le genre de vie à quoi les hommes aspiraient depuis des années. Une existence seigneuriale fondée sur des demeures ancestrales et de vastes domaines, où les atomes fournissaient l'énergie nécessaire et où les robots remplaçaient les serfs.

Webster sourit à l'âtre où flambaient les bûches. C'était un anachronisme, mais un anachronisme agréable, un souvenir que l'Homme avait arraché aux cavernes. Inutile, car le chauffage atomique était meilleur... mais plus agréable. On ne pouvait pas rester assis à regarder les radiateurs atomiques en construisant des châteaux dans les flammes.

Jusqu'à la crypte où ils avaient conduit son père cet après-midi. C'était la famille aussi. Cela en faisait partie comme le reste. Le sombre orgueil, la vie paisible et riche de loisirs. Autrefois, on enterrait tous les morts dans de vastes terrains où on les rassemblait tous, les étrangers alignés côte à côte...

Il ne va jamais nulle part.

C'était ce que Jenkins avait dit au pasteur.

Et c'était vrai. Car à quoi bon aller quelque part ? Tout était ici. En tournant simplement un bouton, on pouvait converser face à face avec qui l'on voulait, on pouvait aller, en esprit sinon physiquement, où l'on voulait. On pouvait voir une pièce de théâtre, ou entendre un concert, ou bouquiner dans une librairie située à l'autre bout du globe. On pouvait régler toutes les affaires que l'on voulait sans bouger de son fauteuil.

Webster but son whisky, puis se tourna vers les cadrans de la machine installée à côté de son bureau.

Il les manipula de mémoire sans recourir à l'annuaire. Il savait ce qu'il faisait.

Du doigt, il abaissa une clef et la chambre disparut... ou du moins sembla disparaître. Il ne resta plus que le fauteuil dans lequel il était assis, une partie du bureau, et une partie de la machine elle-même.

Le fauteuil se trouvait maintenant sur le versant d'une colline couverte d'une herbe dorée piquée çà et là d'arbres rabougris et tordus par le vent, et les pentes de la colline descendaient jusqu'à un lac niché entre des éperons montagneux pourpres. Les pics étaient striés de sombre par les rangées de sapins bleu-vert s'élevant en quinconces jusqu'aux sommets coiffés de neige bleutée qui dressaient derrière et au-dessus d'eux leurs silhouettes en dents de scie.

Le vent soufflait d'une voix rauque parmi les arbres penchés et de courtes bourrasques balayaient les hautes herbes. Les derniers rayons du soleil enflammaient les sommets dans le lointain.

C'était un paysage de solitude et de grandeur avec la longue pente bouleversée, le lac blotti au creux des roches et les ombres tranchantes des contreforts à l'horizon.

Webster, bien calé dans son fauteuil, scrutait les sommets.

Presque à son épaule, une voix dit : « Je peux entrer ? »

Une voix douce, sifflante, absolument inhumaine. Mais que Webster connaissait.

Il acquiesça d'un signe de tête :

— Certainement, Juwain.

Il se tourna légèrement et aperçut le socle bas et chargé de décorations, et accroupie dessus la silhouette velue du Martien au doux regard. A l'arrière-plan, il distinguait vaguement des meubles aux formes étranges tels qu'on devait en trouver dans les foyers martiens.

D'un geste léger de sa main velue, le Martien désigna la chaîne de montagnes.

— Tu aimes ce paysage, dit-il. Tu es capable de le comprendre. Et je comprends que tu le comprennes, mais pour moi c'est un spectacle plus terrifiant que beau. C'est quelque chose que nous ne verrons jamais sur Mars.

Webster tendit la main vers l'appareil, mais le Martien l'arrêta.

— Ne coupe pas, dit-il. Je sais pourquoi tu es venu ici. Je ne t'aurais pas dérangé à un pareil moment, si je n'avais pensé qu'un vieil ami pouvait...

— C'est gentil à toi, dit Webster. Je suis heureux que tu sois venu.

— Ton père, dit Juwain, était un grand homme. Je me souviens comme tu me parlais de lui, durant ces années que tu as passées sur Mars. Tu disais alors que tu reviendrais un jour. Pourquoi n'es-tu jamais revenu ?

— Mais, dit Webster, c'est simplement que je n'ai jamais...

— Ne me le dis pas, dit le Martien. Je le sais déjà.

— Mon fils, dit Webster, part pour Mars dans quelques jours. Je lui dirai d'aller te rendre visite.

— J'en serai ravi, dit Juwain. Je l'attendrai.

Il s'agita d'un air gêné sur son piédestal :

— Peut-être suit-il la tradition de la famille ?

— Non, dit Webster. Il fait des études d'ingénieur. La chirurgie ne l'a jamais attiré.

— Il a le droit, observa le Martien, de suivre la voie qu'il a choisie. Il est permis toutefois de regretter...

— Oui, convint Webster. Mais c'est une question réglée. Peut-être deviendra-t-il un grand ingénieur. Il étudie la structure de l'espace. Il parle d'engins capables d'aller jusqu'aux étoiles.

— Peut-être, avança Juwain, ta famille a-t-elle assez fait pour la médecine. Toi et ton père...

— Et son père avant lui, dit Webster.

— Ton livre, déclara Juwain, a fait de Mars ton obligé. Il fera peut-être accorder plus d'attention à la spécialisation martienne. Mes compatriotes ne font jamais de bons médecins. Il leur manque une base. C'est une chose étrange que la façon dont se développe l'esprit d'une race. Il est curieux que, sur Mars, on n'ait jamais songé à la médecine... à la lettre jamais songé. On l'a remplacée par un culte fataliste. Alors qu'à l'aube de votre histoire, à l'époque où les hommes vivaient encore dans des cavernes...

— Mais, dit Webster, vous avez pensé à bien des choses qui nous ont totalement échappé. Et dont nous nous demandons maintenant comment elles ont pu nous échapper. Vous avez développé des facultés que nous ne possédons pas. Prends, par exemple, ta spécialité, la philosophie. Comme elle est différente de la nôtre ! C'est une science, alors que la nôtre n'a jamais été plus qu'un tâtonnement ordonné. Votre philosophie est le développement logique et ordonné d'une philosophie pratique et utilisable : c'est un véritable outil.

Juwain allait parler ; il hésita, puis dit :

— Je suis tout près de quelque chose, quelque chose qui peut être entièrement neuf et stupéfiant. Quelque chose qui sera un outil pour vous autres humains aussi bien que pour les Martiens. Voilà des années que j'y travaille, j'ai commencé avec certains concepts mentaux qui m'avaient été suggérés par l'arrivée des Terriens. Mais je n'ai rien dit alors car je ne pouvais pas être sûr.

— Et maintenant, dit Webster, tu es sûr.

— Pas tout à fait, dit Juwain. Pas positivement. Mais presque.

Ils demeurèrent assis en silence, contemplant les montagnes et le lac. Un oiseau vint se poser

sur un des arbres et se mit à chanter. Des nuages
sombres s'amoncelaient derrière les montagnes
et les pics couronnés de neige se dressaient comme des pierres sculptées. Le soleil sombra dans
un lac de pourpre qui pâlit bientôt comme un feu
qui se meurt.

On frappa à la porte et Webster sursauta dans
son fauteuil, brusquement rappelé à la réalité.

Juwain avait disparu. Le vieux philosophe était
venu passer une heure de contemplation avec son
ami et puis s'était éclipsé sans bruit.

On frappa à nouveau.

Webster se pencha et releva la clef ; les montagnes aussitôt s'évanouirent ; la pièce redevint un
bureau. Le crépuscule se glissait par les hautes
fenêtres et le feu n'était plus qu'une lueur rose
parmi les cendres.

— Entrez, dit Webster.

Jenkins ouvrit la porte.

— Monsieur est servi, dit-il.

— Merci, dit Webster.

Il se leva lentement.

— J'ai placé monsieur à la tête de la table, dit
Jenkins.

— Ah oui, fit Webster. Merci, Jenkins. Merci
beaucoup de me l'avoir rappelé.

Webster, debout sur la large rampe du spaço-
drome, suivait des yeux la forme qui s'amenuisait
dans le ciel, projetant derrière elle une série de
petits points rouges.

La forme avait disparu depuis de longues minutes et il restait là, les mains cramponnées à la
balustrade devant lui, le regard toujours perdu
dans le ciel.

Ses lèvres remuèrent et dirent : « Adieu, fils » ;
mais aucun son ne sortit de sa bouche.

Peu à peu, il reprit conscience de ce qui l'entourait. Il se rendit compte que des gens circulaient autour de la rampe. Il vit le champ d'atterrissage qui semblait s'étendre interminablement jusqu'à l'horizon, semé çà et là de silhouettes trapues qui étaient des appareils attendant l'heure du départ. Des tracteurs étaient à l'ouvrage près d'un hangar, déblayant les dernières traces de neige de la nuit précédente.

Webster frissonna et s'en étonna car le soleil de midi était chaud. Il frissonna encore.

Lentement il s'éloigna de la rampe pour se diriger vers le bâtiment de l'administration. L'espace d'un instant, il éprouva une peur soudaine et qui tortura son cerveau : une peur irraisonnée et déconcertante en face de ce ruban de béton qu'était la rampe. Une peur qui le laissa moralement tremblant tandis qu'il se dirigeait vers la porte.

Un homme s'approcha de lui, une serviette en cuir sous le bras, et Webster, en l'apercevant, souhaita ardemment que l'autre ne lui adressât pas la parole.

L'homme ne lui parla pas, et le dépassa sans presque lui jeter un coup d'œil ; Webster se sentit soulagé.

« Si j'étais à la maison, se dit Webster, j'aurais fini de déjeuner et serais prêt maintenant à aller faire ma sieste. Le feu brillerait dans l'âtre et les flammes se refléteraient dans les chenets. Jenkins m'apporterait une liqueur et me dirait un mot ou deux... me ferait un brin de causette. »

Il se hâta de gagner la porte, précipitant le pas dans son désir d'avoir déjà quitté l'étendue glacée et dénudée de la rampe.

Curieux, l'effet que lui avait produit le départ de Thomas. Il était normal, évidemment, que le départ de son fils lui fît de la peine. Mais il était absolument anormal que, depuis quelques minutes, il sentît monter en lui pareille impression d'horreur. Une horreur de ce voyage dans l'espace, horreur du sol étranger de Mars, bien que Mars ne renfermât plus guère de secrets. Depuis plus d'un siècle, les Terriens connaissaient Mars, avaient lutté contre son climat, s'en étaient accommodés ; certains même en étaient venus à aimer la vie là-bas.

Mais seul un immense effort de volonté avait empêché Webster, dans ces dernières secondes qui avaient précédé le départ de l'appareil, de se précipiter pour hurler à Thomas de revenir, de renoncer à son voyage.

C'était une attitude inconcevable. Cela aurait été humiliant, déshonorant. Un Webster ne pouvait s'exhiber de cette façon.

Après tout, se dit-il, un voyage à Mars n'était pas une grande aventure ; plus maintenant. Autrefois, c'en était une, mais ces jours-là étaient passés. Lui-même, dans son jeune âge, avait fait un voyage dans Mars où il avait passé cinq longues années. C'était — cette pensée lui fit presque perdre le souffle — c'était il y avait près de trente ans.

Le robot lui ouvrit la porte de la salle d'attente et le brouhaha des conversations le frappa en pleine figure, provoquant en lui quelque chose qui était presque de la terreur. Un moment, il hésita, puis il franchit le seuil. La porte se referma doucement derrière lui.

En rasant le mur, pour ne pas se heurter aux gens, il se dirigea vers un fauteuil dans un coin. Il s'assit et se blottit au plus profond des coussins, tout en regardant l'humanité grouillante qui emplissait la salle.

Des gens criards, des gens pressés avec des visages inconnus, hostiles. Des inconnus... tous. Pas un visage qui lui fût familier. Des gens qui voyageaient. Qui allaient dans une planète ou dans une autre. Pressés de partir. Préoccupés par les ultimes détails. Se précipitant ici ou là.

De la foule émergea un visage familier. Webster se pencha en avant.

— Jenkins ! cria-t-il, et il regretta aussitôt d'avoir crié, bien que personne ne parût l'avoir entendu.

Le robot se dirigea vers lui et s'arrêta devant son fauteuil.

— Dites à Raymond, ordonna Webster, qu'il faut que je rentre immédiatement. Dites-lui d'avancer tout de suite l'hélicoptère.

— Que monsieur me pardonne, dit Jenkins, mais nous ne pouvons pas partir tout de suite. Les mécaniciens ont trouvé une petite avarie à la chambre atomique. Ils sont en train de la changer. Cela prendra plusieurs heures.

— Voyons, dit Webster avec impatience, cela pouvait sûrement attendre un autre moment.

— Le mécanicien assure que non, monsieur, dit Jenkins. Cela pouvait sauter d'une minute à l'autre. Toute l'énergie...

— Bien, bien, fit Webster, c'est possible. (Il tripota nerveusement son chapeau :) Je venais justement de me souvenir que j'avais quelque chose à faire. Une chose qui doit être faite tout de suite. Il faut que je rentre. Je ne peux pas attendre plusieurs heures.

Il s'était avancé jusqu'au bord de son siège, et avait les yeux fixés sur la foule.

Ces visages... ces visages...

— Monsieur pourrait peut-être téléviser, proposa Jenkins. Un des robots pourrait faire ce qu'il faut pour monsieur. Il y a une cabine...

— Attendez, Jenkins, dit Webster. (Il hésita un moment.) Je n'ai rien à faire à la maison. Rien du tout. Mais il faut que je rentre. Je ne peux pas rester ici. Sinon, je vais devenir fou. J'étais terrorisé tout à l'heure sur la rampe. Et ici je suis complètement désorienté et affolé. J'ai une impression... une impression étrange, terrible. Jenkins, je...

— Je comprends, monsieur, dit Jenkins. Le père de monsieur avait la même impression.

Webster sursauta :

— Mon père ?

— Oui, monsieur, et c'est pourquoi le père de monsieur n'allait jamais nulle part. Il avait à peu près l'âge de monsieur quand il s'en est aperçu. Il a essayé de faire un voyage en Europe et il n'a pas pu. A mi-chemin, il est revenu. Il avait un mot pour qualifier ça.

Webster gardait un silence accablé.

— Un mot, dit-il enfin. Bien sûr, il y a un nom pour qualifier ça. Mon père était ainsi. Et mon grand-père... lui aussi ?

— Je ne saurais le dire à monsieur, dit Jenkins. Quand j'ai été créé, le grand-père de monsieur était déjà assez âgé. Mais c'est bien possible. Il n'allait jamais nulle part non plus.

— Vous comprenez, alors, dit Webster. Vous savez ce que c'est. J'ai l'impression que je vais être malade... que je vais vomir. Voyez donc si vous pouvez trouver un hélicoptère-taxi... n'importe quoi, pourvu que nous puissions rentrer.

— Oui, monsieur, dit Jenkins.

Il s'en allait déjà, mais Webster le rappela.

— Jenkins, quelqu'un d'autre est-il au courant de ceci ? Le savez-vous ?

— Non, monsieur, dit Jenkins. Le père de monsieur ne m'en a jamais parlé, et j'ai l'impression qu'il ne tenait pas à en parler.

— Je vous remercie, Jenkins, dit Webster.

Webster se pelotonna de nouveau dans son fauteuil ; il se sentait seul et déplacé parmi cette foule. Seul dans un hall bourdonnant de gens, plein de vie. Cette solitude le déchirait, le laissait faible et mou.

C'était le mal du pays. Tout bonnement, le mal du pays, se dit-il. Ce qu'éprouvent, paraît-il, les garçons la première fois qu'ils quittent le domicile familial, la première fois qu'ils s'en vont dans le monde.

Il y avait un mot pour qualifier ça, un mot compliqué, l'agoraphobie, la crainte morbide de se trouver au milieu des grands espaces ; cela venait du grec et cela signifiait littéralement : crainte de la place du marché.

S'il traversait le hall pour aller jusqu'à la cabine de télévision, il pourrait appeler la maison, parler avec sa mère ou avec un des robots ; mais mieux valait encore rester là et regarder en attendant le retour de Jenkins.

Il fit le geste de se lever, puis retomba dans son fauteuil. Cela ne rimait à rien. Parler à quelqu'un à la maison, voir même le bâtiment, ce n'était pas comme y être. Il ne pourrait pas sentir le parfum des pins dans l'air de l'hiver, ni entendre la neige crisser dans l'allée sous ses pas, ni tendre la main pour toucher un des chênes géants qui bordaient la route. Il ne pourrait pas sentir la chaleur du feu dans la cheminée ni éprouver cette merveilleuse impression d'être à sa place, de ne faire qu'un avec une terre et avec un décor.

Et pourtant... peut-être cela lui ferait-il du bien. Pas beaucoup peut-être, mais un peu de bien. Il fit le geste de se lever de son fauteuil, mais il demeura figé sur place. L'idée de faire les quelques pas qui le séparaient de la cabine l'emplissait de terreur, d'une effroyable, d'une accablante terreur. Pour les faire, il faudrait qu'il coure. Qu'il coure pour échapper aux yeux qui le guettaient, aux sons insolites, à l'affreuse proximité de visages inconnus.

Il se rassit brusquement.

La voix perçante d'une femme retentit dans le hall et il se recroquevilla en l'entendant. Il se sentait dans un état épouvantable. Il avait hâte de voir Jenkins revenir.

Le premier souffle du printemps entra par la fenêtre, emplissant le bureau de la promesse des neiges fondues, des feuilles et des fleurs à venir, des triangles de canards sauvages fendant le ciel bleu à destination du nord, des truites rôdant dans les remous, guettant la mouche.

Webster leva les yeux de la liasse de papiers posée sur son bureau, huma la brise et sentit sur sa joue la caresse de l'air frais. Il tendit la main dans la direction de son verre de cognac, le trouva vide et le reposa.

Il se pencha à nouveau sur ses papiers, prit un crayon et barra un mot.

Il relut d'un œil critique les derniers paragraphes :

« Le fait que sur les deux cent cinquante personnes qui étaient invitées à venir me voir, pour des missions de la plus haute importance, trois seulement ont réussi à venir ne prouve pas nécessairement que les deux cent quarante-sept autres souffrent d'agoraphobie. Parmi ces gens, certains peuvent avoir eu des raisons légitimes qui les ont empêchés de se rendre à mon invitation. Mais cela n'en indique pas moins, chez les hommes menant sur la Terre l'existence qui a suivi la dissolution des cités, une répugnance croissante à quitter les endroits qui leur sont familiers, une tendance de plus en plus marquée à demeurer dans le cadre que leur esprit a pris l'habitude d'associer avec une existence agréable.

« Jusqu'où sera poussée cette tendance, nul ne saurait l'affirmer, puisqu'elle ne se manifeste qu'au sein d'une petite fraction des habitants de la Terre. Dans les familles nombreuses, la pression économique contraint certains des fils à aller chercher fortune en d'autres régions de la Terre ou sur l'une des autres planètes. Certains vont courir l'aventure dans l'espace, et d'autres adoptent des métiers ou des professions qui rendent impossible une existence sédentaire. »

Il tourna la page et lut le dernier feuillet.

C'était incontestablement un bon article, mais il ne pouvait le faire publier ; pas encore. Peut-être paraîtrait-il après sa mort. Personne, autre que lui, à sa connaissance, n'avait pris une conscience aussi nette de cette nouvelle tendance qui faisait que les hommes répugnaient à quitter leur domicile. Et pourquoi, après tout, devraient-ils sortir de chez eux ?

De là résultent certains dangers...

Le téléviseur se mit à grésiller et il tendit la main pour ouvrir la clef.

La pièce disparut et il vit un homme assis derrière un bureau, à peu près comme s'il lui faisait face de l'autre côté de sa propre table. L'homme avait les cheveux gris et ses yeux brillaient d'un éclat triste derrière des verres épais.

Webster le dévisagea un moment, fouillant sa mémoire.

— Ne serait-ce pas ?... demanda-t-il.

L'homme eut un sourire grave.

— J'ai changé, dit-il. Comme vous. Je m'appelle Clayborne. Vous vous souvenez ? La commission médicale de Mars.

Clayborne ! J'ai souvent pensé à vous ! Vous êtes resté sur Mars.

Clayborne acquiesça.

— J'ai lu votre livre, docteur. Il apporte à la science une contribution essentielle. J'avais souvent pensé qu'il faudrait écrire un tel livre, je voulais le faire moi-même, mais je n'ai jamais eu le temps. Et c'est tant mieux. Vous avez fait un bien meilleur ouvrage que je n'aurais pu le faire. Notamment en ce qui concerne le cerveau.

— Le cerveau martien, lui dit Webster, m'a toujours intrigué, certaines de ses particularités surtout. Je crois bien que, sur ces cinq années, j'ai passé à prendre des notes plus de temps que je n'aurais dû. Il y avait autre chose à faire.

— Vous avez eu bien raison, dit Clayborne. C'est pourquoi je m'adresse à vous aujourd'hui. J'ai là un malade... il faut tenter une opération au cerveau. Vous seul pouvez le faire.

— Vous allez le transporter ici ? dit Webster d'une voix haletante.

Clayborne secoua la tête :

— Il n'est pas transportable. Mais vous le connaissez, je crois. C'est Juwain, le philosophe.

— Juwain ! s'écria Webster. C'est un de mes meilleurs amis. Nous bavardions tous les deux il n'y a pas encore deux jours.

— L'attaque a été très soudaine, dit Clayborne. Il m'a demandé de vous appeler.

Webster gardait le silence ; il se sentait glacé, comme si un frisson montait en lui il ne savait d'où. Un frisson qui faisait perler sur son front une sueur froide, qui crispait ses poings.

— Si vous partez tout de suite, dit Clayborne, vous pouvez arriver à temps. J'ai déjà pris mes dispositions avec le Comité Mondial pour qu'un appareil soit mis à votre disposition. Il faut faire très vite.

— Mais, dit Webster, mais... je ne peux pas venir.

— Vous ne pouvez pas venir !

— C'est impossible, dit Webster. Je doute fort d'ailleurs que ma présence soit indispensable. Je suis bien sûr que vous-même...

— Le cas dépasse ma compétence, dit Clayborne. Vous seul pouvez réussir l'opération. Vous seul possédez les connaissances nécessaires. Vous tenez entre vos mains la vie de Juwain. Si vous venez, il vivra. Si vous ne venez pas, il mourra.

— Je ne peux pas voyager dans l'espace, dit Webster.

— Tout le monde peut voyager dans l'espace, fit Clayborne d'un ton sec. Ce n'est plus comme autrefois. On voyage dans les meilleures conditions.

— Mais vous ne comprenez pas, plaida Webster. Vous...

— Non, dit Clayborne, je ne comprends pas. Franchement non. Que l'on puisse refuser de sauver la vie d'un ami...

Les deux hommes se dévisagèrent longuement sans rien dire.

— Je dirai au Comité de faire envoyer l'appareil directement à votre domicile, dit enfin Clayborne. J'espère que d'ici là vous aurez vu où est votre devoir.

Clayborne disparut et le mur revint à sa place : le mur avec les livres, la cheminée et les tableaux, les meubles bien-aimés et la promesse du printemps qui entrait par la fenêtre ouverte.

Webster restait immobile dans son fauteuil, le regard fixé sur le mur devant lui.

Juwain, Juwain avec son visage velu, sa voix douce et sifflante, son amitié, sa compréhension. Juwain qui étreignait les mirages dont se font les rêves pour les façonner en logique, en règles de conduite. Juwain qui se servait de la philosophie comme d'un outil, comme d'une science, comme d'un tremplin vers une vie meilleure.

Webster enfouit sa tête entre ses mains et lutta contre l'angoisse qu'il sentait sourdre en lui.

Clayborne n'avait pas compris. On ne pouvait pas lui demander de comprendre puisqu'il ne pouvait pas savoir. Et même s'il savait, comprendrait-il ? Même lui, Webster, n'aurait pas compris pareil sentiment chez autrui avant de l'avoir découvert en lui-même, avant d'avoir connu la terrible crainte de quitter son coin de feu, sa terre, ses biens, tous les petits symboles qu'on avait édifiés. Et pas seulement lui, lui seul, mais les autres Websters. Depuis le premier John J., toute une lignée d'hommes et de femmes qui avaient fondé peu à peu un mode de vie, une tradition.

Lui, Jérôme A. Webster, il était allé sur Mars quand il était jeune homme sans même soupçonner qu'un poison psychologique courait dans ses veines. Il ne le savait pas encore quand Thomas à son tour était parti. Mais trente ans de vie paisible dans cette retraite que les Websters appelaient un foyer l'avaient révélé, ce poison, l'avaient développé à son insu. Seule l'occasion lui avait jusqu'alors manqué d'en prendre conscience.

La façon dont le mal s'était développé était claire : claire comme de l'eau de roche. L'habitude, certaines attitudes mentales, une association heureuse avec certaines choses : des choses qui n'avaient pas de valeur en soi mais auxquelles cinq générations d'une même famille avaient fini par attribuer une valeur définie, concrète.

Il n'était pas étonnant après cela qu'il se sentît mal à l'aise ailleurs, que d'autres horizons lui parussent chargés d'horribles menaces.

Et il ne pouvait rien y faire, rien sinon abattre tous les arbres, brûler la maison, détourner les ruisseaux. Et même cela ne suffirait peut-être pas, même cela...

Le téléviseur se mit à bourdonner. Webster leva la tête et ouvrit le contact.

Une lueur éblouissante illumina la pièce, mais

aucune image n'apparut. Une voix dit : « Appel confidentiel. Appel confidentiel. »

Webster fit jouer un panneau de la machine, tourna deux boutons, et entendit le courant débloquer un écran qui isola la pièce.

— Isolation assurée, dit-il.

La lueur blanche s'éteignit et il vit un homme assis à un bureau. Cet homme, il l'avait vu bien souvent déjà à l'occasion de discours télévisés et dans les journaux.

C'était Henderson, le président du Comité Mondial.

— J'ai eu une communication de Clayborne, dit Henderson.

Webster acquiesça d'un signe de tête.

— Il me dit que vous refusez d'aller sur Mars.

— Je n'ai pas refusé, dit Webster. Quand Clayborne a raccroché, la question restait pendante. Je lui ai dit qu'il m'était impossible de faire ce voyage, mais il a paru ne pas comprendre.

— Webster, il faut que vous y alliez, dit Henderson. Vous êtes le seul homme qui connaisse suffisamment bien le cerveau martien pour tenter l'opération. S'il s'agissait d'une intervention banale, quelqu'un d'autre pourrait s'en charger. Mais ce n'est pas le cas.

— Cela se peut, dit Webster, mais...

— Il ne s'agit pas seulement de sauver une vie, dit Henderson. Et en l'occurrence la vie d'une personnalité aussi éminente que Juwain. Il y a autre chose. Juwain est un de vos amis. Peut-être a-t-il fait quelque allusion devant vous à une découverte qu'il vient de faire.

— Oui, dit Webster. Oui, en effet. Il m'a parlé d'un nouveau concept de la philosophie.

— C'est un concept, déclara Henderson, dont nous ne pouvons nous passer. Qui va donner une nouvelle impulsion au système solaire et faire

78

avancer l'humanité de cent mille ans en l'espace de deux générations. La nouvelle impulsion tendra vers un but que nous n'avions jamais soupçonné jusqu'alors, dont nous avions même ignoré l'existence. Il s'agit d'une nouvelle vérité, en fait. Une vérité à quoi personne n'a jamais songé.

Les mains de Webster se crispèrent au bord du bureau jusqu'à ce que le sang reflue de ses articulations.

— Si Juwain meurt, dit Henderson, ce concept meurt avec lui. Il sera peut-être perdu à jamais.

— Je vais essayer, dit Webster. Je vais essayer...

Henderson le regardait sans aménité :

— C'est tout ce que vous pouvez faire ?

— C'est tout, dit Webster.

— Mais enfin, vous devez quand même avoir une raison d'agir ainsi ! Une explication.

— Aucune, dit Webster, que je me soucie de donner.

Là-dessus, il tendit le bras et coupa délibérément la communication.

Webster était toujours assis à son bureau et il contemplait ses mains étendues devant lui. Des mains habiles, capables de réussir là où d'autres échouaient. Des mains qui pourraient sauver une vie s'il pouvait les amener jusqu'à Mars. Des mains qui pourraient sauver pour le système solaire, pour l'humanité, pour les Martiens, une idée nouvelle qui les ferait avancer de cent mille ans en l'espace de deux générations.

Mais ces mains étaient enchaînées par une phobie née d'une vie par trop paisible. C'était la décadence... une décadence d'une étrange et redoutable beauté.

L'homme avait abandonné depuis quelque deux cents ans les cités grouillantes et les tanières familières. Il s'était délivré des vieilles inimitiés et des terreurs ancestrales qui le retenaient autour du feu de camp de la tribu, il avait laissé derrière lui les farfadets qui le suivaient depuis l'âge des cavernes.

Et pourtant... et pourtant...

Ce bureau n'était qu'une autre tanière. Sinon pour le corps, du moins pour l'âme. C'était sur le plan moral comme un feu de camp qui retenait l'homme dans son cercle de lumière.

Mais, Webster le savait, il fallait quitter ce feu. Comme les hommes avaient quitté deux siècles auparavant les cités, il lui fallait se lever et partir. Et ne pas se retourner.

Il fallait qu'il aille sur Mars... ou du moins qu'il parte pour Mars. C'était indiscutable. Il fallait qu'il parte.

Il ne savait pas s'il survivrait au voyage, s'il serait capable d'opérer une fois arrivé. Il se demandait vaguement si l'agoraphobie pouvait être mortelle. Dans sa forme la plus aiguë, peut-être...

Il tendit la main, puis s'arrêta. Inutile de demander à Jenkins de faire les bagages. Il s'en chargerait lui-même : cela l'occuperait en attendant l'arrivée de l'appareil.

Sur l'étagère du haut de sa penderie, il prit une trousse : elle était couverte de poussière. Il souffla dessus, mais la poussière s'accrochait. Cela faisait trop d'années qu'il n'y avait touché.

Tandis qu'il préparait ses affaires, la pièce se mit à discuter avec lui, à lui tenir ce langage muet qu'utilisent les ob'ets inanimés familiers pour s'adresser à l'homme.

« Tu ne peux pas y aller, dit la chambre. Tu ne peux pas t'en aller comme ça et me laisser. »

Et Webster répondait, mêlant les plaidoyers aux explications : « Il faut que j'y aille. Tu ne comprends donc pas ? C'est un ami, un vieil ami. Je reviendrai. »

80

Ses bagages bouclés, Webster revint dans le bureau et s'effondra dans son fauteuil.

Il allait devoir partir, et pourtant il s'en sentait incapable. Mais quand l'appareil serait là, quand le moment serait venu, il savait qu'il sortirait de la maison et s'embarquerait.

Il tendit son esprit dans cette direction, s'efforçant de chasser toute autre pensée que celle de son départ.

Mais les objets qui se trouvaient dans la pièce s'imposaient à son cerveau, comme s'ils avaient tous participé à une conspiration destinée à le retenir. Des objets qu'il lui semblait voir à cet instant pour la première fois. De vieux objets qui soudain lui paraissaient neufs. Le chronomètre qui donnait à la fois l'heure sur Terre et sur Mars, les jours du mois et les phases de la lune. La photo de sa femme morte. La coupe qu'il avait gagnée au collège.

Il les contempla, d'abord malgré lui, puis avec un intérêt passionné, laissant leur image envahir son cerveau. Il les voyait comme les divers éléments d'une pièce qu'il considérait depuis des années comme un tout fini, sans jamais se rendre compte de la multitude d'objets qui entraient dans la composition de ce tout.

Le crépuscule tombait, le crépuscule des premiers jours de printemps, qui fleurait les premières pousses d'osier.

L'appareil aurait dû être là depuis longtemps. Il se surprit à tendre l'oreille, tout en sachant très bien qu'il ne l'entendrait pas venir. Un astronef mû par des moteurs atomiques ne faisait aucun bruit sauf quand il accélérait. A l'atterrissage et au décollage, il flottait comme un duvet de chardon, sans un murmure.

Il n'allait pas tarder. Mieux valait que l'appareil ne tarde pas, sinon Webster sentait qu'il ne pourrait jamais partir. S'il lui fallait encore attendre longtemps, toutes ses belles résolutions s'effondreraient comme un tas de poussière emporté par la pluie. Il ne pourrait plus maintenir longtemps sa résolution devant l'appel de la chambre, le pétillement du feu, le murmure de la terre où cinq générations de Websters avaient vécu.

Il ferma les yeux et s'efforça de lutter contre le frisson qu'il sentait monter en lui. Il n'allait quand même pas se laisser abattre, se dit-il. Il fallait tenir bon. Quand l'appareil serait là, il faudrait être capable de se lever et d'aller jusqu'à la porte.

On frappa.

— Entrez ! cria Webster.

C'était Jenkins, dont la carcasse métallique brillait à la lueur du feu.

— Monsieur m'avait déjà appelé ? demanda-t-il.

Webster fit signe que non.

— J'avais peur que monsieur ne m'ait appelé et qu'il ne se soit demandé pourquoi je ne venais pas, expliqua Jenkins. Il s'est passé quelque chose de tout à fait extraordinaire, monsieur. Deux hommes sont venus avec un astronef en disant que monsieur voulait aller sur Mars.

— Ils sont là ? fit Webster. Pourquoi ne m'avez-vous pas prévenu ?

Il se leva avec effort.

— J'ai pensé, dit Jenkins, que monsieur ne voudrait pas être dérangé. C'était tellement ridicule. J'ai fini par leur faire comprendre que monsieur ne voulait sûrement pas aller sur Mars.

Webster se raidit, il sentit le froid de la peur lui serrer le cœur. Ses mains cherchèrent le bord du bureau, s'y cramponnèrent, et il s'assit dans son fauteuil ; il lui sembla que les murs de la pièce se refermaient autour de lui, comme un piège dont il ne pourrait jamais s'évader.

Notes sur le troisième conte

Aux yeux des milliers de lecteurs que ce conte a charmés, il se distingue des autres en ce que les Chiens y apparaissent pour la première fois. Mais pour l'érudit, il a une signification bien plus profonde. C'est avant tout le récit d'un remords et d'un échec. L'effondrement de la race humaine s'y poursuit : l'Homme est la proie du remords en même temps qu'il souffre des problèmes que pose l'existence des mutants humains.

Ce conte s'efforce de rationaliser les mutations, d'expliquer même les Chiens comme des modifications de la tendance primitive. Selon ce récit, aucune race ne peut s'améliorer sans mutations ; il n'est pas fait mention, par contre, du besoin d'un facteur stabilisateur au sein de la société. Au fur et à mesure que se déroule la légende, il devient éclatant que la race humaine n'a guère attaché d'importance à la stabilité.

Tige, qui a passé au crible la légende pour étayer ses affirmations que les contes sont d'origine humaine, estime qu'aucun conteur canin n'aurait introduit la notion de mutation dans un récit, car ce concept va à l'encontre de toutes les croyances canines. C'est là, assure-t-il, une idée dont l'origine étrangère est évidente.

Bounce, toutefois, souligne que tout au long de la légende on voit, présentés sous un jour favora-

83

ble, des points de vue diamétralement opposés à la logique canine. Il ne faut voir là, dit-il, que la marque d'un bon conteur, qui sait déformer quelque peu les valeurs pour obtenir des effets dramatiques.

Que l'Homme soit présenté à dessein comme un personnage parfaitement conscient de ses lacunes, on ne peut en douter. Dans ce conte, l'humain Grant parle d'une « routine de la logique » et il se rend manifestement compte des manques de la logique humaine. Il dit à Nathanael que les hommes sont toujours inquiets. Il place un espoir quasi enfantin dans la théorie de Juwain dont il estime qu'elle pourrait encore sauver la race humaine.

Et Grant, finalement, voyant que la tendance à la destruction est inhérente à sa race, remet à Nathanael le destin de l'humanité.

De tous les personnages évoqués dans cette légende, Nathanael est peut-être le seul qui ait une réalité historique. Dans divers cycles légendaires appartenant à la lointaine antiquité de notre race le nom de Nathanael apparaît. Comme il est absolument impossible que Nathanael ait accompli tous les exploits qu'on lui attribue dans ces contes, on estime qu'il a réellement existé et qu'il a été un personnage important. La raison de cette situation éminente s'est évidemment égarée au cours des âges.

Les Webster, la famille d'humains qui apparaît dès le premier conte, gardent un rôle important tout au long de la légende. Bien qu'on puisse voir là une nouvelle preuve à l'appui de la thèse de Tige, il se peut également que la famille Webster ne soit qu'une ingénieuse création de conteur, un artifice destiné à établir un lien de continuité entre des contes qui en manquent un peu.

Pour qui s'attache de trop près à la lettre du

récit, le fait que les Chiens y soient présentés comme un produit de l'intervention humaine peut se révéler quelque peu choquant. Rover, qui n'a jamais vu dans la légende qu'un mythe pur, estime qu'il y a là une tentative simpliste d'explication des origines raciales. Pour couvrir son ignorance des faits, le conte fait appel à une explication qui équivaut à une intervention divine. C'est une façon commode, et pour un esprit primitif plausible et satisfaisant, d'expliquer un phénomène dont on ignore tout.

LE RECENSEMENT

Richard Grant se reposait auprès de la petite source qui jaillissait de la colline et dégringolait en cascade en travers du sentier quand l'écureuil passa en courant devant lui et alla se réfugier au sommet d'un noyer. Derrière l'écureuil arriva le petit chien noir, déchaînant un tourbillon de feuilles mortes.

En voyant Grant, le chien freina des quatre pattes et s'arrêta ; il dévisagea l'étranger en agitant la queue, une lueur amusée dans le regard.

Grant lui sourit.

— Salut, fit-il.

Grant sursauta et demeura bouche bée. Le chien lui éclata de rire au nez, sa petite langue rose pendant hors de sa gueule.

Du doigt, Grant désigna le noyer :

— Ton écureuil est là-haut.

— Merci, fit le chien. Je le sais. Je le sens d'ici.

Stupéfait, Grant jeta un rapide coup d'œil autour de lui ; sans doute était-il victime d'une plaisanterie. Il devait y avoir un ventriloque dans les parages. Mais il ne vit personne. A part le chien et lui, il n'y avait personne dans les bois, sinon la source murmurante et l'écureuil qui grignotait dans l'arbre.

Le chien s'approcha.

— Je m'appelle Nathanael, dit-il.

Pas de doute, il parlait. Presque comme un être humain, mais en articulant soigneusement les mots comme pourrait le faire quelqu'un qui apprendrait la langue. Et puis il avait un accent bizarre, difficile à identifier, jamais encore entendu.

— J'habite sur la colline, déclara Nathanael, avec les Websters.

Il s'assit sur son séant, sa queue battant les feuilles. Il avait l'air extrêmement heureux.

Grant fit soudain claquer ses doigts.

— Bruce Webster ! Ah, je comprends. J'aurais dû y penser plus tôt. Ravi de te connaître, Nathanael.

— Et vous, qui êtes-vous ? demanda Nathanael.

— Moi ? Je suis Richard Grant, énumérateur.

— Qu'est-ce qu'un énu... énumér...

— Un énumérateur est quelqu'un qui dénombre les gens, expliqua Grant. Je procède à un recensement.

— Il y a tout un tas de mots que je ne peux pas prononcer, dit Nathanael.

Il se leva, s'approcha de la source et but à grand bruit. Quand il eut fini, il se laissa tomber auprès de l'homme.

— Ça vous dit de tirer l'écureuil ? demanda-t-il.

— Tu y tiens ?

— Pourquoi pas ? fit Nathanael.

Mais l'écureuil était parti. Ils firent tous deux le tour de l'arbre, fouillant des yeux les branches presque dénudées. Ils ne virent pas trace de queue en panache ni d'yeux perçants aux aguets. Pendant qu'ils bavardaient, l'écureuil avait décampé.

Nathanael avait l'air un peu déconfit, mais il s'efforça de prendre la chose du bon côté.

— Pourquoi ne passeriez-vous pas la nuit avec nous ? proposa-t-il. Et demain matin, nous pourrions aller chasser. Toute la journée, même.

— Je ne voudrais pas vous déranger, fit Grant

en riant. J'ai l'habitude de dormir à la belle étoile.

— Bruce serait content de vous voir, insista Nathanael. Et le grand-paternel n'y verrait pas d'inconvénient. D'ailleurs il ne voit pas la moitié de ce qui se passe.

— Qui est le grand-paternel ?

— Son vrai nom, c'est Thomas, dit Nathanael, mais tout le monde l'appelle le grand-paternel. C'est le père de Bruce. Il est très vieux. Il reste assis toute la journée à penser à quelque chose qui s'est passé il y a très longtemps.

Grant hocha la tête :

— Je sais, Nathanael. Juwain.

— Oui, c'est ça, dit Nathanael. Qu'est-ce que ça veut dire ?

— Je voudrais bien pouvoir te le dire, Nathanael, soupira Grant. Je voudrais bien le savoir.

Il chargea son sac sur son épaule, se pencha et gratta le chien derrière l'oreille. Nathanael eut une grimace ravie.

— Merci, dit-il, et il s'engagea dans le sentier.

Grant le suivit.

Thomas Webster était assis dans son fauteuil roulant sur la pelouse et contemplait les collines baignées dans la lumière du soir.

« J'aurai quatre-vingt-six ans demain, pensait-il. Quatre-vingt-six ans. C'est un bout de temps pour une vie. C'est peut-être trop long. Surtout quand on n'est plus fichu de marcher et que la vue baisse.

« Elsie va faire un gâteau d'anniversaire avec des tas de bougies et les robots m'apporteront un cadeau et les chiens de Bruce viendront me présenter leurs vœux de bonne continuation en agitant leur queue. Et il y aura quelques appels de téléviseur pour moi... peut-être pas beaucoup d'ailleurs. Et je bomberai le torse en disant que je compte vivre cent ans et tout le monde rira sous cape et pensera : « Ecoutez-moi ce vieux gâteux. »

89

« Quatre-vingt-six ans et j'avais deux choses à faire. J'en ai fait une et pas l'autre. »

Un corbeau passa en croassant au loin au-dessus d'une corniche et plongea dans la vallée. De la rivière, en bas, monta le cancanement d'un groupe de canards sauvages.

Les étoiles allaient bientôt se lever. Elles se levaient tôt en cette saison. Il aimait bien les regarder. Les étoiles ! Il les contempla avec orgueil. Elles le faisaient vivre, pas moins ! Une obsession ? Peut-être... c'était en tout cas quelque chose qui effacerait la vieille marque d'infamie, qui mettrait l'honneur de la famille à l'abri des historiens indiscrets. Et Bruce faisait de son mieux, lui aussi. Avec ses chiens...

Il entendit un pas derrière lui sur la pelouse.

— Le whisky de monsieur, dit Jenkins.

Thomas Webster regarda longuement le robot, puis prit le verre posé sur le plateau.

— Merci, Jenkins, dit-il.

Il fit tourner le verre entre ses doigts :

— Dites-moi, Jenkins, depuis combien de temps servez-vous la famille ?

— Je servais déjà le père de monsieur, dit Jenkins. Et son père encore avant lui.

— Pas de nouvelles ? demanda le vieil homme.

Jenkins secoua la tête :

— Pas de nouvelles, monsieur.

Thomas Webster but une petite gorgée de whisky :

— Cela veut dire alors qu'ils sont bien au-delà du système solaire. Trop loin même pour pouvoir utiliser l'émetteur de Pluton comme relais. Ils doivent être au moins à mi-chemin de l'Alpha du Centaure. Si seulement je pouvais vivre assez longtemps...

— Monsieur vivra, lui dit Jenkins. Je le sens dans mes os.

90

— Mais vous n'avez pas d'os, répliqua le vieillard.

Il buvait son alcool à petites gorgées, le savourant d'une langue experte. Encore trop d'eau. Mais cela ne servirait à rien d'en faire l'observation à Jenkins. Ah, ce médecin ! Dire qu'il était allé ordonner à Jenkins de mettre un peu plus d'eau. Comment pouvait-on ainsi priver un homme de boire des whiskies à l'eau convenablement dosés pour le peu d'années qui lui restaient à vivre...

— Qu'est-ce que je vois là-bas ? demanda-t-il, en désignant le sentier qui gravissait la colline.

Jenkins se tourna de ce côté.

— Il me semble, monsieur, dit-il, que Nathanael amène quelqu'un à la maison.

Les chiens étaient venus dire bonsoir et étaient repartis.

Bruce Webster leur avait fait un sourire affectueux.

— Quelle bande ! dit-il. (Il se tourna vers Grant :) J'imagine que Nathanael vous a un peu surpris cet après-midi.

Grant leva son verre de whisky et le regarda à la lumière.

— En effet, dit-il. Une minute, il m'a surpris. Et puis je me suis souvenu d'articles que j'avais lus sur ce que vous faites ici. Ce n'est pas de mon ressort, mais il a paru de nombreux articles de vulgarisation à propos de vos travaux, et dans une langue accessible aux profanes.

— Votre ressort ? demanda Webster. Je croyais...

— Je vois ce que vous voulez dire, fit Grant en riant. Un recenseur. Un énumérateur. Oui, je vous l'accorde.

Webster était surpris, et quelque peu embarrassé :

— J'espère, Mr Grant, que je n'ai pas...

— Mais pas du tout, lui dit Grant. J'ai l'habitude qu'on me considère comme un type qui écrit le nom et l'âge des gens sur un papier et puis qui s'en va en trouver d'autres pour recommencer. C'était l'idée qu'on se faisait autrefois du recensement. On se contentait de compter les têtes, rien de plus. Simple opération de statistique. Mais trois cents ans ont passé depuis le dernier recensement. Et les temps ont bien changé.

— Vous m'intéressez, dit Webster. On croirait, à vous entendre, que vous faites une sinistre besogne.

— Cela n'a rien de sinistre, protesta Grant. C'est un travail logique. C'est une évaluation de la population humaine. Il ne s'agit pas seulement de savoir combien il y a de gens sur terre, mais ce qu'ils sont vraiment, ce qu'ils pensent et ce qu'ils font.

Webster se vautra plus profondément dans son fauteuil et allongea les pieds vers le foyer :

— Ne me dites pas, Mr Grant, que vous avez l'intention de me psychanalyser !

Grant vida son verre et le reposa sur la table.

— Ce serait inutile, dit-il. Le Comité Mondial sait tout ce qu'il a besoin de savoir sur des gens comme vous. Mais il y a les autres... les coureurs de crêtes, comme on les appelle par ici. Au nord, ce sont des hommes des bois. Là-bas, dans le Sud, c'est un autre genre. Ils forment une population quasi clandestine, presque oubliée. Ils comprennent tous ceux qui sont partis s'installer dans les bois. Tous ceux qui ont décampé quand le Comité Mondial a relâché les rênes du gouvernement.

— Il fallait bien les relâcher, grommela Webster. N'importe qui peut s'en rendre compte en étudiant un peu l'Histoire. Même avant la création du Comité Mondial, les institutions étaient accablées par des survivances de l'époque du char à bœufs. Il n'y avait pas plus de raison pour que continuent d'exister des gouvernements municipaux voilà trois cents ans qu'il n'y en a aujourd'hui pour justifier un gouvernement national.

— Vous avez parfaitement raison, dit Grant, et pourtant, quand le contrôle du gouvernement s'est relâché, l'emprise qu'il avait sur la vie de chacun s'est relâchée aussi. Quiconque avait envie de s'en aller vivre loin de tout gouvernement, de renoncer aux avantages et d'échapper aux obligations, pouvait s'en aller à sa guise. Et le Comité Mondial n'en avait cure. Il avait d'autres chats à fouetter que d'aller s'inquiéter des mécontents et des gens qui cherchaient à fuir leurs responsabilités. Et ils ne manquaient pas. Les fermiers, par exemple, que l'avènement des hydroponiques avait contraints à changer de vie. Un grand nombre d'entre eux ont du mal à s'adapter à la vie industrielle. Alors, ils se sont esquivés. Ils sont revenus à une existence primitive. Ils ont fait un peu de culture en terre, un peu de chasse, ils ont tendu des pièges, coupé du bois, chapardé par-ci par-là. Privés de leur moyen d'existence, ils sont revenus à la terre, et la terre les a nourris.

— Il y a trois cents ans de cela, dit Webster. A cette époque, le Comité Mondial s'en moquait bien. Il faisait ce qu'il pouvait naturellement, mais, comme vous dites, peu lui importait au fond que quelques individus lui filent entre les doigts. Alors pourquoi ce soudain intérêt ?

— Je pense, dit Grant, que maintenant ils ont le temps de s'en occuper.

Il examina Webster avec attention. Son hôte était à demi allongé devant le feu, son visage respirait l'autorité, et la lueur bondissante des flammes creusait des ombres sur ses traits, lui donnant une expression presque surnaturelle.

Grant fouilla dans sa poche, en tira une pipe et se mit à la bourrer.

— Ce n'est pas tout, dit-il.

— Ah ! fit Webster.

— Il y a encore autre chose. Le Comité aurait probablement fait faire ce recensement de toute façon, parce qu'une estimation du chiffre de la population terrestre est, en tout état de cause, un élément de connaissance utile. Mais ce n'est pas tout.

— Les mutants, dit Webster.

— C'est exact, acquiesça Grant.

— Je ne m'attendais guère à voir quelqu'un le deviner.

— Je travaille avec des mutants, dit Webster. Toute ma vie est liée à des phénomènes de mutation.

— D'étranges formes de culture se sont manifestées, dit Grant. Des créations absolument sans précédent. Des formes littéraires qui portent indiscutablement la marque de tempéraments neufs. Une musique qui a rompu avec les modes d'expression traditionnels. Un art qui ne ressemble à rien de ce qu'on avait vu jusqu'alors. Et presque tout cela sous le couvert de l'anonymat ou du pseudonyme.

Webster se mit à rire :

— Et c'est là, naturellement, un mystère complet pour le Comité Mondial.

— Ce n'est pas tant cela que quelque chose d'autre encore, expliqua Grant. Le Comité ne se préoccupe pas tellement d'art et de littérature que d'autres choses... moins apparentes. Si une renaissance est en train de s'opérer, il est normal qu'elle se manifeste d'abord dans de nouvelles formes d'art et de littérature. Mais une renaissance n'a pas de répercussions que dans le domaine littéraire ou artistique.

Webster s'enfonça plus profondément encore au creux de son fauteuil et replia ses mains sous son menton.

— Je vois, dit-il, où vous voulez en venir.

De longues minutes, ils demeurèrent plongés dans un silence que rompaient seulement le pétillement du feu et le murmure fantomatique du vent d'automne dans les arbres du parc.

— L'occasion s'est présentée jadis, dit Webster, presque comme s'il se parlait à lui-même. L'occasion de découvrir de nouveaux points de vue, qui auraient évité quatre mille ans de tâtonnements à la pensée humaine. Un homme a détruit cette occasion.

Grant se tortilla dans son fauteuil, puis s'assit très droit, craignant que Webster ne l'ait vu bouger.

— Cet homme, dit Webster, était mon grand-père.

Grant savait qu'il devait dire quelque chose, qu'il ne pouvait pas rester assis là, muet.

— Juwain se trompait peut-être, dit-il. Il n'avait peut-être pas découvert une nouvelle philosophie.

— C'est une pensée à quoi nous avons recours pour nous consoler, dit Webster. Mais elle n'est guère convaincante. Juwain était un grand philosophe martien, le plus grand peut-être que Mars ait connu. S'il avait vécu, je suis absolument certain qu'il aurait mis au point cette nouvelle philosophie. Mais il n'a pas vécu. Il n'a pas vécu parce que mon grand-père a été incapable d'aller sur Mars.

— Ce n'était pas la faute de votre grand-père, dit Grant. Il a essayé. L'agoraphobie est une chose contre laquelle l'homme ne peut rien...

Webster, d'un geste, coupa court à ces protestations :

— C'est fini de toute façon, c'est du passé. Il est inutile de revenir là-dessus. Il nous faut accepter cet état de fait et partir de là. Et comme c'était ma famille, puisque c'était mon grand-père...

Grant ouvrit de grands yeux, bouleversé par la pensée qui venait de naître en lui.

— Les chiens ! C'est pour cela que...

— Oui, les chiens, dit Webster.

Au loin, des berges de la rivière, monta un cri plaintif qui se fondit avec le murmure du vent dans les arbres.

— Un raton laveur, dit Webster. Les chiens vont l'entendre et vouloir sortir.

Le cri retentit de nouveau, plus proche, semblait-il, mais peut-être était-ce un effet de l'imagination.

Webster s'était redressé dans son fauteuil et, penché en avant, fixait les flammes.

— Pourquoi pas, après tout ? demanda-t-il. Un chien a une personnalité. On la sent dans chaque chien que l'on rencontre. Il n'y en a pas deux qui soient exactement semblables d'humeur et de tempérament. Et tous sont intelligents, à des degrés divers. Il n'en faut pas davantage : une personnalité consciente et une certaine dose d'intelligence.

« Ils n'ont pas eu de chance, voilà tout. Ils souffraient de deux handicaps. Ils ne savaient pas parler et ils ne savaient pas se tenir debout, de sorte qu'il leur était impossible de jamais avoir de mains. Sans cette question de langage et de mains, nous pourrions très bien être à la place des chiens et les chiens à notre place.

— Je n'avais jamais envisagé la question sous cet angle, dit Grant. Je n'avais jamais considéré que vos chiens puissent être une race pensante...

— Non, dit Webster, avec une nuance d'amertume, non, bien sûr. Vous aviez sur mes chiens l'opinion de la majorité des gens. Vous les considériez comme des curiosités, comme des animaux de cirque, des petits compagnons amusants. Des compagnons capables de bavarder avec nous.

« Mais c'est autre chose, Grant. Je vous le jure. Jusqu'à maintenant, l'Homme a marché seul. Une seule race pensante, intelligente, se suffisant à elle-même. Pensez comme on aurait pu aller plus loin, plus vite, s'il avait existé deux races pensantes, intelligentes, à travailler ensemble. Parce que, comprenez-vous, les deux races ne penseraient pas de la même façon. Elles pourraient confronter leurs idées. L'un penserait à quelque chose que l'autre aurait oublié. C'est la vieille histoire des deux têtes.

« Songez-y, Grant. Un esprit *différent* de l'esprit humain, mais qui travaillera en collaboration avec lui. Qui verra et comprendra certaines choses qui échappent à l'esprit humain, qui élaborera, si vous voulez, des philosophies que l'esprit humain ne pourrait concevoir.

Il étendit les mains vers le feu, de longues mains aux doigts minces, aux articulations solides, implacables.

— Ils ne pouvaient pas parler et je leur ai donné la parole. Ça n'a pas été facile, car la langue et la gorge d'un chien ne sont pas conçues pour des sons articulés. Mais la chirurgie a pallié cela... d'abord par un expédient... une intervention chirurgicale suivie d'une greffe. Mais maintenant... maintenant, j'espère, je crois... mais il est encore trop tôt pour se prononcer...

Grant se penchait en avant, fasciné :

— Vous voulez dire que les chiens se transmettent les modifications que vous avez apportées à leur anatomie ? Qu'il y a des preuves de l'hérédité de ces corrections chirurgicales ?

Webster secoua la tête :

— Il est encore trop tôt. D'ici vingt ans, peut-être, je pourrai vous le dire.

Il prit la bouteille de cognac sur la table et la désigna à Grant.

— Merci, dit celui-ci.

— Je suis un bien piètre maître de maison, lui dit Webster. Vous auriez dû vous servir.

Il leva son verre devant le feu :

— J'ai travaillé sur du bon matériel. Les chiens sont très doués. Beaucoup plus qu'on ne croit. Le chien tout-venant reconnaît cinquante mots ou davantage. Il n'est pas rare d'en trouver qui reconnaissent cent mots. Doublez ce chiffre et votre chien a un bon vocabulaire de travail. Vous avez peut-être remarqué les mots simples dont se sert Nathanael. C'est presque un vocabulaire de base.

— Des mots de peu de syllabes, dans l'ensemble, acquiesça Grant. Il m'a dit qu'il y en avait un tas qu'il ne pouvait pas prononcer.

— Oh ! il y a encore beaucoup à faire, dit Webster. Beaucoup. Les faire lire, par exemple. Un chien ne voit pas comme vous et moi. J'ai fait des expériences avec des verres, pour corriger leur vue afin qu'ils voient comme nous. Et si cette méthode échoue, j'en essaierai une autre. L'homme doit arriver à comprendre la façon dont voit un chien : il doit apprendre à imprimer des livres que les chiens puissent lire.

— Et les chiens, demanda Grant, qu'est-ce qu'ils en pensent ?

— Les chiens, dit Webster. Croyez-moi si vous voulez, Grant, ils s'amusent comme des fous.

Son regard se perdit dans les lueurs du feu.

— Les chers petits, dit-il.

Grant suivit Jenkins dans l'escalier qui condui-

98

sait à sa chambre ; comme ils passaient devant une porte entrouverte, une voix les héla :

— C'est vous, jeune homme ?

— C'est le vieux monsieur Thomas, souffla Jenkins. Il a souvent des insomnies.

— Oui, fit Grant.

— Vous avez envie de dormir ?

— Pas très, dit Grant.

— Entrez donc un moment, dit le vieillard.

Thomas Webster était assis dans son lit, un bonnet de nuit rayé lui protégeant le crâne. Il vit le regard de Grant posé sur le bonnet.

— Je deviens chauve, grommela-t-il. Je ne me sens pas bien si je n'ai pas quelque chose sur la tête. Et je ne peux pas porter mon chapeau quand je suis au lit... Qu'est-ce que vous faites, planté là ? cria-t-il à Jenkins. Vous ne voyez donc pas qu'il n'a rien à boire ?

— Bien, monsieur, dit Jenkins, et il disparut.

— Asseyez-vous, dit Thomas Webster. Asseyez-vous et écoutez-moi un peu. Ça m'aidera à dormir de parler un moment. Et puis, ce n'est pas tous les jours qu'on voit de nouvelles têtes.

Grant s'assit.

— Que pensez-vous de mon fils ? demanda le vieil homme.

Grant tiqua un peu :

— Mais, je le trouve magnifique. Ce qu'il arrive à faire avec ses chiens...

— Lui et ses chiens ! gloussa le vieillard. Je ne vous ai jamais parlé du jour où Nathanael s'est battu avec un putois ? Bien sûr que je ne vous en ai jamais parlé. C'est la première fois que je vous vois. (Il passa les mains sur son couvre-pieds et ses longs doigts se mirent à tirer nerveusement les franges :) J'ai un autre fils, vous savez. Allen. On l'appelle Al. Cette nuit, il est le plus loin de la

Terre que l'Homme soit jamais allé. Il s'en va vers les étoiles.

— Je sais, acquiesça Grant. J'ai lu ça. L'expédition de l'Alpha du Centaure.

— Mon père était chirurgien, dit Thomas Webster. Il voulait que je sois chirurgien aussi. Je crois que ça lui a brisé le cœur quand je n'ai pas marché. Mais s'il pouvait savoir, je crois qu'il serait fier de nous ce soir.

— Il ne faut pas vous inquiéter au sujet de votre fils, dit Grant. Il...

D'un coup d'œil, le vieil homme le fit taire :

— J'ai construit cet astronef moi-même. Je l'ai conçu, j'en ai surveillé la construction. S'il ne s'agit que de naviguer dans l'espace, il arrivera à bon port. Mon garçon est un bon pilote. Il traverserait l'enfer avec son engin. (Il se redressa un peu dans son lit, et son bonnet de nuit s'inclina et vint toucher les oreillers entassés :) Et puis j'ai une autre raison de penser qu'il ira jusque là-bas et qu'il reviendra. Je n'y ai pas fait bien attention sur le moment, mais j'y ai pensé à nouveau ces temps derniers et je me suis demandé si cela ne voulait pas dire... enfin, si ce n'était pas... (Il avait le souffle un peu court :) Ne vous y trompez pas, je ne suis pas superstitieux.

— Bien sûr que non, dit Grant. Mais vous avez eu une sorte de signe, peut-être. Une impression. Une intuition.

— Rien de tout ça, déclara le vieil homme. Une certitude quasi absolue que le destin était avec moi. Que j'étais destiné à construire un astronef capable de faire le voyage. Que quelqu'un ou quelque chose avait décidé qu'il était temps pour l'Homme de s'en aller dans les étoiles et avait voulu l'aider un peu.

— A vous entendre, on dirait que vous parlez d'un événement qui s'est réellement passé, dit

Grant, et qui vous a fait croire que l'expédition serait une réussite.

— Je ne vous le fais pas dire, dit Webster. C'est exactement cela. Ça s'est passé voilà vingt ans, là, sur la pelouse de cette maison. (Il se souleva encore un peu au milieu de ses oreillers, le souffle court :) J'étais atterré, vous comprenez. Le rêve était brisé. J'avais sacrifié des années pour rien. Le principe que je comptais appliquer pour obtenir la vitesse nécessaire à un voyage interstellaire ne voulait pas marcher, tout simplement. Et ce qu'il y avait de pire, c'était que je savais que c'était *presque* ça. Je savais qu'il s'en fallait d'un rien, d'une modification infime de ma théorie. Mais je n'étais pas capable de trouver laquelle.

« J'étais donc assis là, sur la pelouse, à me ronger, un croquis devant moi. Je vivais avec mes plans, à l'époque. Je les emmenais partout où j'allais, me disant que, si je les regardais souvent, l'erreur que j'avais commise allait peut-être brusquement me sauter aux yeux. Vous savez, comme ça se produit quelquefois.

Grant acquiesça.

— J'étais donc assis là, quand passa un homme. Un de ces coureurs de bois. Vous les connaissez ?

— Oui, dit Grant.

— Donc, ce type vint à passer. Un gaillard du genre long et dégingandé, et qui flânait comme s'il ne savait même pas ce que c'est que d'avoir des soucis. Il s'arrêta, regarda par-dessus mon épaule et me demanda ce que c'était que ce dessin. « C'est un plan d'astronef », dis-je. Il tendit la main et je le laissai le prendre. Quelle importance cela avait-il, au fond ? Il ne pouvait rien y comprendre et de toute façon mes calculs étaient faux.

« Et voilà qu'il me rend les feuilles en me montrant du doigt une partie des calculs. « C'est là où ça cloche », dit-il. Là-dessus, il tourne les talons et décampe et moi, je reste là à le regarder partir, trop ahuri pour dire un mot, pour le rappeler.

Le vieillard était assis tout droit dans son lit, le regard fixé sur le mur, le bonnet de nuit en bataille. Dehors, le vent sifflait dans les gouttières. Et on aurait dit qu'il y avait des ombres dans cette pièce bien éclairée, bien que Grant sût que c'était impossible.

— Vous ne l'avez jamais retrouvé ? demanda Grant.

Le vieil homme secoua la tête.

— Jamais, dit-il.

Jenkins apparut sur le seuil, un verre à la main ; il le posa sur la table de chevet.

— Je reviendrai montrer sa chambre à monsieur, dit-il à Grant.

— Ce n'est pas la peine, dit Grant. Dites-moi seulement où elle est.

— Comme monsieur voudra, dit Jenkins. C'est la troisième porte au fond du couloir. Je laisserai la lumière allumée et la porte entrouverte.

Les pas du robot s'éloignèrent dans le couloir.

Le vieillard jeta un coup d'œil furtif au verre de whisky et s'éclaircit la voix.

— J'aurais dû dire à Jenkins de m'en apporter un aussi, dit-il.

— Ça ne fait rien, dit Grant. Prenez celui-ci. Moi, je n'y tiens pas tellement.

— Vraiment ?

— Non, je vous en prie.

Le vieil homme prit le verre, but une gorgée et la savoura longuement.

— Voilà ce que j'appelle un mélange bien dosé, dit-il. Le docteur oblige toujours Jenkins à mettre trop d'eau dans le mien.

102

Il y avait dans cette maison quelque chose qui vous mettait mal à l'aise, qui vous donnait l'impression d'être un intrus ; et on se sentait nu et désarmé au milieu des couloirs peuplés de bruits étouffés.

Assis au bord de son lit, Grant délaça lentement ses chaussures et les laissa tomber sur le tapis.

Un robot qui servait la famille depuis quatre générations, qui parlait d'hommes morts depuis longtemps comme si c'était hier encore qu'il leur avait apporté leur whisky. Un vieillard qui s'inquiétait du sort d'un astronef qui glissait dans les ténèbres de l'espace, au-delà du système solaire. Un homme qui rêvait d'une autre race, d'une race qui pourrait marcher la patte dans la main de l'homme sur la voie du destin.

Et dominant tout cela, l'ombre à peine évoquée de Jérôme A. Webster, de l'homme qui avait manqué à son ami, du chirurgien qui avait manqué à ses devoirs.

Juwain, le philosophe martien, était mort alors qu'il allait faire une grande découverte, parce que Jérôme A. Webster n'avait pas pu quitter cette maison, parce que l'agoraphobie l'enchaînait à un domaine de quelques hectares.

Sur ses chaussettes, Grant alla jusqu'à la table où Jenkins avait posé son sac. Il déboucla les courroies et en tira une épaisse serviette à documents. Puis il revint s'asseoir sur son lit et se mit à feuilleter les liasses de papiers.

Des fiches, des centaines de feuilles de notes. L'histoire de centaines de vies humaines couchée sur le papier. Non seulement les renseignements que les gens lui avaient fournis, les questions auxquelles ils avaient répondu, mais une foule d'autres petites choses, qu'il avait notées après les avoir vus, avoir vécu une heure ou une journée avec eux.

Car les gens qu'il allait dénicher au milieu de ces collines perdues l'acceptaient. C'était son métier d'ailleurs de se faire accepter. Ils l'acceptaient parce qu'il arrivait à pied, fatigué et les jambes écorchées par les bruyères, un sac sur le dos. Rien chez lui ne rappelait cette forme de vie moderne qui l'aurait mis à part, qui les aurait rendus méfiants. C'était une façon fatigante de procéder à un recensement, mais c'était la seule qui permît d'obtenir ce que le Comité Mondial voulait, ce dont il avait besoin.

Car quelque part, un jour, en étudiant des feuilles semblables à celles-ci, un savant découvrirait ce qu'il cherchait ; la clef d'une forme de vie qui n'était pas tout à fait celle des hommes. Quelque bizarrerie de comportement révélatrice distinguerait l'une de ces existences de toutes les autres.

Les mutations humaines n'étaient pas des phénomènes tellement rares. On en connaissait de nombreux exemples, chez des hommes qui occupaient une situation en vue. La plupart des membres du Comité Mondial étaient des mutants, mais les qualités et les facultés que leur avait conférées leur mutation avaient été modifiées par la vie sociale, par l'influence qui, à leur insu, donnait à leurs pensées et à leurs réactions un aspect plus conforme à l'attitude de la majorité.

Il avait toujours existé des mutants, sinon la race n'aurait pas progressé. Mais jusqu'au siècle dernier environ, on ne les avait pas reconnus pour tels. Jusqu'alors, les mutants ne se distinguaient qu'en ce qu'ils devenaient de grands hommes d'affaires, ou de grands savants, ou de grands escrocs. Ou au contraire des excentriques qui ne rencontraient que mépris ou pitié auprès d'une race qui ne tolérait pas qu'on s'éloignât de la norme.

Ceux qui avaient réussi s'étaient adaptés au

monde qui les entourait, avaient utilisé leurs facultés mentales supérieures dans des voies qui ne choquaient personne. Mais en se pliant à des limitations fixées pour des gens moins extraordinaires qu'eux, ils avaient émoussé leurs possibilités, ils n'avaient pas utilisé à plein rendement leurs facultés.

Et aujourd'hui encore, les possibilités du mutant avéré se trouvaient limitées, inconsciemment, par la redoutable routine de la logique.

Mais il existait de par le monde des dizaines, et sans doute des centaines d'autres humains qui étaient un peu plus qu'humains : des gens dont l'existence était demeurée à l'abri de la rigidité de la vie en groupe. Des gens dont rien ne venait limiter les possibilités, qui ignoraient la routine de la logique.

De sa serviette, Grant tira une liasse pitoyablement mince de papiers agrafés ensemble et lut le titre avec un sentiment presque de vénération :

« Esquisse inachevée et notes sur la philosophie de Juwain. »

Il faudrait un esprit ignorant de la routine de la logique, un esprit que quatre mille ans de pensée humaine auraient laissé intact pour reprendre le flambeau que la main du philosophe martien avait un instant soulevé. Un flambeau qui éclairait la route d'une conception nouvelle de la vie, une voie plus facile, plus directe. Une philosophie qui en deux générations ferait avancer l'espèce humaine de cent mille ans.

Juwain était mort et dans cette maison même un homme était parvenu au terme de ses années d'obsession, la voix de son ami mort résonnant encore à ses oreilles et aussi le blâme d'une race frustrée.

On gratta furtivement à la porte. Grant sursauta, et tendit l'oreille. On recommença. Et en même temps se fit entendre un petit gémissement très doux.

Grant rangea précipitamment ses papiers et se dirigea vers la porte. Il l'ouvrit et Nathanael se coula dans la pièce, petite ombre noire furtive.

— Oscar ne sait pas que je suis ici, dit-il. Il me dénoncerait s'il savait.

— Qui est Oscar ?

— Oscar, c'est le robot qui s'occupe de nous.

Grant sourit au chien.

— Que veux-tu, Nathanael ?

— Je veux te parler, dit Nathanael. Tu as parlé à tout le monde. A Bruce, et au grand-paternel. Mais tu ne m'as pas parlé et c'est pourtant moi qui t'ai trouvé.

— Eh bien ! dit Grant, vas-y, parle.

— Tu es préoccupé, dit Nathanael.

Grant fronça les sourcils.

— C'est bien possible. La race humaine est toujours préoccupée. Tu devrais le savoir maintenant, Nathanael.

— Tu te fais du mauvais sang à propos de Juwain. Comme le grand-paternel.

— Non, protesta Grant. Je me pose des questions, voilà tout. Et j'espère.

— Qu'est-ce qu'il vous a fait, Juwain ? interrogea Nathanael. Et d'abord qui est-ce et...

— Il n'est personne, en fait, fit Grant. C'est-à-dire qu'il était quelqu'un autrefois, mais il est mort depuis des années. Maintenant il n'est plus qu'une idée. Un problème. Un défi. Un sujet de réflexion.

— Je peux réfléchir, fit Nathanael, triomphant. Je réfléchis beaucoup, par moments. Mais il ne faut pas que je pense comme les hommes. Bruce me dit qu'il ne faut pas. Il dit que je dois avoir des pensées de chien et ne pas m'occuper des pensées des hommes. Il dit que les pensées des chiens valent bien celles des hommes et qu'elles valent peut-être même mieux.

— Il y a du vrai là-dedans, reconnut Grant. Au fond, il ne faut pas que tu penses comme un homme. Il faut...

— Il y a un tas de choses qu'un chien sait et que les hommes ignorent, déclara fièrement Nathanael. Nous voyons et nous entendons des choses que les hommes ne peuvent ni voir ni entendre. La nuit, il nous arrive de nous mettre à hurler et les gens nous grondent. Mais s'ils pouvaient voir et entendre les mêmes choses que nous, ils seraient morts de peur. Bruce dit que nous sommes... que nous sommes...

— Psychiques ? demanda Grant.

— Voilà, dit Nathanael. Je ne peux pas me souvenir de tous les mots.

Grant prit son pyjama sur la table.

— Qu'est-ce que tu dirais de passer la nuit avec moi, Nathanael ? Tu peux dormir au pied du lit.

Nathanael ouvrit de grands yeux :

— Oh ! vrai, tu veux bien ?

— Bien sûr. Si nous devons être associés, hommes et chiens, autant commencer tout de suite.

— Je ne ferai pas de saletés, dit Nathanael. Parole d'honneur. Oscar m'a baigné ce soir.

Il se gratta une oreille.

— Seulement, dit-il, je crois qu'il a oublié une puce ou deux.

Grant considéra d'un air perplexe son pistolet atomique. Un instrument bien commode qui servait à mille usages, qui pouvait être tantôt briquet, tantôt arme redoutable. Il était conçu pour durer mille ans, et ne devait jamais s'enrayer, en tout cas c'était ce que disait la publicité. Il ne

107

manquait jamais de munitions... seulement, voilà, il ne voulait plus marcher.

Il le braqua sur le sol et le secoua vigoureusement : rien à faire. Il le cogna doucement sur une pierre sans plus de résultats.

L'ombre tombait sur les collines. Au loin, du côté de la rivière, une chouette riait sans raison. Les premières étoiles, minuscules et paisibles, s'allumaient à l'est et, à l'ouest, la lueur verdâtre qu'avait laissée le soleil se fondait peu à peu dans la nuit.

Le tas de brindilles était prêt devant le rocher et il y avait assez de bois à portée de la main pour entretenir le feu toute la nuit. Mais si le pistolet ne marchait pas, il n'y aurait pas de feu.

Grant jura sous cape en pensant à la nuit qu'il allait passer à grelotter après un dîner de conserves froides.

Il cogna son engin contre le rocher, plus fort cette fois-ci. Toujours rien.

Des branches craquèrent dans le noir et Grant se leva d'un bond.

Nonchalamment appuyé au tronc d'un des géants de la forêt qui se dressaient dans la nuit, il vit un homme, grand et dégingandé.

— Bonsoir, dit Grant.

— Quelque chose qui ne va pas ?

— Mon pistolet... répondit Grant.

Il s'arrêta court. Pas la peine de dire à cet inconnu qu'il était désarmé.

L'homme s'avança, la main tendue :

— Il ne veut pas marcher, hein ?

Grant sentit qu'on lui ôtait son arme des mains.

Le visiteur eut un petit rire et s'accroupit par terre. Grant écarquilla les yeux pour voir ce qu'il faisait, mais dans l'ombre les mains de l'homme n'étaient qu'une tache sombre sur le métal brillant du pistolet.

Il y eut des déclics, des bruits de métal. L'homme éclata d'un rire joyeux. Encore un déclic et l'homme se leva, et rendit son pistolet à Grant.

— C'est arrangé, dit-il. Il marche peut-être mieux qu'avant.

Des branches craquèrent à nouveau.

— Hé, attendez ! cria Grant.

Mais l'homme était parti, fantôme noir parmi les fantômes des troncs d'arbres.

Un frisson qui ne tenait pas à la fraîcheur de la nuit parcourut lentement le corps de Grant. Un frisson qui lui crispa les mâchoires, qui fit se hérisser ses cheveux sur sa nuque et qui lui donna la chair de poule sur les bras.

On n'entendait d'autre bruit que le murmure du petit ruisseau qui coulait un peu plus bas, dans l'ombre.

Frissonnant toujours, Grant s'agenouilla devant le tas de brindilles et appuya sur la détente : le bois s'enflamma.

Grant trouva le vieux Dave Baxter perché sur sa barrière ; de la fumée s'échappait de sa courte pipe presque dissimulée par sa barbe.

— Salut, dit Dave. Venez donc vous asseoir.

Grant s'exécuta et laissa son regard errer sur le champ de maïs entrecoupé çà et là de citrouilles.

— On se promène ? demanda le vieux Dave. Ou on furette ?

— On furette, admit Grant.

Dave ôta sa pipe de sa bouche pour cracher, puis la reprit entre ses dents. La barbe en broussaille se referma affectueusement, et dangereusement, autour d'elle.

— Vous creusez ? demanda Dave.

— Que non, fit Grant.

— Y avait un type, y a quatre ou cinq ans, dit

Dave. Pire qu'un lapin qu'il était pour creuser. Il avait trouvé un endroit où y avait eu une ville autrefois et il a tout retourné. Il m'empoisonnait la vie à me demander tout le temps de lui parler de la ville, mais je ne me rappelais pas grand-chose. J'ai bien entendu un jour mon grand-père dire son nom, à cette ville, mais du diable si je m'en souviens. Ce type-là, il avait toute une ribambelle de vieilles cartes qu'il trimbalait partout, et il les regardait et essayait de s'y retrouver, mais je crois qu'il n'y est jamais arrivé.

— Il cherchait des antiquités, dit Grant.

— Peut-être bien, fit le vieux Dave. Je faisais tout ce que je pouvais pour ne pas lui tomber dans les jambes. Mais il n'était pas pire que celui qui cherchait à retrouver le tracé d'une vieille route qui passait par ici autrefois. Il avait des cartes, lui aussi. Il a fini par s'en aller, persuadé qu'il avait retrouvé sa route et je n'ai pas eu le cœur de lui dire que ce qu'il avait trouvé, c'était un sentier tracé par le passage des vaches. (Il lança à Grant un regard en coulisse :) Vous ne cherchez pas des vieilles routes, vous, non ?

— Non, fit Grant. Je suis recenseur.

— Vous êtes quoi ?

— Recenseur, expliqua Grant. Je prends note de votre nom, de votre âge et de votre domicile.

— Pour quoi faire ?

— Pour le gouvernement.

— On s'en fiche pas mal, du gouvernement, déclara le vieux Dave. Pourquoi est-ce que le gouvernement vient nous embêter ?

— Le gouvernement ne vous causera aucun ennui, lui dit Grant. Peut-être même l'idée lui viendra-t-elle de vous verser une pension un de ces jours. On ne sait jamais.

— Dans ce cas-là, dit Dave, c'est différent.

Ils étaient toujours assis sur leur barrière, et

110

contemplaient les champs. Un filet de fumée montait d'une cheminée tapie dans un creux ensoleillé et planté de bouleaux. Un ruisseau serpentait au fond de la prairie brunie par l'automne et au-delà s'étageaient les contreforts des collines couverts d'érables dorés.

Perché sur sa barrière, Grant sentait la chaleur du soleil d'automne pénétrer dans son dos ; il humait l'odeur du champ moissonné.

« Voilà une bonne vie, se dit-il. De bonnes récoltes, du bois en abondance, du gibier à foison. Une vie heureuse. »

Il jeta un coup d'œil au vieil homme installé à côté de lui ; en voyant les rides que seul l'âge avait fait naître, il essaya un instant d'imaginer cette existence : une vie simple, pastorale, qui rappelait les jours historiques de la vieille région-frontière américaine, avec tous les avantages et aucun des inconvénients d'une région-frontière.

Le vieux Dave ôta sa pipe d'entre ses dents et la brandit dans la direction des champs.

— Y a encore du travail à faire, annonça-t-il, mais c'est pas ça qui les arrête. Ces gosses, ils valent même pas la peine qu'on leur allonge une calotte. Toujours à chasser. Ou à pêcher. Les machines se déglinguent. Ça fait un bout de temps que Joe n'est pas passé par ici. Il est très fort pour le bricolage, Joe.

— Joe, c'est votre fils ?

— Non. C'est un drôle de type qui habite quelque part dans les bois. Il arrive, il arrange ce qui n'allait pas et puis il repart. Il ne parle presque jamais. Il n'attend même pas qu'on l'ait remercié. Il repart tout de suite. Ça fait des années que ça dure. Mon grand-père m'a raconté qu'il l'a rencontré pour la première fois quand il était encore jeune homme. Il continue à venir de temps en temps.

— Voyons, fit Grant, ébahi. Ça ne peut pas être le même homme.

— Justement, dit le vieux Dave. Vous ne me croirez pas, mais il n'a pas vieilli d'un fil depuis la première fois que je l'ai vu. Un drôle de gaillard. On raconte des tas d'histoires sur son compte. Grand-père me disait toujours qu'il était tout le temps fourré avec des fourmis.

— Des fourmis !

— Parfaitement. Il paraît qu'il a construit une maison au-dessus d'une fourmilière... une maison toute en verre, et que, l'hiver venu, il l'a chauffée. C'est ce que me racontait mon grand-père. Il prétendait l'avoir vu de ses yeux. Mais j'en crois pas un mot. Grand-père était le plus grand menteur des sept comtés à la ronde. Il le reconnaissait lui-même.

La voix grave d'une cloche résonna dans le vallon où fumait la cheminée.

Le vieux descendit de la barrière, vida le fourneau de sa pipe et loucha dans le soleil.

La cloche retentit à nouveau dans le calme de l'automne.

— C'est la bourgeoise, dit le vieux Dave. La soupe est prête. Il doit y avoir des boulettes de pâté d'écureuil. Vous m'en direz des nouvelles. Dépêchons-nous.

Un drôle de type qui venait arranger ce qui ne marchait pas et qui repartait sans attendre qu'on l'ait remercié. Un homme qui n'avait pas changé depuis cent ans. Un type qui construisait une maison de verre pour protéger une fourmilière et qui, l'hiver venu, la chauffait.

Tout cela ne rimait à rien et pourtant le vieux Baxter n'avait pas menti. Ce n'était pas une autre de ces histoires à dormir debout qui avaient pris

112

naissance dans les bois et dont l'ensemble consti-
tuait une sorte de folklore.

Tous les récits de folklore avaient un son familier, un air de parenté ; on n'était pas dupe de ce
qu'ils contenaient de déformations. Mais ce n'était
pas le cas ici. Même pour ces gens des bois, cette
histoire de maison chauffée surmontant une fourmilière n'était pas une farce.

Grant se retourna sur son matelas de cosses de
maïs, et remonta la couverture jusqu'à son cou.

« C'est curieux, pensait-il, comme je dors dans
des endroits différents. Ce soir sur un matelas de
cosses de maïs, hier soir auprès d'un feu de camp,
la nuit d'avant sur un bon matelas entre des
draps frais chez les Websters. »

Le vent balaya le vallon, s'arrêta un instant pour
faire battre un bardeau disjoint. Quelque part
dans l'ombre, une souris trottinait. Du lit installé
à l'autre extrémité du grenier venait le bruit régulier de deux respirations : deux des plus jeunes
rejetons de la famille Baxter dormaient là.

Un homme qui venait arranger des machines et
qui n'attendait pas qu'on l'eût remercié. C'était
ce qui lui était arrivé avec son pistolet. Et c'était
ce qui arrivait depuis des années avec les machines de Baxter. Un drôle de type qu'on appelait
Joe, qui ne vieillissait pas et qui n'avait pas son
pareil pour bricoler.

Une idée se forma dans l'esprit de Grant : il la
repoussa, s'efforça de la chasser. Inutile de faire
naître des espoirs insensés. Furette dans le coin,
Grant, interroge de-ci de-là, garde l'œil ouvert. Mais
ne pose pas de questions trop directes ou bien
ils demeureront bouche cousue.

Drôles de gens, ces coureurs de bois. Ils ne pro-
fitaient pas du progrès, ils n'en voulaient pas. Ils
avaient tourné le dos à la civilisation pour reve-

nir à la libre vie de la terre et de la forêt, du soleil et de la pluie.

Il y avait de la place pour eux sur la Terre, il y avait de la place pour tout le monde, car la population de la Terre avait bien diminué dans les deux cents dernières années, depuis que tant de pionniers s'en étaient allés coloniser d'autres planètes, adapter les autres mondes du système solaire aux besoins de l'économie humaine.

La place ne manquait pas, ni la terre ni le gibier.

C'était peut-être la meilleure solution, après tout. Grant se souvenait l'avoir souvent pensé durant les mois qu'il avait passé à arpenter ces collines. Quand il se trouvait comme maintenant bien installé sous le couvre-pieds cousu à la main, sur son matelas de cosses de maïs, avec le vent qui murmurait dans les bardeaux du toit. Ou bien quand il était assis sur la barrière et qu'il contemplait les citrouilles qui doraient au soleil.

Il entendit du bruit du côté du lit où dormaient les deux garçons. Puis des pieds nus traversèrent doucement le grenier.

— Vous dormez, m'sieur ? chuchota une voix.

— Non. Tu veux venir bavarder un peu ?

Le petit garçon se glissa à côté de lui sous la couverture, et Grant sentit des pieds froids se poser sur son ventre.

— Grand-père vous a dit pour Joe ?

Grant acquiesça dans le noir :

— Il m'a dit qu'on ne l'avait pas vu depuis quelque temps.

— Il vous a parlé des fourmis ?

— Bien sûr. Qu'est-ce que tu sais, toi, au sujet des fourmis ?

— Bill et moi, on les a trouvées il y a quelque temps, mais on gardait ça pour nous. On l'a dit à personne d'autre qu'à vous. Mais à vous, je pen-

114

se qu'il faut le dire. Vous êtes du gouvernement.

— Il y avait vraiment une maison de verre sur la fourmilière ?

— Oui, et... et... (Le petit garçon en perdait le souffle tant il était excité :) Et ça n'est pas tout. Ces fourmis, elles avaient des chariots et puis il y avait des cheminées qui sortaient de la fourmilière et de la fumée qui sortait des cheminées. Et... et...

— Quoi d'autre ?

— On n'a pas attendu d'en voir plus. Bill et moi, on a eu la frousse. On a filé. (L'enfant se blottit plus profondément dans les couvertures.) Vous vous rendez compte : des fourmis qui tirent des chariots !

C'était exact : les fourmis tiraient effectivement des chariots, et effectivement des cheminées émergeaient de la fourmilière et ces cheminées vomissaient de minuscules bouffées d'une fumée âcre qui sentait le métal en fusion.

Le cœur battant, Grant s'accroupit auprès de la fourmilière et regarda les chariots qui roulaient sur les routes qui s'en allaient dans l'herbe. Des chariots qui sortaient à vide, des chariots qui revenaient chargés de grains et çà et là de cadavres d'insectes. De minuscules chariots qui bringuebalaient et cahotaient derrière les fourmis attelées !

Le revêtement de plexiglass qui recouvrait la fourmilière était toujours là, mais il était cassé en plusieurs endroits et on ne l'avait pas réparé ; on aurait dit qu'il ne servait plus à rien, qu'il avait rempli un dessein maintenant dépassé.

C'était un vallon qui dégringolait vers la gorge où coulait la rivière, avec des corniches, un petit coin d'herbe de loin en loin et des bouquets de chênes géants. Un coin bien tranquille où l'on aurait pu croire que jamais autre voix ne s'était élevée que celle du vent dans les arbres ou celles des créatures sauvages qui suivaient des sentiers inconnus.

Un endroit où les fourmis pouvaient vivre sans risque d'être dérangées par le soc de la charrue ou par le pas négligent d'un promeneur, où elles pouvaient poursuivre les millions d'années d'une destinée absurde qui datait du jour où l'homme n'était pas encore là, du jour où la Terre ne connaissait encore aucune pensée abstraite. Une destinée stagnante, en circuit fermé, sans autre but que la perpétuation de l'espèce.

Et voilà que quelqu'un avait choisi d'altérer cette destinée, qu'il l'avait lancée sur une autre voie, qu'il avait révélé aux fourmis le secret de la roue, de la métallurgie : et de combien d'autres obstacles l'inconnu avait-il débarrassé la route qui menait les fourmis vers le progrès ?

La contrainte de la faim avait sans doute été supprimée. Les fourmis avaient maintenant de la nourriture en abondance, ce qui leur laissait le loisir de faire autre chose que de chercher perpétuellement des aliments.

Une autre race se trouvait lancée sur la route de la grandeur, en partant de la base sociale qui existait déjà bien avant que ce qu'on appelait l'Homme eût ressenti le besoin de s'affirmer.

Où cela mènerait-il ? Que serait la fourmi dans un autre million d'années ? La fourmi et l'Homme sauraient-ils, pourraient-ils trouver un dénominateur commun comme l'avaient fait le chien et l'Homme, pour travailler en coopération ?

Grant hocha la tête. Les chances étaient minces. Car un sang commun coulait dans les veines du chien et dans celles de l'Homme, alors que l'Homme et la fourmi représentaient chacun une forme de vie qui n'avait jamais été faite pour comprendre l'autre. Il leur manquait ces souvenirs com-

116

muns de l'âge paléolithique où le chien et l'Homme sommeillaient tous deux auprès du feu tout en guettant les yeux brillants qui rôdaient dans la nuit.

Grant sentit plutôt qu'il n'entendit un froissement de pas dans les hautes herbes derrière lui. Il se retourna d'un coup et vit l'homme devant lui. Un grand gaillard dégingandé aux épaules voûtées, avec des mains énormes, mais dont les doigts s'effilaient, minces et blancs.

— C'est vous, Joe ? demanda Grant.

L'homme acquiesça :

— Et vous, vous êtes le type qui me poursuit.

— Oh ! enfin... peut-être, fit Grant interloqué. Mais pas vous personnellement, plutôt quelqu'un comme vous.

— Quelqu'un de différent, dit Joe.

— Pourquoi n'êtes-vous pas resté l'autre soir ? demanda Grant. Pourquoi vous êtes-vous sauvé ? Je voulais vous remercier d'avoir réparé mon pistolet.

Joe se contentait de le dévisager sans mot dire, mais derrière les lèvres silencieuses, Grant sentait de l'amusement, un immense amusement.

— Comment diable, demanda Grant, avez-vous su que mon pistolet ne marchait pas ? Vous m'observiez donc ?

— Je vous ai entendu le penser.

— Vous m'avez entendu penser ?

— Oui, dit Joe. Je vous entends penser maintenant.

Grant eut un petit rire gêné. C'était déconcertant, mais logique au fond. C'était le genre de chose à quoi il aurait dû s'attendre... et pas seulement à cela.

Du geste, il désigna la fourmilière.

— C'est à vous, ces fourmis ?

Joe acquiesça de la tête et Grant sentit encore une fois l'amusement perler aux lèvres de l'homme.

— Qu'est-ce qui vous fait rire ? demanda-t-il d'un ton sec.

— Je ne ris pas, dit Joe.

Et, sans savoir pourquoi, Grant eut l'impression d'avoir reçu un camouflet, de s'être fait réprimander comme un enfant qui vient de faire une bêtise.

— Vous devriez publier vos notes, dit Grant. Elles viendraient peut-être étayer les travaux de Webster.

— Je n'ai pas de notes, dit Joe en haussant les épaules.

— Pas de notes !

Le grand gaillard s'approcha de la fourmilière et l'examina.

— Peut-être, dit-il, avez-vous compris pourquoi j'avais fait ça.

Grant acquiesça gravement :

— J'aurais pu me le demander. Par curiosité expérimentale, vraisemblablement. Par compassion peut-être aussi envers une forme de vie inférieure. L'impression peut-être que ce n'est pas une raison parce que l'homme est parti le premier pour qu'il ait le monopole du progrès.

Les yeux de Joe brillèrent au soleil :

— La curiosité... tiens. Je n'y avais pas pensé. (Il s'accroupit auprès de la fourmilière.) Vous ne vous êtes jamais demandé pourquoi la fourmi était parvenue si loin et pourquoi elle s'était arrêtée à un certain point ? Pourquoi elle avait mis sur pied une organisation sociale presque parfaite et s'en était tenue là ? Qu'est-ce qui l'a arrêtée ?

— La contrainte de la faim, d'abord, dit Grant.

— Oui, et aussi l'hibernation, fit Joe. Vous comprenez, l'hibernation effaçait les souvenirs impri-

118

més dans la mémoire d'une saison à l'autre. A chaque printemps, elles repartaient de zéro. Elles n'ont jamais pu bénéficier des erreurs passées, puiser dans une expérience acquise.

— C'est pour cela que vous les avez nourries...

— Et que j'ai chauffé la fourmilière, dit Joe. Pour qu'elles n'aient pas à hiberner. Pour qu'elles ne soient pas obligées de tout recommencer avec la venue de chaque printemps.

— Et les chariots ?

— J'en ai fabriqué deux et je les ai laissés là. Il leur a fallu dix ans, mais elles ont fini par comprendre à quoi ça servait.

Grant hocha la tête en contemplant les cheminées.

— Elles les ont faites elles-mêmes, lui dit Joe.

— C'est tout ?

Joe haussa les épaules :

— Comment voulez-vous que je sache ?

— Mais enfin, vous les avez observées. Même si vous n'avez pas pris de notes, vous les avez observées.

Joe secoua la tête :

— Cela fait près de quinze ans que je ne les ai pas regardées. Je ne suis venu aujourd'hui que parce que je vous ai entendu. Voyez-vous, ces fourmis ne m'amusent plus.

Grant ouvrit la bouche, puis la referma aussitôt.

— C'est donc ça, dit-il enfin. Voilà pourquoi vous avez fait ça. Par amusement.

Le visage de Joe n'exprimait aucune honte, il ne cherchait pas à se défendre, on aurait dit simplement qu'il préférait ne plus parler de ces fourmis.

— Bien sûr, dit-il. Sinon, pourquoi ?

— Et mon pistolet ? Je suppose qu'il vous amusait aussi.

119

— Pas le pistolet, dit Joe.

« Pas le pistolet, pensa Grant. Evidemment pas le pistolet, pauvre abruti, mais toi. C'est toi qui l'amusais. Et tu l'amuses encore en ce moment. »

C'était certainement une excellente plaisanterie que de réparer les machines du vieux Dave Baxter et puis de s'en aller sans un mot. Et il avait dû passer des jours à rire tout seul après avoir montré au vieux Thomas Webster ce qui clochait dans les plans de son astronef.

Comme un vrai petit je-sais-tout.

La voix de Joe vint briser le fil de ses pensées.

— Vous êtes recenseur, non ? Alors pourquoi ne me posez-vous pas vos questions ? Maintenant que vous m'avez trouvé, vous ne pouvez tout de même pas vous en aller comme ça sans rien noter. Mon âge par exemple. J'ai cent soixante-trois ans et je suis à peine adolescent. J'en ai bien pour encore mille ans. (Il replia ses genoux contre sa poitrine et se mit à se balancer doucement :) J'en ai bien pour mille ans et si je fais attention...

— Mais ce n'est pas tout, lui dit Grant, en faisant effort pour garder un ton calme. Il y a autre chose. Quelque chose que vous devez faire pour nous.

— Qui, nous ?

— « Pour la société », dit Grant. Pour la race humaine.

— Pourquoi ?

Grant le considéra avec stupéfaction :

— Vous voulez dire que vous vous en fichez ?

Joe hocha la tête et ce n'était pas un geste de bravade, ni de défi lancé aux conventions. C'était tout simplement l'affirmation d'un fait.

— Et l'argent ? proposa Grant.

Joe désigna du geste les collines, la vallée de la rivière.

— J'ai ça, dit-il. Je n'ai pas besoin d'argent.

— De gloire, peut-être.

Joe ne cracha pas, mais c'était tout juste.

— Et la reconnaissance de la race humaine ?

— Elle ne dure pas, dit Joe, et on sentait à nouveau l'ironie derrière ses paroles, l'amusement mal caché.

— Ecoutez, Joe, dit Grant. (Et malgré tous ses efforts, la supplication perçait dans sa voix :) Ce que j'ai à vous demander est important... important pour les générations à venir, important pour la race humaine, c'est une étape de notre destinée...

— Et pourquoi, demanda Joe, ferais-je quelque chose pour quelqu'un qui n'est même pas encore né ? Pourquoi irais-je considérer plus loin que mes propres années ? Quand je mourrai, je mourrai et tout le fracas de la gloire, toutes les bannières et toutes les sonneries de trompes ne m'avanceront à rien. Je ne saurai pas si j'ai eu une belle existence ou une vie misérable.

— Mais la race, dit Grant.

Joe éclata de rire :

— La préservation de la race, le progrès de la race. Vous n'avez que ces mots-là à la bouche. Pourquoi vous en soucieriez-vous ? Et moi donc ? (Les sillons que le rire avait creusés autour de sa bouche s'effacèrent et il brandit vers Grant un doigt faussement sévère :) La préservation de la race est un mythe... un mythe que vous avez tous accepté, un sordide produit de votre structure sociale. La race s'achève chaque jour. Quand un homme meurt, la race est finie pour lui : en ce qui le concerne, il n'y a plus de race.

— Bref, vous vous en moquez, dit Grant.

— C'est ce que je voulais vous faire comprendre, dit Joe. (Il lorgna le paquet posé par terre

et l'ombre d'un sourire apparut sur ses lèvres :)
Peut-être, proposa-t-il, si cela m'intéressait...

Grant ouvrit le paquet, exhiba le porte-documents. Presque à contrecœur, il en tira la mince liasse de papiers, jeta un coup d'œil au titre :

« Esquisse et notes sur la philosophie... »

Il la tendit à l'autre et le regarda lire, épiant ses réactions et déjà il sentait l'horrible nausée de l'échec.

L'autre jour, dans la maison des Websters, il pensait à un esprit qui ignorerait la routine de la logique, à un esprit que n'auraient pas touché quatre mille ans de pensée humaine. Voilà, s'était-il dit, ce qu'il fallait chercher.

Eh bien ! il venait de le trouver, l'esprit neuf.

Mais ce n'était pas encore assez. Il manquait quelque chose ; quelque chose à quoi il n'avait jamais songé, et à quoi les hommes de Genève n'avaient jamais songé non plus. Ce quelque chose, c'était un des éléments de la mentalité humaine que l'on avait toujours jusqu'alors considéré comme fondamental.

La pression sociale, c'était cela qui avait maintenu la cohésion de la race humaine pendant tous ces millénaires, c'était cela qui lui avait donné son unité, tout comme la pression de la faim avait enchaîné les fourmis à une structure sociale figée.

Le besoin de chaque être humain de se sentir approuvé par ses semblables, le besoin d'un certain culte de la fraternité : un besoin psychologique, presque physiologique d'être dans la norme. C'était une véritable force qui empêchait les hommes de prendre la tangente de la société, et dont découlaient la sécurité et la solidarité humaines et le bon fonctionnement de la famille humaine.

Des hommes mouraient pour obtenir cette approbation, ils se sacrifiaient, se résolvaient à une vie méprisable. Car, désapprouvé par ses semblables, l'homme était abandonné à lui-même, il n'était plus qu'un hors-la-loi, qu'un animal chassé de la meute.

Les conséquences de ce besoin pouvaient être terribles ; il expliquait la persécution raciale, les atrocités massives commises au nom du patriotisme ou de la religion. Mais c'était aussi le lien qui maintenait l'unité de la race humaine, c'était cela qui, dès le début, avait rendu possible la société humaine.

Et pour Joe cela n'existait pas. Joe s'en fichait pas mal : peu lui importait ce qu'on pensait de lui. Peu lui importait qu'on l'approuvât ou non.

Grant sentit le soleil lui chauffer le dos, il entendit le murmure du vent qui errait dans les arbres. Et quelque part, dans un fourré, un oiseau se mit à chanter.

Etait-ce cela le caractère essentiel des mutants ? Ce fléchissement de l'instinct fondamental qui faisait de l'homme un membre d'une race ?

Cet homme qui était devant lui en train de lire le testament philosophique de Juwain, avait-il trouvé en lui-même, grâce à la mutation dont il avait été l'objet, une richesse telle qu'il pouvait se dispenser de l'approbation de ses semblables ? Avait-il enfin, après toutes ces années, atteint ce stade de civilisation où l'homme était pleinement indépendant et dédaignait tous les artifices de la société ?

Joe leva les yeux.

— Très intéressant, dit-il. Pourquoi n'a-t-il pas continué dans ce sens ?

— Il est mort, dit Grant.

Joe fit jouer sa langue contre sa joue :

— Il s'est trompé en un endroit. (Il feuilleta les pages et du doigt désigna un passage :) Ici.

C'est à cet endroit qu'il a fait fausse route. C'est pour cela qu'il s'est embourbé.

— Mais... bredouilla Grant, mais il ne peut y avoir d'erreur. Il est mort, voilà tout. Il est mort avant d'avoir terminé.

Joe replia le manuscrit soigneusement et le fourra dans sa poche.

— C'est aussi bien, dit-il. Il aurait probablement tout loupé.

— Alors vous pouvez terminer ? Vous pouvez...

Grant le savait, il était inutile de continuer. Il lisait déjà la réponse dans les yeux de Joe.

— Vous croyez vraiment, dit Joe d'un ton à la fois mordant et mesuré, que je vais vous livrer ça, à vous autres sales petits humains piaillants ?

Grant eut un haussement d'épaules désabusé :

— Non, je ne le pense pas. J'ai eu tort d'espérer. Un homme comme vous...

— Mais, dit Joe, je peux m'en servir pour moi.

Il se leva lentement, creusant négligemment du pied un sillon à travers la fourmilière, faisant s'écrouler les cheminées, enterrant les chariots affairés.

Grant poussa un cri et sauta sur ses pieds, saisi d'une rage aveugle, d'une rage qui lui fit dégainer son arme.

— Laissez ça ! dit Joe.

Le bras de Grant s'arrêta et le canon du pistolet resta braqué vers le sol.

— Du calme, petit homme, dit Joe. Je sais que vous voudriez bien me tuer, mais je ne peux pas vous laisser faire. Parce que j'ai des plans, vous comprenez. Et d'ailleurs, vous ne me tueriez pas pour la raison que vous croyez.

— Que vous importe la raison pour laquelle je vous tuerais ? grommela Grant. Vous seriez mort, n'est-ce pas ? Vous ne vous baladeriez pas avec la philosophie de Juwain.

124

— Mais, dit Joe, doucement, ce n'est pas pour cela que vous me tueriez. Ce serait parce que vous m'en voulez d'avoir démoli la fourmilière.

— Ç'aurait pu être vrai au début, dit Grant. Mais plus maintenant...

— Ne vous y risquez pas, dit Joe. Avant même d'avoir appuyé sur la détente, vous seriez en bouillie.

Grant hésita.

— Si vous croyez que je bluffe, fit Joe, narquois, allez-y.

Un long moment, les deux hommes se dévisagèrent, Grant ne leva pas son pistolet.

— Pourquoi ne venez-vous pas avec nous ? demanda Grant. Nous avons besoin d'un homme comme vous. C'est vous qui avez montré au vieux Tom Webster comment construire un astronef. Et vous avez fait de grandes choses avec les fourmis...

Joe s'approchait rapidement et Grant releva le canon du pistolet. Il vit le poing venir vers lui, un énorme poing, massif et puissant, qui sifflait presque dans l'air.

Le poing fut plus rapide que son propre doigt sur la détente.

Quelque chose de chaud et de mouillé râpait le visage de Grant et il leva la main pour s'en débarrasser.

Mais on lui léchait toujours la figure.

Il ouvrit les yeux et Nathanael fit un petit bond devant lui.

— Ça va maintenant, dit Nathanael. J'avais si peur...

— Nathanael, gémit Grant. Qu'est-ce que tu fais ici ?

— Je me suis enfui, lui dit Nathanael. Je veux aller avec toi.

Grant secoua la tête :

— Ce n'est pas possible. Je vais trop loin. J'ai un travail à accomplir.

Il se mit à quatre pattes, tâtonnant la terre. Quand sa main sentit le froid du métal, il ramassa l'arme et la glissa dans son étui.

— Je l'ai laissé s'enfuir, dit-il, et il faut que je le rattrape. Je lui ai donné quelque chose qui appartient à l'espèce humaine tout entière et je ne peux pas le laisser s'en servir.

— Je peux suivre une piste, lui dit Nathanael. Des écureuils ou n'importe quoi.

— Tu as des choses plus importantes à faire que de suivre des pistes, dit Grant au chien. Tu vois, j'ai découvert quelque chose aujourd'hui. J'ai eu un aperçu d'une certaine tendance, d'une tendance que toute l'humanité peut suivre. Pas aujourd'hui, ni demain, ni même dans mille ans d'ici. Peut-être jamais, mais c'est quand même un point qu'on ne peut négliger. Joe n'est peut-être qu'un tout petit peu plus avancé que nous et nous le suivons peut-être de plus près que nous ne pensons. Nous finirons peut-être par être tous comme Joe. Et s'il en est ainsi, si c'est là que tout doit aboutir, vous, les chiens, vous avez une tâche à accomplir.

Nathanael leva vers lui un front creusé de plis soucieux.

— Je ne comprends pas, dit-il d'un ton suppliant. Tu emploies des mots que je ne connais pas.

— Ecoute, Nathanael. Les hommes ne seront peut-être pas toujours comme ils sont aujourd'hui. Ils peuvent changer. Et dans ce cas, il faudra que vous, vous continuiez ; vous reprendrez le rêve et vous le ferez durer. Il faudra que vous prétendiez être des hommes.

— Nous le ferons, promit Nathanael.

— Cela n'arrivera pas avant des milliers et des milliers d'années, dit Grant. Vous aurez tout le temps de vous préparer. Mais il faut que vous sachiez. Il faut passer la consigne. Il ne faut pas oublier.

— Non, non, dit Nathanael. Nous le dirons à nos chiots et les chiots le diront à leurs chiots.

— Voilà, dit Grant, c'est ça.

Il se pencha, gratta l'oreille de Nathanael, et le chien, la queue dressée, resta longtemps à le regarder escalader la colline.

Notes sur le quatrième conte

De tous les contes, c'est celui-ci qui a donné le plus de mal à ceux qui voudraient chercher une explication, un sens caché à la légende.

Qu'il ne s'agisse ici que d'un mythe, Tige lui-même l'admet. Mais si c'est un mythe, quelle en est la signification ? Et si ce quatrième conte est un mythe, n'en est-il pas de même alors de tous les autres ?

Jupiter, qui est le lieu où se situe l'action, est censé être un des autres mondes qu'on rencontre en traversant l'espace. On a noté ailleurs l'impossibilité scientifique de l'existence de ces mondes. Et s'il nous faut accepter la théorie de Bounce selon laquelle les autres mondes dont il est question ne sont que les mondes multiples que nous connaissons, cette théorie nous amène à supposer qu'un monde analogue à celui qui est décrit ici aurait déjà été repéré. Qu'il ait existé certains mondes horlas et que ceux-ci aient été par la suite fermés, c'est là un fait connu de tous ; mais on sait parfaitement à quoi s'en tenir sur les raisons qui ont motivé leur fermeture et celles-ci n'ont aucun rapport avec les événements décrits ici.

Certains érudits estiment que le quatrième conte est le résultat d'une interpolation, qu'il n'a rien à voir avec la légende mais qu'il y a été rattaché par erreur. C'est là une conclusion difficile à ad-

mettre puisque ce conte se lie très bien avec la légende et qu'il fournit même une des principales articulations du récit.

Au personnage de Towser qui apparaît dans ce conte, on a souvent fait le reproche d'être peu pourvu de cette dignité caractéristique de notre race.

Et pourtant, bien que Towser puisse choquer certains lecteurs délicats, il joue surtout le rôle de repoussoir vis-à-vis du héros humain de cette histoire. C'est Towser, et non pas l'homme, qui est prêt le premier à accepter la situation qui se trouve créée ; c'est Towser encore qui est le premier à comprendre. Et une fois son esprit libéré de la domination humaine, Towser se révèle au moins l'égal de l'homme.

Towser, tout accablé de puces qu'il soit, est un personnage dont on ne doit pas avoir honte.

Bien que très court, ce quatrième conte est sans doute le plus riche d'enseignements de toute la légende. Il exige une lecture attentive et réfléchie.

LES DESERTEURS

Quatre hommes — deux, puis deux autres — étaient partis dans le maelstrom hurlant de Jupiter et n'étaient pas revenus. Ils s'étaient éloignés dans la tourmente... ou plutôt ils avaient détalé, le ventre rasant le sol, leurs flancs luisants sous la pluie.

Car ce n'était pas sous la forme humaine qu'ils s'en étaient allés.

Et maintenant le cinquième homme se tenait devant Kent Fowler, chef de la Coupole n° 3 de la Commission Topographique Jovienne.

Sous le bureau de Fowler, le vieux Towser se gratta une puce, puis reprit sa sieste.

Fowler constatait, non sans malaise, que Harold Allen était jeune... trop jeune. Il avait l'assurance impavide de la jeunesse, le visage de quelqu'un qui n'avait jamais connu la peur. Et c'était étrange. Car dans les coupoles de Jupiter, les hommes connaissaient la peur ; la peur et l'humilité. L'Homme avait du mal à adapter sa chétive personne aux forces gigantesques qui se jouaient sur la planète monstrueuse.

— Vous comprenez bien, dit Fowler, que vous n'êtes pas forcé d'y aller. Vous comprenez bien que personne ne vous y oblige.

C'était la formule consacrée. On avait dit la même chose aux quatre précédents, mais ils étaient quand même partis. Et Fowler savait que ce cinquième partirait aussi. Mais il sentait brusquement s'éveiller en lui le vague espoir que Allen ne voudrait pas partir.

— Quand est-ce que je pars ? demanda Allen.

Jadis, Fowler aurait pu éprouver un certain orgueil à entendre cette réponse, mais pas aujourd'hui. Il eut au contraire un léger mouvement de contrariété.

— D'ici une heure, dit-il.

Allen acquiesça en silence.

— Quatre autres hommes sont partis et ne sont pas revenus, continua Fowler. Vous le savez, bien entendu. Nous tenons à ce que vous reveniez. Nous ne voulons pas que vous vous lanciez dans quelque héroïque tentative de sauvetage. Ce qui importe, ce qui seul importe, c'est que vous reveniez, que vous prouviez que l'homme peut vivre sous la forme jovienne. Allez jusqu'au premier poteau indicateur, pas plus loin, et revenez. Ne prenez pas de risques. Ne faites aucune recherche. Contentez-vous de revenir.

— Je comprends, dit Allen.

— Miss Stanley s'occupera du convertisseur, poursuivit Fowler. Vous n'avez donc pas à vous inquiéter sur ce point. Ceux qui vous ont précédé ont été convertis sans anicroche. Ils ont quitté le convertisseur en excellente forme, semblait-il. Vous serez en de très bonnes mains. Miss Stanley est la meilleure spécialiste du convertisseur de tout le Système Solaire. Elle a des années de pratique sur la plupart des autres planètes. C'est pourquoi elle est ici.

Allen fit un sourire à celle dont on parlait et Fowler vit une expression fugitive traverser le visage de miss Stanley : de la pitié ou de la rage, ou peut-être simplement de la peur. Mais l'expression disparut comme elle était venue et miss Stan-

ley gratifia en retour le jeune homme de son sourire figé d'institutrice qui semblait, comme toujours, un peu forcé.

— J'attends avec impatience le moment de ma
conversion, dit Allen.

Il avait dit cela comme une plaisanterie, comme une grosse farce.

Mais il n'y avait pas de quoi rire.

C'était une affaire sérieuse, terriblement sérieuse. Fowler n'ignorait pas que des expériences dé-
pendait le sort des hommes sur Jupiter. Si elles
réussissaient, les ressources de la planète géante
seraient à la disposition de l'humanité. L'homme
s'emparerait de Jupiter comme il l'avait déjà fait
pour d'autres planètes plus petites. Et si elles
échouaient...

Si elles échouaient, l'homme continuerait à être
enchaîné et paralysé par la pression épouvantable, par la force de gravité exceptionnelle, par
l'étrange chimie de la planète. Il continuerait à
être prisonnier de ses coupoles étanches ; il de-
meurerait incapable de poser vraiment le pied sur
le sol de la planète, incapable de la voir directement, sans appareil ; il serait toujours obligé de
recourir aux tracteurs maladroits, au téléviseur,
d'utiliser des outils et des mécanismes rudimen-
taires ou d'avoir recours aux services des robots
qui n'étaient guère habiles non plus.

Car l'homme qui s'aventurait sans protection,
sous sa forme naturelle, dans l'atmosphère jovienne était volatilisé par la terrifiante pression de plusieurs tonnes par centimètre carré, auprès de laquelle la pression qui régnait au fond des mers
terrestres faisait figure de vide.

Même l'alliage le plus robuste que les Terriens
fussent capables de concevoir ne pouvait résister
à une telle pression, ni aux pluies ammoniacales
qui balayaient sans cesse la planète. Il s'effritait en

flocons, s'émiettait comme l'argile ou s'écoulait en petits ruisseaux de sels d'ammoniaque. Il fallait accroître la résistance et la dureté de ce métal, augmenter sa tension électronique si on voulait le rendre capable de supporter le poids de ces milliers de kilomètres de gaz asphyxiants dont les tourbillons formaient l'atmosphère de Jupiter. Et même alors, il fallait tout recouvrir d'une couche de quartz en guise de protection contre la pluie, contre cet ammoniaque qui tombait à seaux.

Fowler écoutait les moteurs installés dans le sous-sol de la coupole et dont le ronronnement ne cessait jamais. Le jour où les moteurs se taisaient, le flot d'énergie qui courait dans les murs métalliques de la coupole s'interromprait, la tension électronique se relâcherait et ce serait la fin.

Sous le bureau de Fowler, Towser se souleva et recommença à se gratter, cognant de la patte sur le sol.

— Vous n'avez rien d'autre à me dire ? demanda Allen.

Fowler secoua la tête.

— Vous avez peut-être des choses à faire, dit-il. Vous voulez peut-être...

Il avait failli dire « écrire une lettre » et se félicita de s'être arrêté à temps.

Allen regarda sa montre.

— Je serai là à l'heure, dit-il.

Sur quoi il tourna les talons et se dirigea vers la porte.

Fowler savait que miss Stanley le regardait et il ne voulait pas se retourner pour rencontrer ses yeux. Il tripota nerveusement une liasse de papiers posée sur le bureau devant lui.

— Combien de temps allez-vous encore continuer ce jeu-là ? demanda miss Stanley, chaque mot le cinglant comme un coup de fouet.

134

Il se retourna dans son fauteuil pour lui faire face. Elle avait les lèvres serrées, ses cheveux semblaient plus sévèrement tirés encore que de coutume, ce qui donnait à son visage une expression étrange, presque de masque mortuaire.

Il essaya de garder un ton calme et mesuré.

— Aussi longtemps qu'il le faudra, dit-il. Tant qu'il y aura de l'espoir.

— Vous allez continuer à les condamner à mort, dit-elle. Vous allez continuer à les envoyer affronter Jupiter. Vous allez rester bien à l'abri derrière votre bureau et les envoyer à la mort.

— Nous ne pouvons pas nous permettre de faire du sentiment, miss Stanley, dit Fowler, en essayant de maîtriser sa colère. Vous savez aussi bien que moi pourquoi nous agissons ainsi. Vous vous rendez bien compte que l'Homme, dans son état naturel, est incapable d'affronter les conditions qui règnent sur Jupiter. La seule solution, c'est de donner aux humains la forme des créatures qui peuvent supporter ces conditions. Nous l'avons fait sur les autres planètes.

« Si quelques hommes meurent mais que nous finissions par réussir, nous n'aurons pas payé notre conquête d'un prix trop élevé. De tout temps, il s'est trouvé des hommes pour sacrifier leur vie aux causes les plus insensées, aux entreprises les plus folles. Pourquoi alors hésiterions-nous à payer un faible tribut à la mort dans une entreprise aussi grande que la nôtre ?

Miss Stanley était assise raide et guindée, les mains croisées sur ses genoux, la lumière jouant sur ses cheveux grisonnants, et Fowler essaya d'imaginer quels pouvaient être ses sentiments, ses pensées. Il n'avait pas peur d'elle à proprement parler, mais il ne se sentait pas à son aise quand elle était là. Ses yeux bleus perçants voyaient trop de choses, ses mains étaient trop ha-

135

biles. Elle aurait dû être une bonne vieille tante assise à tricoter dans son fauteuil. Seulement voilà : c'était la technicienne numéro un du convertissement de tout le Système Solaire et elle n'aimait pas la façon dont lui, Fowler, dirigeait son service.

— Il y a quelque chose qui cloche, Mr Fowler, déclara-t-elle.

— C'est précisément pourquoi j'envoie le jeune Allen, dit Fowler. Il trouvera peut-être de quoi il s'agit.

— Et s'il ne trouve pas ?

— J'enverrai quelqu'un d'autre.

Elle se leva lentement de son fauteuil et se dirigea vers la porte, puis elle s'arrêta.

— Un jour, dit-elle, vous serez un grand homme. Vous n'êtes pas de ceux qui laissent passer une occasion. On vous a donné une chance ici. Vous l'avez compris du jour où on a choisi cette coupole pour les expériences. Si vous allez jusqu'au bout, vous monterez d'un échelon ou deux. Peu importe combien de vies cela coûtera ; vous, vous grimperez d'un échelon ou deux.

— Miss Stanley, dit-il d'un ton sec, le jeune Allen ne va pas tarder. Veuillez vous assurer que votre appareil...

— Mon appareil n'est pas à blâmer, dit-elle, glaciale. Il fonctionne suivant les données fournies par les biologistes.

Il demeura penché sur son bureau, écoutant le bruit des pas de miss Stanley s'éloigner dans le couloir.

C'était vrai ce qu'elle venait de dire, naturellement. Les biologistes avaient fourni les données. Mais les biologistes pouvaient se tromper. Il suffisait d'une différence infime, d'une divergence d'un iota et le convertisseur envoyait dans l'atmosphère de Jupiter autre chose que ce que les biologistes pensaient y envoyer. Le mutant perdait peut-être pied, se détraquait, ou s'effondrait sous l'effet de circonstances absolument inattendues.

Car l'Homme ne savait pas grand-chose de ce qui se passait dehors. Il n'était renseigné que par ses instruments. Et les renseignements fournis par les instruments n'étaient que des éléments isolés d'information, car Jupiter était incroyablement étendu et les coupoles étaient très peu nombreuses.

Il avait fallu aux biologistes plus de trois ans de recherches intenses et après cela deux années d'expériences pour rassembler des connaissances sur les Dromeurs, qui représentaient, semblait-il, la forme de vie la plus élevée qui existât sur Jupiter. C'était un travail qui sur Terre n'aurait demandé qu'une semaine ou deux. Mais il était impossible d'emmener sur la Terre une créature vivante venant de Jupiter. On ne pouvait pas reproduire hors de Jupiter les conditions de pression qui y régnaient et la température et la pression de la terre auraient littéralement volatilisé les Dromeurs.

Et pourtant il fallait bien poursuivre les expériences si l'on voulait que l'Homme puisse un jour évoluer sur Jupiter sous forme de Dromeur. Car avant que le convertisseur puisse faire prendre à l'Homme une autre forme de vie que la sienne, il fallait connaître dans tous ses détails les caractéristiques de cette forme de vie, les connaître à fond sans aucune possibilité d'erreur.

Allen ne revint pas.

Les tracteurs fouillant les parages de la coupole ne trouvèrent pas trace de lui, à moins que la créature dont un des conducteurs signala la présence dans un repli de terrain n'eût été le Terrien disparu métamorphosé en Dromeur.

Quand Fowler laissa entendre que les données des biologistes étaient peut-être fausses, ceux-ci émirent de doctes ricanements. Les données, soutinrent-ils, étaient exactes. Quand on plaçait un homme dans le convertisseur et qu'on mettait le courant, l'homme devenait un Dromeur. Il sortait de la machine et s'éloignait pour disparaître dans la lourde atmosphère de Jupiter.

Il ne s'agissait peut-être que d'un petit détail, avait suggéré Fowler ; une différence infime avec le véritable Dromeur. Dans ce cas, avaient répliqué les biologistes, il faudrait des années pour s'en apercevoir.

Et Fowler savait qu'ils avaient raison.

La liste des disparus comptait cinq noms maintenant au lieu de quatre et Harold Allen était parti pour rien. Sa disparition ne leur avait rien appris et c'était en fait comme s'il n'était jamais parti.

Fowler prit sur son bureau le dossier du personnel, une mince liasse de feuilles bien attachées. Il regarda les noms, le cœur lourd. Il fallait bien découvrir d'une façon ou d'une autre la raison de ces disparitions. Et le seul moyen, c'était d'envoyer d'autres hommes.

Un moment il prêta l'oreille au hurlement du vent au-dessus de la coupole, à l'éternelle bourrasque qui balayait la planète de ses tourbillons rageurs.

Existait-il au-dehors quelque menace inconnue ? Quelque danger dont ils ignoraient tout ? Quelque chose qui guettait les Dromeurs pour les dévorer, sans faire de distinction entre les Dromeurs bon teint et ceux qui n'étaient que des hommes métamorphosés ?

Ou bien avait-on commis une erreur à la base en choisissant les Dromeurs comme le type de créature vivante le mieux adapté aux conditions d'existence sur la planète ? Il savait que l'intelligence dont témoignaient manifestement les Dromeurs avait été un des facteurs déterminants de ce choix. Car si la créature que devenait l'Homme n'était pas douée d'intelligence, l'Homme ne pourrait pas garder longtemps sa propre intelligence sous sa nouvelle forme.

Les biologistes avaient-ils donné trop d'importance à un facteur pour corriger les effets nuisibles, voire désastreux, d'un autre facteur ? C'était peu vraisemblable. Pour pontifiants qu'ils étaient, les biologistes connaissaient leur affaire.

Ou bien l'entreprise elle-même était-elle impossible et vouée dès l'abord à l'échec ? On avait réussi sur d'autres planètes à faire prendre à l'homme d'autres formes de vie, mais cela ne voulait pas nécessairement dire que c'était chose possible sur Jupiter. Peut-être l'intelligence humaine ne pouvait-elle fonctionner normalement sous l'enveloppe sensorielle jovienne. Peut-être les Dromeurs étaient-ils des êtres si différents qu'il n'existait pas de terrain de rencontre entre la connaissance humaine et la conception jovienne de l'existence.

Ou peut-être la faute en revenait-elle à l'Homme, était-elle inhérente à la race humaine. Peut-être quelque aberration mentale dont les effets s'ajoutaient à ce qu'ils découvraient dehors empêchait-elle les hommes de revenir. Peut-être l'Homme avait-il une constitution mentale qu'on tenait pour parfaitement normale sur la Terre mais qui était incapable de résister aux conditions de vie joviennes.

Un bruit de trottinement se fit entendre dans le couloir. Fowler eut un sourire mélancolique. C'était Towser qui revenait de la cuisine où il était allé voir son ami le cuisinier.

Towser entra dans la pièce, tenant un os entre

ses dents. Il agita la queue en voyant Fowler et vint se tapir au pied du bureau, l'os entre ses pattes. Pendant un long moment, son regard humide demeura posé sur son maître et Fowler se pencha pour caresser son oreille velue.

— Tu m'aimes toujours, Towser ? demanda Fowler.

Towser agita vigoureusement la queue.

— Tu es le seul, dit Fowler.

Il se redressa et reporta son attention sur le dossier du personnel.

Voyons, Bennett ? Bennett avait une fiancée qui l'attendait sur la Terre.

Andrews ? Andrews comptait retourner à l'Ecole Polytechnique de Mars dès qu'il aurait mis assez d'argent de côté pour partir.

Olson ? Olson approchait de l'âge de la retraite. Il parlait tout le temps aux autres de l'endroit où il s'installerait et des roses qu'il cultiverait.

Lentement, Fowler reposa le dossier.

Il condamnait des hommes à mort. C'était ce qu'avait dit miss Stanley, ses lèvres pâles remuant à peine au milieu de son visage parcheminé. Elle l'avait accusé d'envoyer des hommes mourir tandis que lui-même restait bien à l'abri derrière son bureau.

Sans doute était-ce ce qu'on se murmurait dans la coupole, surtout depuis que Allen n'était pas revenu. Oh ! ils n'iraient pas le lui dire en face, bien sûr. Même l'homme ou les hommes qu'il convoquerait et à qui il ordonnerait de partir à leur tour ne le lui diraient pas.

Mais il le verrait dans leurs yeux.

Il reprit le dossier. Bennett, Andrews, Olson. Il y en avait encore d'autres, mais c'était inutile de continuer.

Kent Fowler savait qu'il ne pourrait pas, qu'il

ne pourrait jamais les affronter, qu'il ne pourrait plus envoyer des hommes à la mort.

Il se pencha et abaissa une clef du téléphone intérieur.

— Oui, Mr Fowler.

— Miss Stanley, je vous prie.

Il attendit miss Stanley, tout en écoutant Towser mâchonner sans entrain son os. Les dents de Towser commençaient à s'abîmer.

— Ici, miss Stanley, dit la voix de miss Stanley.

— Je voulais simplement vous dire, miss Stanley, de vous tenir prête à faire passer deux autres sujets au convertisseur.

— Vous n'avez pas peur, demanda miss Stanley, de finir par être à court de victimes ? En les envoyant un par un, ils dureraient plus longtemps et vous donneraient deux fois plus de satisfaction.

— L'un des sujets, dit Fowler, sera un chien.

— Un chien !

— Oui, Towser.

Il perçut la note de rage froide qui vibrait dans l'appareil.

— Votre propre chien ! Alors qu'il est depuis des années avec vous...

— Justement, dit Fowler. Towser serait malheureux si je l'abandonnais.

Ce n'était pas le Jupiter qu'il avait vu dans le téléviseur. Il s'attendait bien à ce que ce fût différent, mais pas à ce point-là. Il s'attendait à trouver un enfer de pluies ammoniacales, de brumes toxiques et le fracas assourdissant de la tempête. Il s'attendait à des nuées tourbillonnantes, au crépitement hargneux d'éclairs gigantesques.

Il ne pensait pas que les rafales de pluie se réduiraient aux proportions d'un léger brouillard pourpre passant comme une ombre fugitive au-dessus des prairies d'un rouge violacé. Il ne se doutait même pas que les éclairs seraient autant de feux de pure extase zébrant un ciel peint.

Fowler attendit Towser tout en fléchissant les muscles de son corps, surpris de la force qu'il y découvrait. Allons, se dit-il, je ne suis pas trop mal loti, et il sourit en se souvenant comme il plaignait les Dromeurs quand il les apercevait sur l'écran du téléviseur.

Car on avait du mal à imaginer un organisme vivant qui fonctionnât à l'ammoniaque et à l'hydrogène et non pas à l'oxygène et à l'eau ; on avait du mal à croire qu'un tel organisme pût connaître la même pulsation vitale que l'être humain. On avait du mal à concevoir qu'il existât une vie quelconque dans le maelstrom bouillonnant qu'était l'atmosphère de Jupiter, puisqu'on ne savait pas, évidemment, que aux yeux des Joviens, elle n'avait rien d'un maelstrom bouillonnant.

Le vent le frôlait comme une caresse et il dut faire effort pour se rappeler que, à l'échelle terrestre, il s'agissait d'un ouragan qui soufflait à plus de trois cents kilomètres à l'heure des masses de gaz empoisonnés.

Il sentait d'agréables effluves baigner son corps. Et pourtant on pouvait à peine parler d'effluves, car ce n'était pas le sens de l'odorat tel qu'il s'en souvenait qui était en jeu. Il avait l'impression que tout son être était imprégné de lavande... et ce n'était cependant pas de la lavande. C'était quelque chose, il s'en rendait compte, pour quoi il n'avait pas de mot, c'était à n'en pas douter la première des nombreuses énigmes qu'allait lui poser le langage. Car les mots qu'il connaissait, les symboles qu'il utilisait en tant que Terrien ne lui serviraient plus maintenant qu'il était devenu Jovien.

La porte étanche de la coupole s'ouvrit et il vit

142

Towser sortir en trébuchant... il pensa du moins que ce devait être Towser.

Il allait appeler le chien, son esprit formait déjà les mots qu'il voulait prononcer. Mais il ne put les prononcer. C'était impossible. Il n'avait pas d'organe pour parler.

Comme un flot boueux, il sentit la terreur déferler sur lui, la panique paralyser son esprit.

Comment les Joviens s'exprimaient-ils ? Comment...

Et soudain il prit conscience de Towser, il sentit intensément l'amitié profonde que lui portait le chien ébouriffé qui de la Terre l'avait suivi sur tant de planètes. Il lui sembla que la créature qu'était Towser était venue un instant s'asseoir dans son propre cerveau.

Et il lui parut que ce salut frémissant se traduisait en mots.

— Salut, mon vieux.

Ce n'étaient pas vraiment des mots ; c'était mieux que des mots. C'étaient des symboles qui parvenaient directement à son cerveau, chargés de nuances dont les mots étaient toujours dépourvus.

— Salut, Towser, dit-il.

— Je me sens bien, dit Towser. Comme quand j'étais un jeune chiot. Ça n'allait pas très fort ces temps derniers. Je n'avais plus les pattes bien souples et mes dents faiblissaient. C'était à peine si j'arrivais encore à ronger un os. Et puis les puces me rendaient la vie intenable. Quand j'étais jeune, je n'y faisais pas tant attention.

— Mais... mais... (Les pensées de Fowler se bousculaient dans la plus grande confusion :) Tu me parles !

— Bien sûr, dit Towser. J'ai toujours parlé, mais tu ne pouvais pas m'entendre. J'essayais de

143

te dire des choses mais je ne pouvais pas y arriver.

— Je te comprenais parfois, dit Fowler.

— Pas très bien, dit Towser. Tu comprenais quand je voulais manger ou boire et quand je voulais sortir, mais c'était à peu près tout.

— Je le regrette, dit Fowler.

— Bah ! n'y pense plus, lui dit Towser. On fait une course ? Le premier arrivé à la falaise là-bas.

C'était la première fois que Fowler apercevait la falaise : elle était, semblait-il, à des kilomètres de là, mais elle apparaissait d'une étrange beauté cristalline et l'ombre des nuages multicolores y allumait mille reflets.

— C'est bien loin... hésita Fowler.

— Allons, viens donc, dit Towser en s'élançant vers la falaise.

Fowler le suivit ; il éprouvait ses jambes, il éprouvait la force de cette nouvelle enveloppe qui était maintenant la sienne, un peu hésitant d'abord, bientôt stupéfait, puis courant avec une joie sans mélange en étroite communion avec cette plaine rouge et ces brumes errantes.

Tout en courant, il lui sembla entendre une musique qui résonnait jusque dans son corps, qui pénétrait tout son être,. qui le soulevait comme une plume. C'était une musique comparable au carillon d'un clocher perché sur une colline au soleil du printemps.

A mesure que Fowler approchait de la falaise, la musique prenait des tonalités plus profondes et emplissait l'atmosphère d'une buée de magie sonore. Et il comprit qu'elle venait de la cascade qui ruisselait le long de la falaise étincelante.

Mais il savait que ce qu'il voyait n'était pas une chute d'eau, mais d'ammoniaque et que la falaise

était blanche parce qu'elle était composée d'oxygène solidifié.

Il s'arrêta auprès de Towser à l'endroit où la
cascade se brisait en un arc-en-ciel aux cent couleurs. Il y en avait à la lettre plus de cent parce
que les couleurs ici ne se chevauchaient pas comme sur l'arc-en-ciel que voient les humains, mais
le prisme était décomposé jusqu'en ses ultimes
fragments.

— La musique, dit Towser.

— Oui, et alors ?

— La musique, dit Towser, c'est la cascade qui
la produit. Ce sont les vibrations du liquide.

— Mais Towser, tu ne connais rien aux vibrations.

— Mais si, protesta Towser. Ça m'est venu tout
d'un coup.

— Ça t'est venu ! sursauta Fowler.

Et brusquement une formule se présenta à son
esprit : c'était la formule d'un procédé qui permettrait au métal de supporter la pression de Jupiter.

Abasourdi, il contempla la chute d'ammoniaque
et aussitôt son esprit embrassa les multiples couleurs et les replaça dans l'ordre exact qu'elles occupaient dans le spectre. Il n'avait pas eu à réfléchir. Cela lui était venu brusquement, car il ne
savait rien des métaux ni des couleurs.

— Towser, cria-t-il, Towser, il nous arrive quelque chose !

— Oui, je sais, dit Towser.

— C'est notre cerveau, dit Fowler. Nous l'utilisons à plein rendement, jusque dans ses plus
secrets replis. Nous nous en servons pour découvrir des choses que nous devrions savoir depuis
longtemps. Peut-être les cerveaux des créatures
terrestres sont-ils naturellement lents et brouil-
lons. Peut-être sommes-nous les demeurés de

l'univers. Peut-être est-ce notre lot que de peiner pour tout faire.

Et avec la clarté d'esprit qui lui semblait maintenant accordée, il comprit que ses nouvelles connaissances ne se limiteraient pas aux couleurs du prisme ni aux métaux capables de résister à la pression qui régnait sur Jupiter. Il pressentait d'autres choses, qui n'étaient pas encore très nettes. Il percevait comme un vague murmure qui parlait de grandes choses, de mystères qui transcendaient les limites de la pensée humaine, et même de l'imagination humaine. Des mystères, des faits, une logique nouvelle. Toutes choses qu'un cerveau ordinaire devrait connaître s'il utilisait à fond sa faculté de raisonnement.

— Nous sommes encore plus Terriens que Joviens, dit-il. Nous commençons seulement à apprendre quelques-unes des choses qu'il nous faut connaître... et qui nous étaient demeurées cachées à nous autres humains. Parce que nos corps d'homme n'étaient que de pauvres corps. Pauvrement équipés pour penser, pauvrement équipés pour sentir puisqu'il nous manquait certains sens indispensables pour acquérir la connaissance.

Il se retourna pour regarder la coupole, minuscule tache noire dans le lointain.

Là-bas, il y avait des hommes incapables de voir toute la beauté de Jupiter. Des hommes qui croyaient que des nuées tourbillonnantes et des rafales de pluie obscurcissaient le visage de la planète. Des hommes dont les pauvres yeux d'homme ne voyaient pas. Des hommes qui étaient incapables de voir la beauté des nuées, de distinguer ce que dissimulait la tempête. Dont les corps ne pouvaient percevoir la merveilleuse harmonie qui jaillissait des chutes d'ammoniaque.

Et ces hommes marchaient seuls, murés dans une terrible solitude, parlaient avec leur langue

146

comme de petits boy-scouts correspondent par signaux, incapables de pénétrer jusqu'à l'esprit de
leur prochain comme lui parvenait jusqu'à l'esprit de Towser. Ils étaient à jamais privés de ce
contact personnel, intime, avec les autres créatures
vivantes.

Lui, Fowler, s'était attendu à être terrifié par
les conditions étranges de cette planète, à trembler devant la menace de puissances inconnues ;
il s'était préparé à affronter une situation qui
n'était pas faite pour un Terrien.

Mais au lieu de cela, il avait trouvé quelque
chose de plus grand que tout ce que l'Homme
avait jamais connu. Son corps était plus vif, plus
solide. Il éprouvait une joie profonde, le sentiment
de vivre pleinement. Son esprit était mieux ou-
tillé. Le monde où il évoluait était d'une beauté
que les rêves les plus fous des Terriens n'avaient
jamais imaginée.

— Allons, insista Towser.

— Où veux-tu aller ?

— N'importe où, dit Towser. Allons toujours
et voyons où cela nous mènera. J'ai l'impression...
enfin, il me semble...

— Oui, dit Fowler, je sais.

Car lui aussi, il avait cette impression. Le sentiment qu'une haute destinée l'attendait. Un sentiment de grandeur. La certitude que quelque part
derrière ces horizons étranges, il allait rencontrer
l'aventure et il ne savait quoi de plus grand que
l'aventure.

Les cinq autres qui l'avaient précédé avaient dû
éprouver ce sentiment aussi. Ils avaient dû être
pris du besoin d'aller voir plus loin, ils avaient
dû comprendre qu'une vie plus pleine, plus riche
les attendait.

C'était pour cela qu'ils n'étaient pas revenus.

— Je ne veux pas revenir, dit Towser.

— On ne peut pas les laisser tomber, dit Fowler.

Fowler fit quelques pas dans la direction de la coupole, puis s'arrêta.

Regagner la coupole. Retrouver ce corps souffrant et alourdi qu'il avait quitté. Il ne l'avait pas trouvé souffrant jusqu'à maintenant, mais il savait qu'en fait il l'était.

Il allait retrouver son cerveau brouillon. Sa pensée confuse. Les bouches jacassantes qui émettaient des signaux que les autres comprenaient. Les yeux qui maintenant lui paraîtraient pis qu'aveugles. La misère, la vie rampante, l'ignorance.

— Plus tard, peut-être, se dit-il.

— Nous avons beaucoup à faire et beaucoup à voir, dit Towser. Nous avons beaucoup à apprendre. Nous allons faire des découvertes...

Oui, ils allaient peut-être faire des découvertes. Découvrir des civilisations auprès desquelles celle de l'Homme paraîtrait ridicule. Ils allaient découvrir la beauté et, mieux encore, la compréhension de la beauté. Et une camaraderie que personne encore n'avait jamais connue, aucun homme ni aucun chien.

Et quelle vie ! Une vie au rythme si rapide que leur existence de Terriens leur semblerait un lent cauchemar.

— Je ne peux pas revenir, dit Towser.

— Moi non plus, dit Fowler.

— Ils referaient de moi un chien, dit Towser.

— Et de moi, dit Fowler, un homme.

Notes sur le cinquième conte

Peu à peu, au fur et à mesure du déroulement de la légende, le lecteur se fait une idée plus exacte de la race humaine. Il acquiert graduellement la conviction que cette race ne peut guère être plus qu'une simple chimère. On ne voit pas comment elle pourrait être partie de rien pour parvenir à une culture aussi haute que celle que décrivent ces récits. Elle paraît trop pauvrement équipée.

Les preuves abondent jusqu'ici de son manque de stabilité. L'intérêt qu'elle porte à une civilisation mécanique, son ignorance de conceptions de la vie plus saines, plus valables, soulignent chez elle l'absence d'une base solide.

Dans ce conte, nous apprenons combien limités étaient les moyens de communication dont disposaient les humains, et c'est là un lourd handicap. L'incapacité de l'Homme à comprendre et à apprécier la pensée et le point de vue de ses proches semble un obstacle que tous les trésors d'ingéniosité mécanique ne permettent pas de franchir.

Que l'Homme ait été le premier à s'en rendre compte, son désir de connaître la philosophie de Juwain l'exprime assez clairement, mais on remarquera que cette philosophie ne l'intéresse pas pour la compréhension qu'elle pourrait lui donner, mais pour la puissance et pour la gloire qu'il

149

compte en tirer. Aux yeux de l'Homme, cette philosophie le ferait avancer de cent mille ans en l'espace de deux générations.

Il semble, à la lecture de ces contes, que l'Homme disputait une course, sinon avec lui-même, du moins avec quelque poursuivant imaginaire qui le talonnait. L'Homme était lancé dans une quête insensée de puissance et de connaissance, mais on ne trouve nulle part la moindre allusion à l'usage qu'il entendait en faire une fois qu'il les aurait obtenues.

Selon la légende, il était sorti des cavernes voilà plus d'un million d'années. Et pourtant ce n'est guère que cent ans avant l'époque où se situe ce récit qu'il aurait été capable d'éliminer de sa vie la notion de meurtre. Voilà qui donne assez la mesure de sa sauvagerie : il lui a fallu un million d'années pour se débarrasser du meurtre et il considérait cela comme une grande réussite.

Après avoir lu ce conte, on est amené à croire, avec Rover, que l'Homme est dépeint dans la légende comme une antithèse délibérée de tout ce qu'incarne le Chien, comme une sorte de pantin mythique, une fable sociologique.

Il n'en faut pour preuve que la vanité des efforts de l'Homme, sa perpétuelle agitation, sa façon de chercher sans cesse à parvenir à un mode d'existence qui le fuit, peut-être parce qu'il ne sait pas exactement ce qu'il veut.

LE PARADIS

La coupole apparaissait comme une construction étrange, insolite dans la brume pourpre de Jupiter, une petite excroissance peureusement tapie à la surface de la gigantesque planète.

La créature qui avait été Kent Fowler se dressa sur ses lourdes pattes.

« Voilà, se dit-il, la coupole me semble étrange. C'est dire comme je suis parvenu loin de la race humaine. Car elle n'a rien de si étrange, en fait. Du moins pas pour moi. C'est l'endroit où j'ai vécu, où j'ai rêvé, fait des projets. C'est de là que je suis parti, terrorisé. Et c'est là que je reviens, parce que j'y suis forcé, malgré ma peur.

« J'y suis forcé par le souvenir des gens qui étaient comme moi avant que je ne devienne la chose que je suis maintenant, au temps où je ne connaissais pas toute la plénitude, tout le plaisir qu'on peut savourer quand on n'est pas un être humain. »

A côté de lui, Towser s'agita, et Fowler sentit toute l'inépuisable amitié de celui qui avait été un chien autrefois, cette amitié qui s'exprimait maintenant et qui avait peut-être toujours existé mais qui n'avait jamais pu se révéler tant qu'ils étaient homme et chien.

Les pensées du chien vinrent imprégner son cerveau.

— Tu ne peux pas faire ça, mon vieux, dit Towser.

La réponse de Fowler était presque un gémissement :

— Mais il le faut, Towser. C'est pour cela que je suis parti. Pour voir ce qu'était vraiment Jupiter. Et maintenant je peux le leur dire, je peux leur annoncer la nouvelle.

Voilà longtemps que tu aurais dû le faire, dit une voix en lui, une lointaine voix humaine qui s'efforçait de se faire entendre à travers sa personnalité jovienne. *Mais par lâcheté tu as remis et remis. Tu t'es enfui parce que tu avais peur de revenir. Peur de redevenir un homme.*

« Je vais être bien seul », dit Towser, mais sans le dire vraiment. Du moins n'y eut-il pas de mots prononcés... c'était plutôt un sentiment de solitude, un cri déchirant d'adieu. Comme si, l'espace d'un instant, Fowler avait été en parfaite communion d'esprit avec Towser.

Fowler demeurait silencieux, il sentait un dégoût monter en lui à l'idée de reprendre sa forme humaine, de retrouver toutes les limitations inhérentes à l'esprit et au corps humains.

— Je viendrais bien avec toi, lui dit Towser, mais je ne pourrais pas le supporter. Je mourrais peut-être même avant d'être revenu. J'étais presque au bout de mon rouleau, tu te souviens. J'étais vieux et plein de puces. Mes dents n'étaient plus que de vieux chicots et j'avais l'appareil digestif complètement délabré. Quand j'étais jeune, je chassais les lapins, mais vers la fin, c'étaient plutôt les lapins qui me chassaient.

— Reste ici, dit Fowler. Je reviendrai.

Si je peux leur faire comprendre, pensa-t-il. *Si seulement je réussis. Si je peux leur expliquer.*

Il souleva sa tête massive et contempla les contreforts des collines qui se dressaient en pics montagneux voilés dans la brume rose et pourpre. Un éclair zébra le ciel, illuminant les nuages et la brume.

Il s'en alla d'un pas lent, à contrecœur. La brise lui apporta une bouffée de parfum et son corps l'absorba avidement. Et pourtant ce n'était pas à proprement parler une odeur : mais il ne trouvait pas de mot plus exact pour définir sa sensation. Dans les années à venir, la race humaine mettrait au point un nouveau vocabulaire.

Comment, se demanda-t-il, pouvait-on décrire cette brume qui flottait sur la planète et ces odeurs qui étaient un délice sans mélange. Il y avait des choses qu'il pourrait leur faire comprendre, il le savait. Qu'on n'avait jamais besoin de manger, qu'on ne dormait jamais, que c'en était fini de toutes ces névroses dont l'Homme souffrait. Tout cela, ils le comprendraient parce que c'étaient des choses qu'on pouvait exprimer en termes simples, en termes de langage courant.

Mais comment faire pour tant d'autres phénomènes dont la description exigeait un nouveau vocabulaire ? Pour des émotions que l'Homme n'avait jamais éprouvées ? Des possibilités auxquelles l'Homme n'avait jamais songé ? Comment expliquer cette clarté d'esprit, cette faculté d'utiliser son cerveau à plein rendement ? Et tout ce qu'on savait et qu'on pouvait faire d'instinct et que l'Homme serait toujours incapable de faire parce qu'il lui manquait les sens nécessaires ?

« Je le mettrai par écrit, se dit-il. Je prendrai mon temps et je l'écrirai. »

Mais il se rendit compte que le mot écrit était un piètre instrument.

Le hublot d'observation d'un téléviseur émergea du flanc lisse de la coupole et il s'en approcha. La brume se condensait à la surface du hublot

153

en petits ruisseaux et il se pencha pour regarder à l'intérieur.

Il ne voyait rien, bien sûr, mais les hommes dans la coupole le verraient. Les hommes qui veillaient sans cesse, scrutant inlassablement le monde brutal de Jupiter, les tempêtes rugissantes, les pluies d'ammoniaque, les nuages de méthane toxique. Car c'était cela que les hommes voyaient sur Jupiter.

Il leva une patte antérieure et inscrivit quelque chose sur la buée du hublot, en formant ses caractères à l'envers.

Il fallait bien qu'ils sachent qui il était, pour qu'il n'y ait pas d'erreur. Il fallait qu'ils sachent de quelles coordonnées se servir. Sinon, ils pourraient lui rendre un corps qui ne serait pas le sien, se tromper de matrice et le faire devenir quelqu'un d'autre : le jeune Allen peut-être, ou Smith, ou Pelletier. Et ce pourrait être une erreur fatale.

L'ammoniaque tombant en pluie effaça son inscription. Il recommença.

Ils comprendraient le nom. Ils sauraient qu'un des hommes qu'on avait convertis en Dromeur était revenu faire son rapport.

Il se laissa retomber sur le sol et regarda la porte étanche du convertisseur. Celle-ci s'ouvrit lentement vers l'extérieur.

— Au revoir, Towser, dit doucement Fowler.

Un cri d'alarme retentit dans son cerveau : *Il n'est pas trop tard. Tu n'es pas encore entré. Tu peux encore changer d'avis. Tu peux encore changer d'avis. Tu peux encore t'enfuir.*

Il s'avança résolument. Il sentit sous ses pattes le métal des parois, il sentit que la porte se refermait derrière lui. Il eut une dernière pensée pour Towser, et puis il n'y eut plus que le noir.

La chambre de conversion était juste en haut de la rampe et il poursuivit son chemin.

Un homme et un chien étaient partis, pensa-t-il, et maintenant l'homme revenait seul.

La conférence de presse s'était bien passée. Les nouvelles qui y avaient été données étaient, dans l'ensemble, satisfaisantes.

Oui, avait expliqué Tyler Webster aux journalistes, les incidents qui avaient éclaté sur Vénus avaient été réglés. Il avait suffi d'une conférence réunissant les parties en présence. Les expériences biologiques menées dans les laboratoires du froid sur Pluton progressaient de façon satisfaisante. L'expédition de la Constellation du Centaure partirait comme prévu malgré les racontars pessimistes. La commission des Echanges allait prochainement publier de nouveaux cours des différents produits du Système Solaire, mettant ainsi un terme à certaines iniquités.

Rien de sensationnel. Rien dont on puisse faire une manchette. Rien qui puisse orienter les bulletins d'information.

— Et Jon Culver me dit de vous rappeler, déclara Webster, que c'est aujourd'hui le cent vingt-cinquième anniversaire du dernier meurtre commis dans le Système Solaire. Cent vingt-cinq ans sans une seule mort violente par préméditation.

Il se renversa dans son fauteuil en souriant aux journalistes, essayant de masquer sa crainte de voir poser la question qu'il redoutait d'entendre.

Mais ils n'étaient pas encore prêts à la poser ; il restait encore une coutume à observer — une fort plaisante coutume.

Burly Stephen Andrews, chef des informations à l'*Interplanetary News,* s'éclaircit la gorge comme s'il allait faire une importante déclaration, et demanda avec une gravité feinte :

— Et comment va Webster junior ?

Un sourire éclaira le visage de Webster.

— Je vais passer le week-end chez moi, dit-il. J'ai acheté un jouet à mon fils. (Il brandit un petit tube :) Un jouet d'autrefois. Garanti d'époque. Une compagnie vient d'en commencer la fabrication. Vous le placez devant votre œil et en le faisant tourner, vous voyez de jolis dessins, formés par l'assemblage de morceaux de verre coloré. Cela a un nom...

— Un kaléidoscope, dit vivement un des journalistes. J'en ai entendu parler. J'ai lu un jour un vieux bouquin d'histoire sur les mœurs et coutumes du xxᵉ siècle où il en était question.

— Vous l'avez essayé, monsieur le Président ? demanda Andrews.

— Non, dit Webster. Ma foi, non. Je l'ai acheté cet après-midi et j'ai été trop occupé jusqu'à maintenant.

— Où l'avez-vous trouvé, monsieur le Président ? demanda quelqu'un. Il faut que j'en achète un pour mon fils.

— Au magasin du coin. Le magasin de jouets, vous savez. Ils viennent de les recevoir.

Maintenant, se dit Webster, ils allaient partir. Encore quelques instants d'agréable badinage et ils s'en iraient.

Mais ils ne faisaient pas mine de bouger... et il savait qu'ils n'en feraient rien. Il entendit un frémissement parcourir l'assemblée des journalistes, vite couvert par un bruit de papiers froissés.

Et Stephen Andrews posa la question que Webster redoutait. Un instant, Webster fut heureux que ce fût Andrews qui la posât. Andrews s'était toujours montré aimable et *Interplanetary News* était un journal qui donnait des informations objectives et non pas truffées d'allusions perfides comme certains autres.

156

— Monsieur le Président, dit Andrews, nous avons cru comprendre qu'un homme qui avait passé par le convertisseur de Jupiter venait de rentrer sur la Terre. Nous aimerions vous demander si cette rumeur est fondée.

— C'est exact, dit Webster, simplement.

Ils attendirent, et Webster attendit, immobile dans son fauteuil.

— Avez-vous des commentaires à faire ? finit par demander Andrews.

— Non, dit Webster.

Son regard parcourut la salle, s'arrêtant sur chaque visage. Il vit que tous devinaient une partie de la vérité que dissimulait son plat refus de discuter plus avant ce sujet. Derrière leurs visages amusés, leurs cerveaux se demandaient comment ils allaient pouvoir déformer les quelques paroles qu'il avait prononcées. Certains, aussi, allaient écrire des articles fulminants où ils invoqueraient le droit de chacun à être informé.

— Je regrette, messieurs, dit Webster.

Andrews se leva pesamment.

— Je vous remercie, monsieur le Président, dit-il.

Webster, assis dans son fauteuil, les regarda s'en aller, et la salle lui parut soudain froide et vide.

Ils vont me crucifier, se dit-il. *Ils vont me clouer au pilori et je n'ai rien à répliquer. Rien.*

Il se leva, traversa la salle et regarda par la fenêtre le jardin baigné par le soleil de l'après-midi.

On ne pouvait tout de même pas leur dire...

Le paradis ! Une vie paradisiaque à portée de la main ! Et la fin de l'humanité par la même occasion ! La fin de tous les idéaux, de tous les rêves de l'humanité, la fin de la race elle-même.

157

La lumière verte clignota sur son bureau et il revint rapidement.

— Qu'est-ce que c'est ? demanda-t-il.

Le petit écran s'alluma et un visage s'y dessina.

— Monsieur, les chiens viennent de signaler que Joe, le mutant, s'est rendu à votre domicile et que Jenkins l'a laissé entrer.

— Joe ! vous êtes sûr ?

— C'est ce que les chiens ont dit. Et ils ne se trompent jamais.

— Non, dit lentement Webster. Non, ils ne se trompent jamais.

Le visage s'effaça de l'écran et Webster se laissa tomber dans un fauteuil.

D'une main tremblante, il tourna quelques boutons, sans même regarder.

La maison apparut sur l'écran, la maison d'Amérique du Nord perchée sur sa colline éventée. Cela faisait près de mille ans qu'on l'avait construite. Une longue lignée de Websters avait vécu là, rêvé aussi, et ils y étaient morts.

Très haut dans le ciel bleu au-dessus de la maison, un corbeau volait et Webster entendit ou crut entendre le croassement de l'oiseau.

Tout était normal, ou du moins en avait l'apparence. La maison sommeillait à la lumière du matin et la statue se dressait toujours sur la pelouse, souvenir du lointain ancêtre qui s'était perdu sur le chemin des étoiles : Allen Webster, le premier homme à quitter le Système Solaire à destination du Centaure, alors qu'une nouvelle expédition faisait sur Mars ses derniers préparatifs.

Rien ne bougeait dans la maison.

D'un geste, Webster abaissa une clef. L'écran redevint blanc.

Jenkins peut s'en occuper, se dit-il. *Probablement mieux qu'un homme. Après tout, il a près de mille ans d'expérience, dans sa carcasse métallique. Il ne va pas tarder à m'appeler pour me prévenir.*

Il forma sur les cadrans une nouvelle combinaison.

Il attendit de longues secondes avant qu'un visage apparût sur l'écran.

— Qu'y a-t-il, Tyler ? demanda le visage.

— On vient de me signaler que Joe...

— On me l'a dit aussi, acquiesça John Culver. Je vérifie.

— Qu'en pensez-vous ?

Le visage du chef de la Sécurité Mondiale se fit perplexe :

— Peut-être est-ce l'indice d'un fléchissement. Nous ne leur faisons pas la vie très drôle à Joe et aux autres mutants. Les chiens ont fait du bon travail.

— Mais rien dans les rapports ne le laisse entendre, protesta Webster.

— Ecoutez, dit Culver. Depuis plus de cent ans, ils n'ont pas poussé un soupir dont nous n'ayons eu connaissance. Tout ce qu'ils ont fait, nous l'avons enregistré et classé dans nos archives. Nous les avons bloqués dans tous leurs mouvements. Ils ont d'abord cru qu'ils étaient victimes de la malchance, mais maintenant ils savent à quoi s'en tenir. Peut-être qu'ils en ont assez et qu'ils ont décidé qu'ils étaient vaincus.

— Je ne le pense pas, dit Webster d'un ton grave. Le jour où ces gaillards s'avoueront vraiment vaincus, mieux vaudra chercher un coin pas trop en vue.

— Bah ! ne vous en faites pas, dit Culver. Je vous tiendrai au courant.

L'image s'effaça et l'écran ne fut plus qu'un carré de verre que Webster fixait d'un regard morose.

Non, les mutants n'étaient pas vaincus, sûrement pas. Ils le savait bien, et Culver aussi. Et pourtant...

Pourquoi Joe était-il allé trouver Jenkins ? Pourquoi n'avait-il pas pris contact avec le gouvernement à Genève ? Peut-être histoire de sauver la face en traitant avec un robot. Après tout, Joe connaissait Jenkins depuis très, très longtemps.

Webster éprouva soudain un orgueil assez peu justifié. Il était fier que Joe eût choisi d'aller trouver Jenkins. Car Jenkins, malgré son enveloppe métallique, était un Webster aussi.

Il y a de quoi être fier de la famille, songea Webster. *Les réussites alternent avec les erreurs. Une longue succession : Jérôme perd pour le monde la philosophie de Juwain. Puis Thomas lui donne le principe de l'astronef qu'on vient maintenant de mettre tout à fait au point. Allen, le fils de Thomas, aspire à atteindre les étoiles, mais il échoue. Mais Bruce, après lui, est le premier à concevoir la civilisation jumelée, homme et chien. Et moi enfin, Tyler Webster, président du Comité Mondial.*

Assis à son bureau, il croisa les mains devant lui et contempla la lumière du soir qui entrait par la fenêtre.

Il attendait, il devait bien se l'avouer. Il attendait le crépitement de l'appareil qui lui annoncerait que Jenkins l'appelait. Si seulement...

Si seulement on pouvait parvenir à une entente. Si seulement les mutants et les hommes pouvaient travailler de concert. S'ils pouvaient oublier cette guerre sournoise et sans vainqueur, ils pourraient aller loin tous les trois : l'homme, le chien et le mutant.

Webster secoua la tête. C'était trop demander. La différence était trop considérable, le fossé trop large. Les hommes, d'une part, se montraient méfiants, les mutants, de leur côté, manifestaient un amusement indulgent. Car les mutants étaient une race à part, des rejetons qui étaient d'un coup allés trop loin. Des hommes qui étaient devenus de véritables individus, n'ayant besoin ni de l'appui d'une société, ni de l'approbation d'autrui, totalement dépourvus de l'instinct grégaire qui maintenait la cohésion de l'espèce, des êtres sur lesquels les pressions sociales demeuraient sans effet.

Et, à cause des mutants, le petit groupe des chiens qui avaient fait l'objet de mutations n'avait pas encore été d'une grande utilité à leur frère aîné l'homme. Car depuis plus de cent ans les chiens montaient la garde ; ils constituaient la police qui maintenait les mutants en observation.

Webster repoussa son fauteuil, ouvrit un tiroir et y prit une liasse de papiers.

Un œil fixé sur l'écran du téléviseur, il pressa le bouton qui appelait sa secrétaire.

— Oui, Mr Webster.

— Je vais aller voir Mr Fowler, dit Webster. Si on me demande...

— Si on vous demande, je vous appellerai aussitôt, monsieur, fit la secrétaire d'une voix légèrement tremblante.

— Merci, dit Webster.

Il raccrocha.

Ils en ont déjà entendu parler, se dit-il. *Tout le monde ici attend avec impatience des nouvelles.*

Allongé dans un fauteuil de jardin devant sa chambre, Kent Fowler regardait le petit terrier noir creuser frénétiquement le sol, à la poursuite d'un lapin imaginaire.

— Tu sais, Médor, dit Fowler, je ne suis pas dupe.

Le chien s'arrêta de creuser, regarda par-dessus

161

son épaule et sourit de toutes ses dents. Il lança quelques aboiements, puis se remit à creuser.

— Un de ces jours, tu vas te couper, lui dit Fowler, et dire un mot ou deux, et tu auras l'air fin.

Le chien continua à creuser.

Rusé petit gaillard, se dit Fowler. *Malin comme un singe. Webster l'a attaché à ma personne et il joue son rôle à merveille. Il a fait mine de poursuivre des lapins, il a déshonoré les buissons, il s'est gratté consciencieusement, bref il a été le chien parfait. Mais je vois clair en lui. Je vois clair en eux tous.*

Un pas s'approcha et Fowler leva les yeux.

— Bonsoir, dit Tyler Webster.

— Je me demandais quand vous viendriez, dit Fowler sèchement. Asseyez-vous et parlons sans ambages. Vous ne me croyez pas, n'est-ce pas ?

Webster se carra confortablement dans l'autre fauteuil, posant sur ses genoux la liasse de papiers qu'il tenait à la main.

— Je comprends ce que vous éprouvez, dit-il.

— Cela m'étonnerait, répliqua Fowler. Je suis venu apporter des nouvelles que je croyais importantes. Un rapport qui m'a coûté plus que vous ne pouvez imaginer. (Il se pencha en avant :) Je me demande si vous vous rendez compte que chaque heure que j'ai passée sous la forme humaine a été pour moi une véritable torture mentale.

— Je suis désolé, dit Webster. Mais il nous fallait être sûrs. Il nous fallait vérifier votre rapport.

— Et procéder à certaines expériences ?

Webster acquiesça.

— Médor, par exemple ?

— Il ne s'appelle pas Médor, fit doucement Webster. Si vous l'avez appelé ainsi, vous avez dû le

162

vexer. Tous les chiens ont des noms de personne. Celui-ci s'appelle Elmer.

Elmer s'était arrêté de creuser et arrivait vers eux. Il s'assit auprès du fauteuil de Webster et frotta de sa patte droite ses moustaches souillées de terre.

— Ton avis, Elmer ? demanda Webster.

— Il est humain, pas d'erreur, dit le chien, mais il n'est pas tout à fait humain quand même. Pas un mutant, non. Mais quelque chose d'autre. Quelque chose que je ne connais pas.

— C'est assez naturel, dit Fowler. J'ai été Dromeur pendant cinq ans.

— Vous avez conservé une partie de votre personnalité de cette époque, acquiesça Webster. C'est compréhensible. Et le chien l'a flairé. Ils sont très sensibles à ce genre de choses. Ils ont un don presque psychique. C'est pourquoi nous les employons pour détecter les mutants. Ils sont capables de les dépister quel que soit l'endroit où ils se cachent.

— Vous voulez dire que vous me croyez ?

Webster feuilleta les papiers posés sur ses genoux, puis les lissa soigneusement :

— J'en ai peur, oui.

— Pourquoi peur ?

— Parce que, lui dit Webster, vous êtes la plus terrible menace que l'humanité ait jamais connue.

— Une menace ! Mais enfin, vous ne comprenez donc pas ? Je vous offre... Je vous offre...

— Oui, je sais, dit Webster. Vous m'offrez le Paradis.

— Et c'est cela qui vous fait peur ?

— Une peur terrible, dit Webster. Essayez donc de vous représenter ce qui se passerait si nous racontions cela aux gens et s'ils nous croyaient tous. Tout le monde voudrait s'en aller sur Jupiter et devenir un Dromeur. Le seul fait que les

Dromeurs semblent avoir une vie moyenne de plusieurs milliers d'années suffirait à attirer les humains, même s'il n'y avait que cela. Nous serions assiégés de demandes de gens qui voudraient partir pour Jupiter. Personne ne voudrait rester humain. Il finirait par ne plus y avoir d'humains : tous les humains seraient des Dromeurs. Aviez-vous pensé à cela ?

Fowler se passa nerveusement la langue sur les lèvres :

— Certainement. C'était ce à quoi je m'attendais.

— La race humaine disparaîtrait, dit Webster d'un ton calme. Elle serait anéantie d'un coup. Tout le progrès réalisé au cours des millénaires serait détruit. Et cela juste au moment où les hommes sont sur le point d'aller plus loin qu'ils ne sont jamais allés.

— Mais vous ne savez pas, dit Fowler. Vous ne pouvez pas savoir. Vous n'avez jamais été Dromeur. Moi, si. (Il se frappa la poitrine :) Je sais ce que c'est.

Webster secoua la tête :

— Je ne discute pas sur ce point. Je vous accorde bien volontiers que mieux vaut sans doute être un Dromeur qu'un humain. Mais ce que je ne peux admettre, ce que nous ayons le droit d'anéantir la race humaine, que nous échangions ce que la race humaine a fait et fera contre ce que les Dromeurs pourraient faire. La race humaine est en train de prendre son essor. Peut-être pas aussi agréablement ni aussi brillamment que vos Dromeurs, mais j'ai l'impression qu'à la longue, elle ira beaucoup plus loin. Nous avons un patrimoine racial et une destinée raciale que nous ne pouvons rejeter d'un instant à l'autre.

— Ecoutez, dit Fowler, j'ai joué franc jeu avec vous. Je me suis adressé directement à vous et au

164

Comité Mondial. J'aurais pu alerter la presse et la radio et vous forcer la main, mais je ne l'ai pas fait.

— Ce que vous voulez dire, fit Webster, c'est que le Comité Mondial n'a pas le droit de prendre une telle décision tout seul. Vous estimez que les gens ont leur mot à dire.

Fowler hocha la tête, sans desserrer les dents.

— Franchement, dit Webster, je n'ai pas confiance dans les gens. Vous n'auriez que des réactions de masses. Une réponse égoïste. Personne ne penserait à la race, chacun ne songerait qu'à soi.

— Autrement dit, déclara Fowler, j'ai raison, mais vous n'y pouvez rien ?

— Pas exactement. Il faut mettre au point un compromis. Peut-être pourrait-on faire de Jupiter une sorte de maison de retraite. Tous ceux qui auraient mené une vie utile...

Fowler eut un ricanement de dédain :

— C'est cela, fit-il. Une récompense. On mettrait les vieux chevaux au vert. Au paradis par permission spéciale.

— Par ce moyen, fit remarquer Webster, nous sauverions la race humaine, et nous profiterions quand même des avantages de Jupiter.

Fowler se leva d'un bond.

— J'en ai assez ! cria-t-il. Je vous ai apporté les renseignements que vous vouliez avoir. Vous avez dépensé des milliards de dollars pour les obtenir et, aussi, croyez-vous, des centaines de vies humaines. Vous avez installé des postes de convertissement sur toute la surface de Jupiter et vous avez envoyé des hommes par douzaines ; comme ils ne revenaient pas, vous les croyiez morts, et vous continuiez à en envoyer d'autres. Mais si aucun d'eux ne revenait... c'était parce qu'ils ne voulaient pas revenir, parce qu'ils ne pouvaient pas, parce qu'ils n'avaient pas le courage d'être à nouveau des hommes. Et maintenant, moi, je suis revenu et à quoi cela a-t-il servi ? J'ai entendu de beaux discours... on m'a cuisiné, interrogé, on s'est méfié de moi. Et pour finir, on me dit que j'ai raison, mais que j'ai fait une erreur en revenant. (Il laissa retomber ses bras.) Je suis libre, je suppose, dit-il. Je n'ai pas besoin de rester ici.

Webster hocha lentement la tête :

— Certainement, vous êtes libre. Vous avez toujours été libre. Je vous avais simplement demandé de bien vouloir rester en attendant que j'aie fait procéder aux vérifications.

— Je peux retourner sur Jupiter ?

— Etant donné la situation, dit Webster, ce serait sans doute une excellente idée.

— Je suis surpris que vous ne me l'ayez pas conseillé plus tôt, dit Fowler amèrement. Ç'aurait été la solution rêvée pour vous. Vous classiez mon rapport et n'y pensiez plus et continuiez à gouverner le Système Solaire comme s'il s'agissait d'un jeu d'enfants. Votre famille a laissé de siècle en siècle la marque de ses gaffes et les gens en redemandent. Un de vos ancêtres a fait perdre au monde la philosophie de Juwain, un autre a coupé court aux efforts de coopération avec les mutants...

— Je vous prie de me laisser, ainsi que ma famille, en dehors de cette affaire, fit Webster sèchement. Il s'agit de quelque chose qui dépasse...

Mais Fowler criait maintenant :

— Et je ne vais pas vous laisser tout gâcher cette fois-ci. Le monde a assez pâti par la faute des Websters. Maintenant le monde va avoir sa chance. Je vais révéler aux gens la vérité sur Jupiter. Je vais prévenir la presse, la radio. Je vais le crier sur les toits. Je vais...

Sa voix se brisa, et ses épaules se voûtèrent.

166

Webster parla d'une voix où vibrait une rage froide.

— Je lutterai contre vous, Fowler. Par tous les moyens. Je ne peux pas vous laisser faire une chose pareille.

Fowler avait tourné les talons et se dirigeait à grands pas vers la grille du jardin.

Webster, figé dans son fauteuil, sentit une patte lui gratter la jambe.

— J'y vais, Patron ? demanda Elmer. J'y vais et je le ramène ?

Webster secoua la tête.

— Laisse-le, dit-il. Il a autant que moi le droit de faire ce qui lui plaît.

Une brise un peu fraîche traversa le jardin, soulevant les pans de la cape de Webster.

Des mots retentissaient dans son cerveau, des mots qu'on venait de prononcer ici, dans ce jardin, voilà quelques secondes, mais qui venaient du fond des siècles. *Un de vos ancêtres a fait perdre au monde la philosophie de Juwain. Un de vos ancêtres...*

Webster serra les poings à s'en faire rentrer les ongles dans les paumes.

Un porte-malheur, songea Webster. *Voilà ce que nous sommes. Nous portons malheur à l'humanité. La philosophie de Juwain. Et les mutants. Mais les mutants ont la philosophie de Juwain depuis des siècles et ils ne s'en sont jamais servis. Joe l'avait volée à Grant et Grant a passé sa vie à essayer de la récupérer. Mais il n'y a jamais réussi.*

Peut-être, se dit Webster pour essayer de se consoler, *cette philosophie ne rimait-elle pas à grand-chose. Sinon, les mutants l'auraient utilisée. Ou bien peut-être... oui, peut-être que les mutants nous ont bluffés et qu'ils n'en savent pas plus long que nous là-dessus.*

Il entendit une légère toux métallique et leva

les yeux. Un petit robot gris se tenait sur le seuil.

— Voici l'appel que vous attendiez, monsieur, dit le robot.

Le visage de Jenkins apparut sur l'écran, un vieux visage, laid et démodé. Rien de comparable aux visages lisses et parfaitement réussis des robots dernier modèle.

— Que monsieur m'excuse de le déranger, dit Jenkins, mais il s'agit d'une affaire fort extraordinaire. Joe est venu me demander à utiliser notre téléviseur pour appeler monsieur. Il refuse de me dire ce qu'il veut, monsieur. Il prétend qu'il désire seulement dire bonjour à monsieur, en vieux voisin.

— Donnez-lui la communication, dit Webster.

— Je dois dire à monsieur qu'il s'est conduit de façon très étrange, insista Jenkins. Il est arrivé et il a tourné autour du pot pendant plus d'une heure avant de me dire ce qui l'amenait. Que monsieur me permette de lui dire que je trouve cela des plus bizarre.

— Je sais, dit Webster. Joe est bizarre à bien des égards.

Le visage de Jenkins disparut de l'écran et fut remplacé par celui de Joe, le mutant. Il avait une figure énergique, avec une peau tannée, un peu ridée, des yeux gris-bleu pétillants et des cheveux qui tournaient au poivre et sel sur les tempes.

— Jenkins n'a pas confiance en moi, Tyler, dit Joe.

Webster sentit la colère le gagner en face de ce rire qui rôdait derrière les mots.

— Moi non plus, vous savez, dit-il froidement.

Joe fit claquer sa langue :

— Voyons, Tyler, nous ne vous avons jamais donné le moindre ennui, aucun de nous. Vous nous avez surveillés, et vous vous êtes rongés d'inquiétude, mais jamais nous ne vous avons causé aucun tort. Vous avez tellement de vos chiens à nous espionner que nous ne pouvons pas faire un pas sans tomber sur l'un d'eux, et vous avez réuni une documentation sur notre compte. Vous nous avez étudiés et vous avez discuté notre cas au point que vous devez en avoir par-dessus la tête.

— Nous vous connaissons, dit Webster d'un ton sombre. Nous en savons plus long sur vous que vous n'en savez vous-mêmes. Nous savons combien vous êtes et nous connaissons chacun de vous personnellement. Demandez donc ce que n'importe lequel de vous a fait à tel ou tel moment dans les cent dernières années. Nous pouvons vous le dire.

— Quand je pense, fit Joe d'un ton glacial, que pendant tout ce temps nous étions pleins de bonnes intentions à votre égard. Que nous nous demandions comment nous pourrions vous aider.

— Alors, pourquoi ne l'avez-vous pas fait ? répliqua Webster. Nous avons toujours été disposés à travailler avec vous. Même après que vous avez volé les principes de Juwain à Grant...

— Volé ? fit Joe. Vous devez faire erreur, Tyler. Nous ne les avons pris que pour pouvoir les mettre au point. Ça ne tenait pas debout, vous savez.

— Vous avez dû les mettre au point le jour même où les éléments vous en sont tombés entre les mains, lui dit Webster sèchement. Qu'est-ce que vous attendiez ? Si vous nous aviez offert cela, nous aurions su que vous étiez avec nous et nous aurions collaboré de bon cœur. Nous aurions arrêté l'expérience des chiens, et nous vous aurions accepté.

— C'est drôle, dit Joe. Je crois que nous ne nous sommes jamais occupés de savoir si on nous accepterait ou pas.

Et Webster retrouvait ce rire, ce rire d'un homme qui se suffisait à lui-même, à qui l'effort commun de l'humanité apparaissait comme une vaste plaisanterie. Un homme qui marchait solitaire et s'en trouvait bien. Qui considérait la race humaine comme quelque chose d'amusant et peut-être d'un peu dangereux, mais d'autant plus drôle que c'était dangereux. Un homme qui n'éprouvait pas le besoin de la fraternité humaine, qui rejetait même ce sentiment comme un accessoire aussi ridicule et démodé que les clubs du XXᵉ siècle.

— Très bien, fit Webster, si c'est ainsi que vous l'entendez. J'espérais que vous auriez une offre, que vous apporteriez une chance de réconciliation. La situation actuelle ne nous plaît guère : nous préférerions la voir changer. Mais c'est à vous de faire le premier pas.

— Voyons, Tyler, protesta Joe, ce n'est pas la peine de vous emballer comme ça. J'ai pensé qu'il serait peut-être bon que vous preniez connaissance de la philosophie de Juwain. C'est quelque chose d'un peu oublié maintenant, mais il y a eu une époque où on ne parlait que de ça dans tout le Système Solaire.

— Eh bien ! dit Webster, allez, je vous écoute.

Mais le ton de sa voix indiquait clairement qu'il était bien sûr que Joe ne lui dirait rien.

— Au fond, commença Joe, vous êtes des gens très seuls, vous autres humains. Vous n'avez jamais connu votre semblable. Vous ne pouvez pas le connaître parce qu'il vous manque le terrain d'entente commun qui vous permettrait de le comprendre. Vous avez des amis, bien sûr, mais vos amitiés se fondent seulement sur des émotions, jamais sur une compréhension véritable. Vous vous entendez les uns avec les autres, évidemment, mais par tolérance plutôt que par sympathie réelle. Vous arrivez à régler vos problèmes, mais des solutions que vous y apportez il ressort que toujours les plus forts ont raison de l'opposition des plus faibles.

— Quel rapport cela a-t-il avec ce dont vous voulez me parler ?

— Mais c'est le fond même du problème, dit Joe. Avec la philosophie de Juwain, vous vous comprendriez vraiment.

— Par télépathie ? demanda Webster.

— Pas exactement, dit Joe. Nous, les mutants, nous sommes télépathes. Mais c'est autre chose. La philosophie de Juwain fournit la possibilité de comprendre le point de vue d'autrui. Elle ne vous fera pas nécessairement admettre ce point de vue, mais vous en reconnaîtrez l'existence. Et non seulement vous saurez ce que votre interlocuteur cherche à vous dire, mais aussi ce qu'est le fond de sa pensée sur tel ou tel point. Avec la philosophie de Juwain, vous serez obligé d'accepter la justesse des idées d'autrui, pas seulement des mots qu'il prononce, mais de la pensée qui est derrière ces mots.

— C'est de la sémantique, dit Webster.

— Si vous tenez à ce terme, dit Joe. En fait, cela veut dire que vous ne comprenez pas seulement la signification intrinsèque mais aussi la signification impliquée de ce que dit votre interlocuteur. C'est presque de la télépathie, mais pas tout à fait. À certains égards, c'est beaucoup mieux.

— Mais Joe, comment y parvient-on ? Comment...

Le rire exaspérant retentit de nouveau :

— Pensez-y un peu, Tyler... voyez si ce que j'ai à vous offrir vous intéresse vraiment. Et puis nous pourrons peut-être parler.

— C'est du maquignonnage, dit Webster.

Joe acquiesça.

— Et encore il doit y avoir des pièges, je suppose, dit Webster.

— Un ou deux, dit Joe. Trouvez-les et nous en parlerons aussi.

— Qu'allez-vous me demander ?

— Pas mal de choses, dit Joe, mais ça en vaudra sans doute la peine.

L'écran redevint blanc mais Webster continua à le fixer d'un regard vide. Des pièges ? Il y en avait sûrement...

Webster ferma les yeux ; il sentait le sang battre dans son cerveau.

Qu'avait-on donc prétendu à propos de la philosophie de Juwain au temps lointain où on l'avait perdue ? Qu'elle aurait fait avancer l'humanité de cent mille ans en l'espace de deux générations. Quelque chose comme ça.

Peut-être était-ce un peu exagéré, mais pas tellement.

Les hommes se comprendraient les uns les autres, accepteraient les idées d'autrui, chacun verrait derrière les mots ce que son interlocuteur y mettait, et accepterait toute conception comme si elle était sienne. Il n'y aurait plus de malentendus, plus de préjugés, d'idées préconçues : plus qu'une vue claire et totale de tous les angles de tous les problèmes. Et cela s'appliquerait à tous les domaines de l'effort humain : à la sociologie, à la psychologie, à la mécanique, à toutes les facettes d'une civilisation complexe à l'extrême. Finies les querelles, les disputes, qui seraient remplacées par l'estimation honnête et sincère des faits et des idées.

Progresser de cent mille ans en deux générations ? Peut-être n'était-on pas si loin du compte.

Mais y avait-il ou non un piège ? Les mutants entendaient-ils vraiment révéler les principes de

172

la philosophie de Juwain ? Et à quel prix ? C'était peut-être une nouvelle carotte qu'on agitait sous le nez de l'humanité pendant que les mutants se tordaient de rire.

Les mutants ne s'étaient pas servis de la philosophie. Mais eux n'en avaient pas vraiment besoin. Ils avaient déjà la télépathie et pour eux c'était suffisant. Des individualistes n'avaient nul besoin d'un procédé qui leur permît de se comprendre les uns les autres car peu leur importait de s'ignorer. Les mutants se supportaient, semblait-il, les uns les autres, dans la mesure où ils ne pouvaient éviter certains contacts indispensables à la sauvegarde de leurs intérêts. Mais c'était tout. Ils collaboraient pour sauver leur peau, mais ils ne trouvaient là aucun plaisir.

S'agissait-il d'une proposition honnête ? D'un appât destiné à retenir l'attention de l'homme fixée sur un point pendant qu'on préparait un mauvais coup ailleurs ? D'une simple plaisanterie ? Ou d'une offre qui dissimulait un aiguillon empoisonné ?

Webster soupira. Comment savoir ? Il était impossible de percer à jour les mobiles des mutants.

Une lumière douce et diffuse baignait les murs et le plafond depuis la fin du jour ; l'éclairage automatique augmentait d'intensité avec la venue de la nuit. Webster jeta un coup d'œil par la fenêtre et ne vit qu'un ovale noir où brillaient çà et là les panneaux publicitaires lumineux de la ville.

Il pressa un bouton et dit à sa secrétaire :

— Je suis désolé de vous avoir gardée si longtemps. J'avais oublié l'heure.

— Je vous en prie, monsieur, dit la secrétaire. Il y a un visiteur pour vous : Mr Fowler.

— Fowler ?

— Oui, le monsieur qui revient de Jupiter.

— Je sais, dit Webster d'un ton las. Faites-le entrer.

Il avait presque oublié Fowler et ses menaces.

Son regard se posa machinalement sur sa table et il aperçut le kaléidoscope. *Drôle de jouet*, se dit-il. *Drôle d'idée. Un objet simple pour les esprits simples d'autrefois. Mais le gosse va bien s'amuser avec ça.*

Il prit le jouet et le porta à ses yeux. La lumière dessinait à l'intérieur un étrange réseau de couleurs, une sorte de cauchemar géométrique. Il fit légèrement tourner le tube et le dessin changea. Et encore...

Une brusque nausée le prit et les couleurs allumèrent dans sa tête une flamme torturante.

Il lâcha le tube qui tomba dans un cliquetis de verre. Des deux mains, Webster se cramponna au rebord du bureau.

Et une horrible pensée lui vint à l'esprit : *Quel jeu pour un gosse !*

La nausée disparut et il reprit dans son fauteuil une position normale ; sa pensée était à nouveau claire, son souffle régulier.

C'est curieux, se dit-il. *C'est curieux que cela me fasse cet effet-là. Ou bien cela n'a-t-il aucun rapport avec le kaléidoscope ? C'est peut-être une sorte d'attaque. Une défaillance cardiaque. Je suis quand même encore un peu jeune et j'ai passé une visite médicale tout récemment.*

La porte s'ouvrit et Webster leva les yeux.

Fowler s'avança lentement, d'un pas mesuré, jusque devant le bureau.

— Eh bien, Fowler ?

— Je suis parti sur un coup de tête, dit Fowler, et je ne veux pas que nous restions sur cette brouille. Vous avez peut-être compris, mais je n'en suis pas sûr. J'étais hors de moi, vous savez. Je suis arrivé de Jupiter avec le sentiment que je n'avais pas passé pour rien toutes ces années dans les coupoles, que tous les tourments que j'avais connus en voyant partir les autres n'avaient pas été vains. J'apportais une nouvelle, vous comprenez, une nouvelle que le monde attendait. Pour moi, c'était ce qui pouvait arriver de plus merveilleux, et je pensais que vous seriez de mon avis, vous et le monde entier. Il me semblait que je venais leur annoncer que le Paradis est juste au coin de la rue. Car c'est ça, Webster... c'est exactement ça. (Il posa ses mains à plat sur le bureau et se pencha vers Webster :) Vous comprenez, n'est-ce pas, Webster ? Vous comprenez ?

Webster sentit que ses mains tremblaient et il les posa sur ses genoux en les crispant jusqu'à s'en faire mal aux doigts.

— Oui, murmura-t-il. Oui, je crois que je comprends.

Car il comprenait.

Il comprenait plus que ce que disaient les mots. Il comprenait l'angoisse, la supplication, l'amère déception qui se trouvait derrière les mots. Il les comprenait comme s'il avait prononcé les mots lui-même... presque comme s'il était lui-même Fowler.

— Qu'est-ce qu'il y a, Webster ? dit celui-ci, inquiet. Qu'est-ce que vous avez ?

Webster essaya de parler, mais les mots s'effritaient comme de la poussière avant qu'il les eût prononcés. Sa gorge se serra jusqu'à ce qu'il sentît comme un nœud douloureux au-dessus de sa pomme d'Adam. Il fit une nouvelle tentative, mais ce qu'il dit n'était pas ce qu'il aurait voulu dire :

— Voyons, Fowler. Vous avez appris un tas de choses là-bas. Des choses que les hommes connaissent mal ou pas du tout. Comme une forme très développée de télépathie peut-être... ou... ou bien...

— Oui, dit Fowler, j'ai appris beaucoup de cho-

175

ses. Mais je n'ai rien rapporté avec moi. Quand je suis redevenu un homme, je n'ai rien été de plus. Il ne me reste que des souvenirs confus et in... ho ! une sorte de nostalgie, si vous voulez.

— Vous voulez dire que vous n'avez plus aucune des facultés que vous aviez quand vous étiez Dromeur ?

— Plus une seule.

— Vous ne pourriez pas, par hasard, me faire comprendre quelque chose que vous voudriez que je sache ? Me faire éprouver exactement ce que vous éprouvez.

— Absolument pas, dit Fowler.

Webster tendit la main et repoussa doucement du doigt le kaléidoscope qui se mit à rouler, puis s'arrêta.

— Pourquoi êtes-vous revenu ? demanda Webster.

— Pour régler nos comptes, dit Fowler. Pour vous dire que je ne vous en voulais pas au fond. Pour essayer de vous faire comprendre que ma position était défendable aussi. C'est une question de différence d'opinion, voilà tout. Je pensais que nous pourrions nous quitter bons amis quand même.

— Je vois. Et vous êtes toujours décidé à aller crier votre histoire sur les toits ?

Fowler acquiesça :

— Il le faut, Webster. Vous devez bien vous en rendre compte. C'est... c'est... enfin, je trouve que c'est presque une religion. J'y crois. Il faut que je dise aux autres qu'il existe un monde meilleur, une vie meilleure. Il faut que je les y conduise.

— Un messie, dit Webster.

— Voilà ce que je craignais, dit Fowler. Les railleries n'ont...

— Je ne raillais pas, dit Webster, avec presque de la douceur.

176

Il prit le kaléidoscope, tourna le tube entre ses mains d'un air méditatif. *Pas encore*, se dit-il. *Pas encore. Il faut que j'y réfléchisse. Est-ce que je tiens à ce qu'il me comprenne comme je le comprends ?*

— Ecoutez, Fowler, dit-il, attendez un jour ou deux. Et puis nous en reparlerons.

— J'ai déjà attendu assez longtemps.

— Mais je voudrais que vous pensiez à ceci : voilà un million d'années, l'homme est venu à la vie, et ce n'était qu'un animal. Depuis lors, il a grimpé peu à peu les degrés de la civilisation. Péniblement, il a mis au point un mode de vie, une philosophie, une façon d'agir. Sa progression a été géométrique. Il fait aujourd'hui plus qu'il ne faisait hier. Demain il fera plus qu'il ne fait aujourd'hui. Pour la première fois dans l'histoire humaine, l'Homme est vraiment prêt à décrocher la timbale. Il a pris un bon départ et il ira loin en mettant beaucoup moins de temps qu'il ne lui en a fallu pour parvenir où il est maintenant.

« Ce n'est peut-être pas aussi agréable que sur Jupiter, ce n'est peut-être pas du tout la même chose. L'humanité est peut-être quelque chose de sordide à côté des formes que la vie prend sur Jupiter. Mais c'est la vie de l'homme. C'est pour cela qu'il s'est battu. C'est la vie qu'il s'est faite lui-même. C'est une destinée qu'il a façonnée.

« Je ne peux pas me faire à l'idée que juste au moment où nous commençons à nous en tirer, nous allons échanger notre destinée contre une autre dont nous ne savons rien, dont on ne peut rien connaître avec certitude.

— Je veux bien attendre un jour ou deux, dit Fowler. Mais je vous avertis : vous n'arriverez pas à me faire changer d'avis.

— Je ne vous en demande pas plus, dit Webster.

(Il se leva et lui tendit la main.) Bons amis ? demanda-t-il.

Mais au moment même où il serrait la main de Fowler, Webster savait que tout cela finirait mal. Avec ou sans la philosophie de Juwain, l'espèce humaine allait au désastre. Et ce désastre, la révélation de la philosophie de Juwain le rendrait peut-être encore plus total. Car les mutants joueraient à coup sûr. Si c'était cela leur plaisanterie, si c'était cela leur façon de se débarrasser de la race humaine, ils ne laisseraient rien au hasard. D'ici demain matin, tous les hommes, toutes les femmes, tous les enfants du monde auraient réussi à regarder dans un kaléidoscope. Ou autre chose. Dieu sait que les méthodes ne manquaient pas.

Il attendit que Fowler eût refermé la porte derrière lui, puis s'approcha de la fenêtre et regarda dehors. Dans le ciel de la cité brillait un nouveau panneau lumineux, qu'il n'avait jamais vu. Un drôle de panneau formé d'étranges dessins qui se découpaient sur la nuit. Une sorte de kaléidoscope en mouvement.

Webster le fixa, les lèvres serrées.

Il aurait dû s'y attendre.

Il pensa à Joe et une flamme de furie meurtrière jaillit dans sa tête. Car cette visite n'avait été qu'une fourberie de plus, qu'un ricanement qui se dissimulait derrière des phrases vides ; on avait voulu lui faire savoir qu'il était dans le pétrin et qu'on le savait et qu'il ne pouvait rien faire.

Nous aurions dû les tuer tous, pensa Webster avec une froideur qui le surprit lui-même. *Nous aurions dû les exterminer comme on détruit des microbes nuisibles.*

Mais l'homme avait renoncé à la politique de la violence, sur le plan personnel comme sur le plan général. Depuis cent vingt-cinq ans, aucun groupe ne s'était attaqué à aucun autre.

Quand Joe est venu me voir, la philosophie de Juwain était là sur mon bureau. Je n'avais qu'à tendre la main pour la saisir, se dit Webster.

Cette pensée le fit tressaillir. Je n'avais qu'à tendre la main pour la toucher. *Et c'est exactement ce que j'ai fait.*

Quelque chose qui était plus que de la télépathie, plus que de l'intuition. Joe savait qu'il allait prendre le kaléidoscope, il devait le savoir. C'était de la clairvoyance, la faculté de prévoir l'avenir. L'avenir immédiat, une heure ou deux dans le futur peut-être, mais cela suffisait.

Joe — et les autres mutants aussi, bien sûr — connaissaient l'histoire Fowler. Leurs esprits fureteurs, télépathiques, leur avaient déjà dit tout ce qu'ils voulaient savoir. Mais c'était autre chose.

Il regarda le panonceau lumineux par la fenêtre. Des milliers de gens, il le savait, le voyaient en ce moment. Et, aussitôt qu'ils l'avaient vu, ils sentaient en eux ce terrible choc qui heurtait leur esprit.

Webster fronça les sourcils, se demandant quel était le sens de ces jeux de lumière changeants. Ils produisaient sans doute un choc sur quelque centre du cerveau humain. Sur une portion du cerveau qui n'avait jamais encore été utilisée, et dont la fonction se serait sans doute développée suivant le cours normal du progrès humain. Mais voilà qu'on forçait cette fonction à se révéler d'un seul coup, avant terme.

La philosophie de Juwain, enfin ! Cette philosophie que les hommes cherchaient depuis des siècles à retrouver était aujourd'hui à portée de leur main. On la leur donnait à une époque où mieux aurait valu qu'ils ne la connussent pas.

Fowler avait mis dans son rapport : *Je ne peux pas décrire les phénomènes dont j'ai été le témoin parce qu'il n'existe pas de mots pour le faire.* Ces mots, il ne les avait toujours pas, bien sûr, mais il avait maintenant autre chose qui était encore mieux : il avait un public capable de percevoir la sincérité et la grandeur qu'il y avait derrière les mots dont il disposait. Un auditoire doté d'un sens nouveau qui lui permettrait de comprendre l'immense portée du message de Fowler.

C'était bien ce qu'avait prévu Joe. Il avait attendu cet instant. Il s'était servi de la philosophie de Juwain comme d'une arme contre la race humaine.

Car, grâce à la philosophie de Juwain, l'homme irait sur Jupiter. Rien ne pourrait le retenir. Il irait sur Jupiter, pour le meilleur et pour le pire.

La seule chance qu'il y avait jamais eu de triompher de Fowler, c'était l'incapacité où se trouvait celui-ci de décrire ce qu'il avait vu, de dire ce qu'il éprouvait, d'exprimer aux gens sous une forme claire le message dont il était porteur. Avec le seul secours des mots humains, ce message aurait été vague et confus, et même si les gens l'avaient cru tout d'abord, leur croyance n'aurait pas été difficile à ébranler et ils auraient été accessibles à d'autres arguments.

Mais maintenant cette chance avait disparu, car les mots avaient perdu de leur caractère vague et confus. Fowler n'aurait guère de mal à faire comprendre à tous ce qu'était Jupiter.

Les gens s'en iraient sur Jupiter, abandonnant sans regret leur vie humaine.

Et dans le Système Solaire, tout le Système Solaire à l'exception de Jupiter, le champ resterait libre pour la race des mutants ; ils pourraient y instaurer un mode de vie de leur choix, qui n'aurait plus guère de rapports avec la civilisation de la race dont ils étaient issus.

Webster referma la fenêtre et revint à son bureau. Il se pencha, ouvrit un tiroir, plongea la main dedans. Sa main ressortit, serrant un instrument dont il n'avait jamais pensé se servir, une relique, une pièce de musée qu'il avait jetée là voilà des années.

Avec son mouchoir, il fit briller l'acier du revolver, en essaya le mécanisme d'une main tremblante.

Fowler était la clef de tout. Une fois Fowler mort...

Une fois Fowler mort et les postes sur Jupiter démantelés et abandonnés, les mutants seraient fichus. L'Homme se servirait de la philosophie de Juwain et suivrait son destin. L'expédition du Centaure s'en irait vers les étoiles. Les expériences biologiques se poursuivraient sur Pluton. L'Homme suivrait la voie qu'il s'était lui-même ouverte.

Plus vite que jamais. Plus vite qu'on n'avait jamais rêvé.

Deux grands pas en avant : la renonciation à la violence, et la véritable compréhension que donnait la philosophie de Juwain. Deux grandes réalisations qui hâtaient la marche de l'homme vers le but qui l'attendait au terme de sa route.

La renonciation à la violence et la...

Webster regarda le revolver qu'il tenait à la main et entendit le mugissement de la tempête qui se levait dans son cerveau.

Deux grandes réalisations, et il allait anéantir la première.

Depuis cent vingt-cinq ans, pas un homme n'avait tué son semblable ; depuis plus de mille ans le recours au meurtre était considéré comme désuet et dépassé.

Mille ans de paix qu'une seule mort pourrait faire cesser. Un coup de feu dans la nuit pourrait faire crouler tout l'édifice, faire retomber l'homme dans ses vieilles pensées bestiales.

Si Webster a tué, pourquoi pas moi ? Après tout il y a des hommes qui ne méritent pas de vivre. Webster a bien fait, mais il n'aurait pas dû s'en tenir là. Je ne vois pas pourquoi on le pend ; on devrait le décorer. Il faudrait commencer par les mutants. Sans eux...

Voilà ce que diraient les gens...

C'est cela, la tempête qui rugit dans mon crâne, pensa Webster.

L'étrange panneau lumineux allumait sur les murs des reflets fantomatiques.

Fowler voit cela, se dit Webster. *Il le regarde et, de toute façon, j'ai le kaléidoscope.*

Il va venir ici et alors nous nous assiérons et nous discuterons. Nous discuterons...

Il lança le revolver dans le tiroir et se dirigea vers la porte.

Notes sur le sixième conte

Si des doutes peuvent subsister quant à l'origine des autres contes de la légende, il n'en est plus de même pour celui-ci. Nous sommes incontestablement ici en présence d'un récit canin. Il possède la profondeur d'émotion, le souci constant des questions morales caractéristiques de tous les autres mythes canins.

Et pourtant, détail assez étrange, c'est dans ce sixième conte que Tige trouve la preuve la plus solide que la race humaine a bien existé. On y voit, en effet, que les Chiens se contaient déjà, devant le feu, des récits où il était question de l'Homme enterré à Genève ou parti pour Jupiter. C'est ici que pour la première fois les Chiens s'aventurent dans les mondes imaginaires et qu'ils commencent à tendre vers le développement d'une fraternité animale.

Nous y trouvons également, selon Tige, la preuve que l'Homme a vécu en même temps que le Chien et qu'il a suivi quelque temps avec lui la voie de la civilisation. On ne peut affirmer, continue Tige, que la catastrophe décrite ici est vraiment celle qui s'est abattue sur l'Homme. Sans doute, le conte a-t-il subi au cours des siècles de nombreux enjolivements. Mais on n'y trouve pas moins le témoignage qu'un désastre, quel qu'il soit, a réellement frappé l'espèce humaine.

Rover, qui ne partage pas l'opinion de Tige, croit que le conteur donne ici une conclusion logique à la civilisation telle que l'Homme l'avait conçue. Sans des buts assez vastes, sans une certaine stabilité imposée, aucune civilisation ne peut survivre et telle est, selon Rover, la morale de ce conte.

L'Homme, dans ce récit, est dépeint avec une certaine tendresse qui ne se manifeste pas dans les contes précédents. C'est une créature tout à la fois solitaire et pitoyable et par certains côtés glorieuse. C'est un fait assez caractéristique de son comportement qu'il finisse sur un beau geste, qu'il paie de son propre sacrifice le prix de la divinisation.

Et pourtant le culte que lui voue Ebenezer est par certains côtés déconcertant et a donné lieu à des discussions particulièrement vives entre exégètes de la légende.

Dans son livre « le Mythe de l'Homme », Bounce demande : « Si l'Homme avait suivi une autre route, n'aurait-il pas pu, avec le temps, connaître un aussi grand destin que le Chien ? »

Peut-être est-ce une question que bien des lecteurs se sont déjà posée.

LES PASSE-TEMPS

Le lapin fila derrière un buisson et le petit chien noir se précipita à sa poursuite, puis s'arrêta net, pattes enfoncées dans la terre. Un loup se dressait au milieu du chemin, serrant le corps sanglant et crispé du lapin entre ses dents.

Ebenezer, hors d'haleine, ne bougeait pas ; un petit bout de langue rouge dépassait de sa bouche et il se sentait un peu écœuré par le spectacle.

C'était un si gentil petit lapin !

Un bruit de pas se fit entendre derrière lui et Mentor déboucha de derrière le buisson et s'arrêta auprès d'Ebenezer.

Le regard cruel du loup alla du chien au robot haut comme deux bouteilles de whisky, puis revint au chien. La flamme jaune et farouche s'éteignit lentement dans ses yeux.

— Tu n'aurais pas dû faire ça, loup, dit doucement Ebenezer. Le lapin savait que je ne lui ferais pas de mal et que tout cela était pour rire. Mais il a couru droit sur toi et tu l'as happé au passage.

— Inutile de lui parler, chuchota Mentor. Il ne comprend pas un mot de ce que tu dis. Dans deux minutes, c'est toi qu'il va dévorer.

— Pas devant toi, il n'osera pas, dit Ebenezer. Et d'ailleurs il me connaît. Il se souvient de l'hiver

185

dernier. Il faisait partie de la horde que nous avons nourrie.

Le loup s'avança lentement, pas à pas. Lorsqu'il ne fut plus qu'à cinquante centimètres du petit chien, il déposa le lapin par terre avec mille précautions et, du museau, le poussa en avant.

Mentor émit un petit bruit, comme un hoquet :

— Il te le donne !

— Je sais, dit Ebenezer sans se démonter. Je t'ai dit qu'il se souvenait de moi. C'est lui qui avait une oreille gelée que Jenkins a soignée.

Le chien fit un pas en avant, agitant la queue, la truffe tendue. Le loup se raidit un peu, puis baissa sa vilaine tête et huma l'air. Un instant, les deux museaux se touchèrent presque, puis le loup recula.

— Allons-nous-en, insista Mentor. Passe devant, je fermerai la marche. Si jamais il essaie...

— Il n'essaiera rien, répliqua Ebenezer. C'est un ami. Ce n'est pas sa faute s'il a tué le lapin : il ne comprend pas. C'est sa façon de vivre à lui. Pour lui, un lapin n'est qu'un morceau de viande.

Exactement, songea-t-il, *comme c'était jadis le cas pour nous. Comme ce l'était pour nous avant que le premier chien vînt s'asseoir auprès de l'homme devant le feu à l'entrée d'une caverne... et même longtemps après. Même maintenant, il arrive qu'un lapin...*

Lentement, avec l'air presque de s'excuser, le loup alla reprendre le lapin entre ses dents. Sa queue s'agita, esquissa un salut.

— Tu vois ! cria Ebenezer.

Et le loup partit. Il ne fut plus qu'une tache grise qui s'éloignait parmi les arbres.

— Il l'a repris, grommela Mentor. Le sale petit...

— Mais il me l'avait donné, dit Ebenezer, triomphant. Seulement il avait tellement faim qu'il n'a pas pu résister. Il a pourtant fait quelque chose qu'un loup n'avait encore jamais fait. Un moment, il a été plus qu'un animal. Il a eu un remords.

— Des larmes de crocodile, grogna Mentor.

Ebenezer secoua la tête :

— Il avait honte quand il l'a repris. Tu l'as bien vu remuer la queue. Il cherchait à m'expliquer qu'il avait faim et qu'il avait besoin du lapin bien plus que moi.

Le chien contempla les vertes allées de la forêt, huma l'odeur des feuilles pourries, la senteur pénétrante de l'herbe de la Trinité, de la sanguinaire et de la gentiane et le parfum simple et frais des jeunes feuilles et des bois au printemps.

— Un jour, peut-être... dit-il.

— Oui, je sais, fit Mentor. Un jour, peut-être les loups seront civilisés aussi. Et les lapins, et les écureuils, et tous les autres animaux sauvages. Ce que vous pouvez être songe-creux, vous, les chiens...

— Pas songe-creux, lui dit Ebenezer. Nous rêvons peut-être. Les hommes rêvaient beaucoup. Ils s'asseyaient et ils pensaient des choses. C'est comme ça que nous sommes arrivés à ce que nous sommes. Un nommé Webster nous a pensés. Souviens-toi de tout ce qu'il nous a fait : il a arrangé nos gorges pour que nous puissions parler. Il a mis au point des verres de contact pour que nous puissions lire. Il...

— Ça les a bien avancés, les hommes, tous ces rêves, dit Mentor d'un air maussade.

C'est bien vrai, se dit Ebenezer. *Il n'en reste pas beaucoup, des hommes, maintenant. Il n'y a plus que les mutants qui ne bougent pas de leurs tours où ils font on ne sait quoi, et la petite colonie de vrais hommes qui vivent encore à Genève. Les autres sont partis depuis longtemps pour Jupiter où ils se sont transformés en créatures qui ne sont pas humaines.*

Lentement, la queue basse, Ebenezer fit demi-tour et reprit à pas lourds le chemin par lequel il était arrivé.

Dommage pour le lapin, pensait-il. *C'était un si gentil lapin. Il courait si bien. Et il n'avait pas vraiment peur. Je l'avais poursuivi bien des fois et il savait que je ne l'attraperais pas.*

Mais Ebenezer ne pouvait en vouloir au loup. Pour un loup, un lapin n'était pas simplement quelque chose qu'il était amusant de poursuivre. Car le loup n'avait pas de troupeaux pour lui fournir de la viande et du lait, pas de champs de céréales pour faire des biscuits de chiens.

— Ce que je devrais faire, grommela Mentor, impitoyable, c'est dire à Jenkins que tu m'as désobéi. Tu sais que tu es censé écouter en ce moment.

Ebenezer continua son chemin sans répondre. Car Mentor disait vrai. Au lieu de courir derrière le lapin, il aurait dû être assis dans la Maison Webster en train d'écouter les bruits, de sentir une présence proche. Comme on écoutait d'un côté d'un mur ce qui se passait de l'autre côté ; seulement pour lui c'étaient des bruits moins forts et plus difficiles à percevoir, parfois, souvent même, à comprendre.

C'est mon côté animal, se dit Ebenezer. *Le côté chien sac à puces, rongeur d'os, fureteur, qui subsiste en moi, qui m'envoie poursuivre un lapin quand je devrais être à écouter, et courir la forêt quand je devrais être à lire les vieux livres de la bibliothèque.*

Nous sommes venus trop vite, pensa-t-il. *Nous avons dû évoluer trop vite.*

Il a fallu à l'Homme des millénaires pour faire de ses grognements des rudiments de langage. Des milliers d'années pour découvrir le feu et des mil-

liers d'années encore pour inventer l'arc et la flèche, pour apprendre à labourer et à cultiver, des milliers d'années pour abandonner la caverne et s'installer dans une maison construite par lui.

· Mais il ne s'est guère écoulé plus de mille ans entre le moment où nous avons appris à parler et le moment où nous nous sommes trouvés livrés à nous-mêmes, tout seuls... enfin, avec Jenkins tout de même.

La forêt se limita bientôt à quelques chênes rabougris et clairsemés sur les contreforts de la colline, comme des vieillards ratatinés qui se seraient égarés.

La maison se dressait au sommet de la colline ; c'était une construction qui s'était enracinée et comme tassée contre la terre. Elle était si vieille qu'elle avait pris la couleur du décor, de l'herbe, des fleurs, des arbres, du ciel, du vent et du temps. Elle avait été construite par des hommes qui l'aimaient, elle et le domaine qui s'étendait autour, comme les chiens l'aimaient aujourd'hui. Elle avait vu naître et mourir les membres d'une famille légendaire, qui avait traversé les siècles comme un météore et dont le souvenir se perpétuait dans les histoires que l'on racontait autour du feu par les nuits de tempête, quand le vent galopait dans les gouttières. La légende de Bruce Webster et du premier chien, Nathanael ; d'un nommé Grant qui avait donné à Nathanael une consigne à passer ; d'un autre homme qui avait essayé d'atteindre les étoiles et du vieillard qui l'attendait assis dans son fauteuil sur la pelouse. Et d'autres contes où il était question des ogres mutants que les chiens avaient épiés durant des années.

Et maintenant, les hommes étaient partis, la famille prestigieuse n'était plus qu'un nom et les chiens continuaient à se passer le flambeau comme

Grant un jour avait dit à Nathanael de le faire.

Comme si c'étaient vous les hommes, comme si le chien était l'homme. Telle était la doctrine qu'ils s'étaient transmise pendant plus de dix siècles... et enfin le moment était venu.

Les chiens étaient entrés dans la maison une fois les hommes partis ; ils étaient venus de tous les coins de la Terre là où le premier chien avait prononcé le premier mot, là où le premier chien avait lu le premier mot imprimé ; ils étaient revenus à la Maison Webster, où, voilà bien longtemps, un homme avait rêvé d'une double civilisation, avait vu l'homme et le chien descendre le cours des âges, la patte dans la main.

— Nous avons fait de notre mieux, dit Ebenezer, comme s'il parlait à quelqu'un. Et nous continuons à faire de notre mieux.

De l'autre versant de la colline monta le tintement d'une clochette, suivi d'aboiements furieux. Les jeunes chiens ramenaient les vaches à l'étable pour la traite du soir.

La poussière des siècles recouvrait tout l'intérieur du caveau, une poussière grise et fine qui faisait partie intégrante du lieu.

John Webster huma l'âcre senteur de la poussière qui dominait l'odeur de moisi de la salle ; le silence vibrait dans sa tête comme une chanson. Une unique ampoule au radium brillait au-dessus du panneau, de sa roue et de sa demi-douzaine de cadrans.

Craignant de troubler le silence, Webster s'avança lentement, impressionné par le poids du temps qui semblait tomber des voûtes. Du bout du doigt il toucha le bouton de contact, comme s'il était surpris de le trouver là, comme s'il lui fallait le tâter pour s'assurer de sa présence.

Et il était bien là. Et aussi la roue et les cadrans

éclairés par l'unique ampoule. Et c'était tout. Rien d'autre. Il n'y avait rien d'autre dans ce petit caveau dépouillé.

Exactement comme l'annonçait la vieille carte. John Webster secoua la tête et pensa : j'aurais dû me douter que ce serait ainsi. La carte avait raison. La carte n'avait pas oublié, elle. C'était nous qui avions oublié... ou qui n'avions jamais su, qui ne nous en étions jamais soucié. Et sans doute cette dernière hypothèse était-elle la plus vraisemblable. Personne ne se souciait du caveau.

Il fallait dire aussi que très peu de gens avaient dû connaître son existence. Car mieux valait que très peu de gens fussent au courant...

Il contempla pensivement le panneau. Sa main s'avança un peu, puis s'arrêta net. Mieux vaut ne pas y toucher, se dit-il. Car la carte ne donnait aucune explication sur la raison d'être de ce caveau, sur le mécanisme de la combinaison.

« Défense », disait-elle, sans plus.

Une défense ! Bien sûr, il avait fallu y penser en ce temps-là. Elle n'avait jamais servi, mais elle était là, prête à parer à l'incertain. Car même alors la fraternité des peuples était un édifice fragile qu'un seul mot, un seul acte auraient suffi à ébranler. Même après dix siècles de paix, le souvenir de la guerre demeurait vivant, c'était une éventualité toujours présente à l'esprit des membres du Comité Mondial, quelque chose qu'il fallait éviter, mais à quoi il fallait toujours s'attendre.

Webster était immobile et crispé, il écoutait le pouls de l'Histoire battre entre ces murs. Une Histoire qui s'était terminée en impasse, un grand fleuve qui n'était plus qu'une mare stagnante et inutile.

Il posa la main à plat contre la maçonnerie, sentit le froid gluant, la poussière rugueuse sous sa paume.

191

Dire que c'était la fondation de l'empire, songea-t-il. La base de l'immense édifice qui déployait si haut sa force, qui jadis bourdonnait de l'activité de tout un système solaire ; qui n'était pas un empire au sens impérialiste du terme, mais un système coordonné de relations humaines fondées sur le respect mutuel et la compréhension.

Une défense bien conçue, et à toute épreuve, voilà qui donnait confiance dans le siège d'un gouvernement. Car on pouvait être sûr qu'elle était bien conçue et à toute épreuve. Les hommes de ce temps-là ne prenaient pas de risques. Ils avaient été à dure école et ils savaient s'y prendre.

Lentement, Webster fit demi-tour, regardant les traces de ses pas dans la poussière. Sans bruit, prenant garde à bien reprendre le chemin par lequel il était arrivé, il sortit du caveau et verrouilla derrière lui la lourde porte qui gardait enfermé son secret.

Tout en montant l'escalier du souterrain, il songea : *Maintenant, je peux écrire mon histoire. Mes notes sont presque complètes et je sais quel plan je dois suivre. Ce sera un ouvrage brillant et qui épuisera le sujet, et sa lecture sera certainement intéressante.*

Mais il savait bien que personne ne prendrait le temps ni la peine de le lire.

Un long moment, Webster resta debout sur les vastes degrés de marbre de son perron, laissant errer son regard dans la rue. Une jolie rue, se dit-il, la plus jolie de tout Genève, avec sa rangée d'arbres, ses parterres fleuris soigneusement entretenus, ses trottoirs que les robots inlassables gardaient luisants.

Personne ne passait dans cette rue et cela n'avait rien d'étrange. Les robots avaient fini leur travail de bonne heure et les gens étaient rares.

192

Du sommet d'un arbre, un oiseau se mit à lancer une chanson qui parlait du soleil et des fleurs, une chanson joyeuse qui gonflait sa gorge et qui bondissait en trilles éperdus.

Une rue bien propre qui sommeillait au soleil et une grande et fière cité qui avait perdu sa raison d'être. Une rue qui devrait être pleine de rires d'enfants, d'amoureux en promenade et de vieillards se dorant au soleil. Une cité enfin, la dernière, la seule cité de la Terre qui aurait dû bourdonner d'activité.

Un oiseau chantait et un homme debout sur les marches regardait les tulipes balancer gaiement la tête sous la brise parfumée qui flânait le long de la rue.

Webster se tourna vers la porte, l'ouvrit non sans quelque mal et franchit le seuil.

Un silence solennel régnait dans la pièce où il entra ; l'atmosphère était celle d'une cathédrale, avec les fenêtres à vitraux. La patine des ans prêtait un doux éclat au vieux bois, et la lumière qui tombait des hautes fenêtres allumait de brefs éclairs sur le cuivre et l'argent. Au-dessus de la cheminée, était accroché un énorme tableau aux tons effacés, qui représentait une maison sur une colline, une maison qui se cramponnait à la terre d'une étreinte jalouse. De la fumée sortait de la cheminée et, fouettée par le vent, allait se perdre dans un ciel chargé de nuages gris.

Webster traversa la pièce, et les tapis burent le bruit de ses pas. *Les tapis*, se dit-il, *c'est vrai, les tapis protègent le silence d'une pièce. Randall voulait faire enlever celui-ci, mais je n'ai pas voulu le laisser y toucher et j'en suis heureux. Tout être doit garder un souvenir du passé, quelque chose à quoi il puisse se raccrocher, qui soit un héritage et une promesse.*

Il s'approcha de son bureau et pressa un bouton

pour donner de la lumière. Il s'assit lentement et prit la serviette où il rangeait ses notes. Il l'ouvrit et resta un moment les yeux fixés sur le titre : *Etude du Développement Fonctionnel de la Cité de Genève.*

Un beau titre. C'était digne et cela vous sentait son érudit. Et cela représentait un tel travail ! Vingt ans de labeur. Vingt ans passés à fouiller de vieilles archives poussiéreuses, vingt ans à lire, à comparer, à soupeser les mots des disparus, à trier les faits, à retracer l'évolution non seulement de la cité, mais des hommes. Pas de culte de héros, pas de légendes, mais des faits. Et les faits ne sont pas faciles à trouver.

Il entendit un léger bruissement. Ce n'était pas un bruit de pas, mais il eut l'impression soudaine d'une présence. Webster se retourna dans son fauteuil. Un robot se tenait juste en dehors du cercle lumineux de la lampe de bureau.

— Que monsieur m'excuse, dit le robot, mais je dois prévenir monsieur. Miss Sara attend monsieur sur la Plage.

Webster haussa les sourcils :

— Miss Sara, tiens ? Voilà bien longtemps qu'elle n'est pas venue.

— Oui, monsieur, dit le robot. Cela m'a rappelé le vieux temps de la voir entrer.

— Merci, Oscar, de m'avoir prévenu, dit Webster. J'y vais tout de suite. Veuillez apporter de quoi boire.

— Miss Sara a apporté elle-même de quoi boire, dit Oscar. Une liqueur de la composition de Mr Ballentree.

— Ballentree ! s'écria Webster. J'espère que ce n'est pas du poison.

— Je l'ai observée, lui dit Oscar, elle la boit et semble s'en trouver fort bien.

Webster se leva, traversa la pièce et prit le

couloir. Il poussa la porte et le bruit des vagues vint jusqu'à lui. Il cligna des yeux devant la lumière qui faisait briller le sable de la plage dont la bande blanche s'étendait jusqu'à l'horizon. Devant lui, l'océan était une vaste plaine bleue crêtée de loin en loin d'écume.

Il s'avança et le sable crissa sous ses pieds.

Une femme était assise dans un des fauteuils de toile claire, sous les palmiers, et à côté d'elle était posé un carafon de ton pastel et de forme très gracieuse.

Une odeur de sel flottait dans l'air et de la mer venait une brise fraîche.

Sara l'entendit et se leva à son approche. Il se précipita, étreignit ses mains tendues et la regarda.

— Pas vieillie d'une minute, dit-il. Aussi jolie que le premier jour où je vous ai vue.

Elle lui sourit, les yeux brillants :

— Et vous, Jon. Un peu de gris aux tempes. Un peu plus bel homme, c'est tout.

— J'ai près de soixante ans, Sara, rit-il. L'âge vient quand même.

— J'ai apporté quelque chose, dit Sara. Une des dernières créations de Ballentree. Cela va vous rajeunir de trente ans.

— Je me demande, grommela-t-il, comment Ballentree n'a pas déjà tué la moitié de Genève avec ses breuvages.

— Celui-ci est vraiment bon.

C'était exact. Cela vous descendait doucement dans la gorge en vous laissant un goût étrange, à la fois merveilleux et légèrement métallique.

— Vous avez là une pièce bien agréable, dit Sara. C'est Randall qui a fait la décoration, n'est-ce pas ?

— Et il s'est amusé comme un petit fou, je vous prie de le croire, acquiesça Webster. Il a

fallu que je le mette dehors à la fin. Et ses robots :
ils sont encore plus fous que lui.

— Mais il a un talent extraordinaire. Il a fait
une chambre martienne pour Quentin, où on a
vraiment l'impression d'être dans un autre monde.

— Je sais, dit Webster. Il voulait à tout prix
me faire un salon sidéral ici. Il disait que ce serait
l'endroit rêvé pour méditer. Il était furieux que
je ne l'aie pas laissé faire.

Il se frotta une main avec le pouce de l'autre,
le regard perdu sur une brume bleutée qui montait de l'océan. Sara se pencha et lui prit la main.

— Vous avez toujours vos verrues, dit-elle.

— Oui, fit-il en souriant. J'aurais pu me les
faire enlever, mais je n'y suis jamais arrivé. Je
n'avais pas le temps. Maintenant elles font partie
de moi.

Elle lui lâcha la main et il recommença à se
gratter machinalement.

— Vous avez été très pris, dit-elle. Je ne vous
ai pas beaucoup vu ces temps-ci. Comment marche votre livre ?

— Je n'ai plus qu'à l'écrire, dit Webster. Je
termine la division en chapitres pour l'instant.
J'ai vérifié un dernier point hier. Une chose dont
je devais m'assurer. Je suis descendu sous l'ancien
immeuble de l'Administration Solaire. Il y a là
une sorte de mécanisme de défense. Une chambre
de contrôle. Vous poussez une manette et...

— Et quoi ?

— Justement, dit Webster, je n'en sais rien.
Mais ce doit être un dispositif efficace. Je devrais
essayer de voir ce que c'est, mais je n'en ai pas
le courage. J'ai trop creusé dans trop de poussière depuis vingt ans pour me sentir d'humeur
à recommencer.

— Vous avez l'air découragé, Jon. Fatigué. Vous

ne devriez pas être fatigué. Il n'y a pas de raison. Vous devriez sortir un peu. Un autre verre ?

Il secoua la tête :

— Non, Sara, merci. Je n'ai pas envie. Non, voyez-vous, Sara, j'ai peur... oui, peur.

— Comment, peur ?

— Prenez cette pièce, dit Webster. Tout n'y est qu'illusion. Des miroirs donnent l'illusion de la distance. Des ventilateurs font souffler une brise salée, des pompes font naître des vagues. Il y a un soleil artificiel. Et si le soleil ne me plaît pas, je presse un bouton, et j'ai une lune.

— Des illusions, dit Sara.

— Parfaitement, dit Webster. C'est tout ce que nous avons. Pas de vrai travail, pas de vraie situation. Nous travaillons sans but, nous n'avons pas d'endroits où aller. Après vingt ans de recherches, je vais écrire un livre que personne ne lira. Il suffirait pourtant aux gens de prendre le temps de le lire, mais ils ne le prendront pas. Cela ne les intéresse pas. Ils n'auraient qu'à venir m'en demander un exemplaire... et même s'ils ne s'en sentaient pas la force, je serais si content que quelqu'un le lise que j'irais bien le leur porter. Mais personne n'en voudra. Mon œuvre s'en ira rejoindre sur les rayons des bibliothèques les autres livres qu'on a écrits. Et moi, qu'est-ce que j'en aurai tiré ? Attendez... je vais vous le dire. Vingt années de travail, vingt ans passés à me duper, vingt ans de santé d'esprit...

— Je sais, fit Sara doucement. Je sais, Jon. Les trois derniers tableaux que j'ai peints...

Il leva brusquement les yeux :

— Mais pourtant, Sara...

Elle secoua la tête :

— Non, Jon. Personne n'en a voulu. Ils sont démodés. C'est fini le réalisme. C'est l'impressionnalisme, maintenant. Du barbouillage...

197

— Nous sommes trop riches, dit Webster. Nous avons trop de choses. On nous a tout laissé : tout et rien. Quand la race humaine est partie pour Jupiter, les quelques hommes qu'elle a laissés derrière ont hérité la Terre et c'était un patrimoine trop lourd. Ils étaient incapables de le gérer. Ils croyaient le posséder, mais c'étaient eux les esclaves. Ils étaient les esclaves du passé.

Elle lui posa la main sur le bras.

— Pauvre Jon, dit-elle.

— Ce n'est pas la peine de chercher à se boucher les yeux, dit-il. Un jour, il nous faudra bien affronter la vérité, et repartir de zéro.

— Je...

— Oui, Sara ?

— Je suis venue vous dire adieu.

— Adieu ?

— Je vais aller prendre le Repos.

Il se leva d'un bond, horrifié :

— Non, Sara !

Elle eut un petit rire forcé :

— Pourquoi ne m'accompagnez-vous pas, Jon ? Quelques centaines d'années. Tout aura peut-être changé quand nous nous réveillerons.

— Tout cela parce que personne ne veut de vos toiles. Parce que...

— A cause de tout ce que vous venez de me dire. Tout n'est qu'illusion, Jon. Je le savais, je le sentais, mais je n'arrivais pas à voir clair dans mes pensées.

— Mais le Repos est une illusion aussi.

— Je sais bien. Mais on ne se rend pas compte que c'est une illusion. On croit que c'est réel. On n'a plus d'inhibitions ni d'autres craintes que celles que l'on a choisi d'avoir. C'est naturel, Jon... plus naturel que la vie. Je suis allée au Temple et on m'a tout expliqué.

— Et quand on se réveille ?

— On est adapté. Adapté, quelle que soit l'époque à laquelle on se réveille. Comme si l'on n'avait jamais connu que cela. Et ce sera peut-être mieux. Qui sait ?

— Mais non, lui dit Jon, amer. A moins que quelqu'un ne prenne une initiative. Et ce n'est pas de gens qui se précipitent prendre le Repos qu'il faut attendre qu'ils se secouent.

Elle tressaillit, et soudain il eut honte :

— Excusez-moi, Sara. Je ne disais pas cela pour vous. Ni pour personne en particulier. C'était collectif.

Les palmiers bruissaient au-dessus de leur tête. De petites flaques abandonnées par la marée brillaient au soleil.

— Je n'essaierai pas de vous dissuader, dit Webster. Votre décision est prise ; vous savez ce que vous faites.

La race humaine n'avait pas toujours été ainsi, pensa-t-il. *Il y avait un temps, quelque mille ans, plus tôt, où il n'aurait pas été question de la laisser prendre sa décision sans discuter. Mais le Juwainisme avait mis fin à toutes les vaines discussions. Le Juwainisme avait mis fin à bien des choses.*

— J'ai toujours pensé, lui dit Sara d'une voix douce, que si nous avions pu rester ensemble...

Il eut un geste d'impatience :

— Voilà encore une autre chose que nous avons perdue, une autre chose que la race humaine a laissé perdre. Quand on y pense, nous avons perdu beaucoup de choses : les liens familiaux, commerciaux, le travail, la raison de vivre. (Il se tourna brusquement vers elle.) Si vous voulez revenir, Sara...

Elle secoua la tête :

— Cela ne marcherait pas, Jon. Cela fait trop longtemps maintenant.

Il eut un soupir. A quoi bon nier ?

Elle se leva et lui tendit la main :

— Si jamais vous décidez de prendre le Repos, demandez ma date de réveil. Je vous ferai réserver une place à côté de la mienne.

— Je ne crois pas que je m'y décide, dit-il.

— Très bien, alors. Adieu, Jon.

— Attendez une seconde, Sara. Vous ne m'avez rien dit de notre fils. Autrefois, je le voyais souvent, mais...

— C'est presque un homme, Jon, fit-elle en riant. Et c'est très curieux. Il...

— Voilà longtemps que je ne l'ai vu, répéta Webster.

— Pas étonnant. Il est rarement en ville. C'est une manie chez lui. Il tient cela de vous, je crois. Une sorte d'instinct de pionnier. Je ne vois pas comment qualifier cela autrement.

— Vous voulez dire qu'il fait des recherches. D'un genre particulier.

— Particulier, oui, mais il ne s'agit pas de recherches. Il va simplement dans les bois, avec quelques amis. Il emporte un sac de sel, un arc et des flèches... Oui, c'est bizarre mais il s'amuse beaucoup. Il prétend qu'il apprend quelque chose. Et physiquement, cela lui réussit. Un vrai loup. Il est solide et mince, et il a un regard étrange.

Elle tourna les talons et se dirigea vers la porte.

— Je vais vous raccompagner, dit Webster.

Elle secoua la tête :

— Non, non, je préfère partir seule.

— Vous oubliez le carafon.

— Gardez-le, Jon. Je n'en aurai pas besoin là où je vais.

Webster se coiffa d'un « casque à penser » en matière plastique et pressa un bouton de l'écriveur posé sur son bureau.

200

Chapitre Vingt-Six, pensa-t-il, et dans un cliquetis de rouages et de touches, l'écriveur tapa « Chapitre Vingt-Six ».

Webster interrompit un moment le cours de sa pensée pour rassembler des éléments, préparer l'articulation de son exposé, puis il se remit au travail. L'écriveur reprit son cliquetis affairé :

« Les machines continuaient à fonctionner, comme par le passé, sous la surveillance des robots et fabriquaient toujours les mêmes produits.

« Et les robots travaillaient, comme s'ils savaient que c'était leur devoir de continuer à faire ce pour quoi ils avaient été créés.

« Les machines tournaient toujours et les robots travaillaient toujours, continuant à produire des biens comme s'il y avait eu encore des hommes pour les consommer, comme s'il restait des millions d'hommes et non pas quelque cinq mille.

« Et les cinq mille hommes qui étaient restés ou qu'on avait laissés là se trouvèrent soudain les maîtres d'un monde conçu pour des millions d'individus ; ils eurent brusquement à leur disposition la richesse et les services qui, quelques mois auparavant, avaient été le partage de millions de personnes.

« Il n'y avait pas de gouvernement, mais on n'en avait plus besoin car tous les crimes et tous les excès que le gouvernement avait servi à réprimer se trouvaient en fait supprimés par la fortune soudain échue aux cinq mille qui restaient. Personne n'ira voler quand il peut prendre tout ce dont il a besoin à sa guise. Personne ne cherchera querelle à son voisin pour des questions de terrains, quand le monde entier n'est plus qu'un immense lotissement. Du jour au lendemain, pratiquement, les droits de la propriété perdirent leur signification dans un monde où il y avait plus qu'assez pour tous.

« Les actes de violence avaient été depuis longtemps éliminés et avec le relâchement de la pression économique, il n'était plus besoin d'un gouvernement. Tout le fatras de coutumes et conventions qui avait jusqu'alors gouverné les relations humaines était devenu inutile. Inutile aussi la monnaie puisque l'échange ne rimait plus à rien dans un monde où pour se procurer ce dont on avait besoin, il suffisait de le demander ou de le prendre.

« Avec le relâchement de la pression économique, la pression sociale diminua également. L'homme ne jugea plus utile de se conformer aux usages et aux impératifs moraux en vigueur jusqu'alors.

« La religion, qui depuis des siècles perdait du terrain, disparut complètement. La cellule familiale, dont la cohésion ne se maintenait que par suite de la tradition et de la nécessité économique d'avoir un protecteur et un pourvoyeur, s'effrita. Hommes et femmes vivaient ensemble à leur guise et se séparaient quand bon leur semblait. Car aucune raison sociale ni économique ne les en empêchait. »

Webster fit une pause, tandis que la machine continuait à ronronner doucement. Il ôta son casque et relut le dernier paragraphe de son brouillon.

Voilà, se dit-il, *voilà la racine de tout le mal. Les familles n'auraient pas dû se disperser. Sara et moi aurions dû rester ensemble. Je me demande si Tom porte mon nom ou le sien. Ils prennent généralement le nom de leur mère. Je sais que* c'était mon cas jusqu'à ce que ma mère m'eût dit d'en changer. Elle m'a dit que cela ferait plaisir à mon père et que, pour elle, cela lui était égal, Elle disait qu'il était fier du nom qu'il portait et que j'étais son seul enfant, alors qu'elle en avait d'autres.

Si seulement nous ne nous étions pas séparés. Nous aurions au moins un but dans l'existence. Sara n'aurait pas pris le Repos, elle ne se trouverait pas plongée dans un bain de fluide en état d'animation suspendue, la tête coiffée du « casque à rêves ».

Je me demande quel genre de rêve elle a choisi, quel genre d'ersatz de vie elle a choisi de vivre. Je voulais le lui demander, mais je n'ai pas osé. Au fond, ce ne sont pas des questions à poser.

Il reprit son casque et continua à dérouler ses pensées. L'écriveur se remit à la tâche :

« L'homme d'abord fut abasourdi. Mais cela ne dura pas. Il fit un effort. Mais cela non plus ne dura pas.

« Car cinq mille individus ne pouvaient pas continuer le travail des millions de leurs semblables qui s'en étaient allés sur Jupiter mener une vie meilleure sous une autre enveloppe. Ces cinq mille-là n'avaient pas les qualités nécessaires, il leur manquait le rêve, l'inspiration.

« Et puis il y avait aussi des facteurs psychologiques qui entraient en jeu : la tradition qui pesait de tout son poids sur l'esprit des cinq mille. Le Juwainisme qui les obligeait à se montrer sincères envers eux-mêmes et envers les autres, qui les contraignait à comprendre enfin la vanité de leurs efforts, le Juwainisme ne laisse pas de place au faux courage. Et le faux courage, la témérité qui

203

ne sait même pas à quoi elle s'attaque, c'était là justement ce dont les cinq mille attardés avaient le plus besoin.

« Ce qu'ils firent supportait mal la comparaison avec ce qu'on avait fait avant eux et ils finirent par comprendre que le rêve de plusieurs millions d'hommes était trop vaste pour que cinq mille d'entre eux puissent à eux seuls le réaliser ?

« La vie était bonne. Pourquoi s'inquiéter ? Chacun trouvait facilement le gîte et le couvert, la société de ses semblables, le luxe et le plaisir : il y avait de quoi combler les désirs de tous.

« L'Homme cessa tout effort. L'Homme se laissa vivre. La réussite humaine cessa d'être enviable, et la vie humaine devint un absurde paradis. »

Webster se dépouilla encore une fois du casque et arrêta l'écriveur.

Si seulement on me lisait quand j'aurai fini, songea-t-il. *Si quelqu'un me lisait et me comprenait. Si quelqu'un pouvait comprendre où va la vie humaine.*

Je pourrais le leur dire, bien sûr. Je pourrais les attraper l'un après l'autre et ne pas les lâcher jusqu'à ce que je leur aie dit ma pensée. Et ils la comprendraient car le Juwaïnisme les ferait comprendre. Mais ils n'y accorderaient aucune attention. Ils enfouiraient cela tout au fond de leur cerveau pour s'en servir un jour, mais ils n'en auraient jamais le temps ni l'envie.

Ils continueraient à faire toutes les choses idiotes qu'ils font, à s'adonner à tous les passe-temps ridicules qui ont remplacé pour eux le travail. Randall avec son équipe de robots continuera à supplier ses voisins de refaire la décoration de leur intérieur. Ballentree à passer des heures à inventer de nouvelles mixtures alcoolisées. Et Jon Webster à perdre vingt ans à fouiller le passé d'une seule cité.

Une porte craqua doucement et Webster se retourna. Le robot se coula dans la pièce.

— Oui, Oscar, qu'y a-t-il ?

Le robot s'arrêta, forme indécise dans la lumière du crépuscule.

— C'est l'heure du dîner, monsieur. Je suis venu voir ce que monsieur...

— Ce que vous voulez, dit Webster. Et, Oscar, vous pouvez préparer le feu.

— C'est fait, monsieur.

Oscar traversa la pièce et se pencha au-dessus du foyer. Une flamme jaillit dans sa main et les brindilles s'allumèrent aussitôt.

Webster, vautré dans son fauteuil, les yeux fixés sur les flammes qui léchaient le bois, entendit les premiers sifflements et craquements des branches, puis, lorsque le feu fut bien en train, le ronflement de la cheminée.

— C'est bien joli, monsieur, dit Oscar.

— Ça vous plaît, à vous aussi ?

— Oh ! oui.

— C'est de la mémoire ancestrale, dit Webster. Le souvenir de la forge qui vous a créé.

— Monsieur croit cela ? demanda Oscar.

— Non, Oscar, je plaisantais. Des anachronismes, voilà ce que nous sommes, vous et moi. Il n'y a pas beaucoup de gens qui aient encore des feux chez eux aujourd'hui. On n'en a plus besoin. Mais cela a quelque chose de pur et de réconfortant.

Il contempla la toile accrochée au-dessus de la cheminée et qu'éclairaient maintenant les reflets des flammes. Oscar suivit la direction de son regard.

205

— C'est dommage pour miss Sara, monsieur.

Webster secoua la tête :

— Non, Oscar, c'était ce qu'elle voulait. C'est comme si elle arrêtait une vie pour en recommencer une autre. Elle va passer des années au Temple, endormie, et puis elle vivra une nouvelle vie. Et cette fois, Oscar, ce sera une vie heureuse. Car ce sera celle qu'elle aura choisie.

Des souvenirs lui revinrent d'autres jours passés dans cette même pièce.

— C'est elle qui a peint ce tableau, Oscar, dit-il. Elle y a passé longtemps, elle a pris grand soin de bien saisir ce qu'elle voulait exprimer. Elle me disait toujours en riant que j'y figurais moi aussi.

— Je ne vois pas monsieur, dit Oscar.

— Non, je n'y suis pas. Et pourtant, peut-être y suis-je quand même. Ou une partie de moi. Une partie de ce dont je viens. Cette maison que vous voyez sur le tableau, Oscar, c'est la Maison Webster en Amérique du Nord. Et je suis un Webster. Mais je suis loin de cette maison... bien loin des hommes qui l'ont bâtie.

— L'Amérique du Nord n'est pas si loin, monsieur.

— Non, lui dit Webster. Pas si loin sur la carte. Mais loin à d'autres égards.

Il sentit la chaleur du feu se répandre dans la pièce et le pénétrer.

C'était loin. Trop loin... et pas dans la direction voulue.

Le robot se retira d'un pas lent, étouffé par le tapis.

Elle a travaillé longtemps, elle a pris grand soin de saisir ce qu'elle voulait exprimer.

Et que voulait-elle exprimer ? Il ne lui avait jamais demandé et elle ne le lui avait jamais dit. Il avait toujours cru, il s'en souvenait, que ce devait être la façon dont la fumée montait dans

206

le vent, dont la maison se blottissait contre le sol, se confondant avec les arbres et l'herbe, recroquevillée contre la tempête qui balayait la campagne.

Mais peut-être était-ce autre chose. Un symbole. Quelque chose qui faisait de la maison l'image des hommes qui l'avaient bâtie.

Il se leva et s'approcha, la tête un peu renversée. De près on voyait la trace des coups de pinceau et on avait moins l'impression d'un tableau. Cela relevait plutôt d'une technique. Les touches de pinceau et les jeux de nuance avaient réussi à créer l'illusion.

Une impression de sécurité, voilà ce qui se dégageait du tableau. Cela tenait à la façon dont cette maison était plantée en terre. Une impression de ténacité aussi, tant on sentait qu'elle faisait partie intégrante du paysage. De force, d'entêtement, et d'une certaine tristesse aussi.

Sara avait passé des jours, le téléviseur braqué sur la maison, à en esquisser les contours avec un soin minutieux, puis à peindre ; souvent même elle restait assise à la regarder sans rien faire. Il y avait des chiens, disait-elle, et des robots, mais elle ne les avait pas fait figurer dans le tableau, parce qu'elle ne voulait que la maison. C'était une des rares maisons existant encore en pleine campagne. Les autres s'étaient écroulées après des siècles d'abandon, avaient rendu la terre à la nature.

Mais dans celle-ci, il y avait des chiens et des robots. Un grand robot, disait-elle, et une foule de petits.

Webster, sur le moment, n'avait pas fait attention : il était trop occupé.

Il revint vers son bureau.

C'était curieux, quand on y pensait. Des robots et des chiens vivant ensemble. Autrefois, un Webster avait fait des expériences avec les chiens, il avait essayé de les diriger vers une culture personnelle, de développer une double civilisation humaine et canine à la fois.

Des souvenirs épars lui revinrent : des fragments à demi oubliés de la légende de la Maison Webster qui avaient traversé les siècles. Il y avait un robot, du nom de Jenkins, qui avait toujours été au service de sa famille. Un vieil homme aussi, installé dans un fauteuil roulant sur la pelouse, qui contemplait les étoiles et attendait un fils qui n'était jamais revenu. Et une malédiction qui pesait sur la maison, parce qu'un des Websters avait fait perdre au monde la philosophie de Juwain.

Le téléviseur était dans un coin de la pièce, on ne s'en servait plus guère. Il n'avait plus d'utilité d'ailleurs : le monde entier se limitait à la cité de Genève.

Webster se leva et se dirigea vers l'appareil, puis s'arrêta, perplexe. Les coordonnées devaient être inscrites dans le carnet d'écoute, mais où diantre était-il ? Sans doute quelque part dans le bureau.

Il y revint et se mit à fouiller dans les tiroirs. Tout excité maintenant, il furetait avidement, comme un chien qui creuse pour retrouver un os.

Jenkins, le vieux robot, passa sur le métal de son menton ses doigts métalliques. Il faisait toujours cela quand il était plongé dans de profondes méditations ; c'était une manie idiote qu'il avait gardée de son long contact avec la race humaine.

Son regard revint au petit chien noir assis par terre devant lui.

— Alors, le loup était dans des dispositions amicales, dit Jenkins. Il t'a donné le lapin.

Ebenezer, très excité, se trémoussa sur son derrière :

208

— C'était un de ceux que nous avons nourris l'hiver dernier. La meute qui est venue à la maison et que nous avons essayé d'apprivoiser.

— Tu le reconnaîtrais, ce loup ?

Ebenezer acquiesça :

— J'ai encore son odeur dans les narines, dit-il. Je me souviendrais de lui.

Mentor s'avança d'un pas traînant :

— Ecoutez, Jenkins, pourquoi ne lui donnez-vous pas une taloche ? Il aurait dû être à écouter et il est allé courir les bois. Il n'avait pas à chasser le lapin...

— C'est vous qui mériteriez une correction, Mentor, dit Jenkins sévèrement. Pour votre attitude. Vous êtes assigné à Ebenezer, vous devriez être une partie de lui-même. Vous n'êtes pas un individu : vous êtes simplement les mains d'Ebenezer. S'il avait des mains, il n'aurait pas besoin de vous. Vous n'êtes pas son directeur de conscience, mais simplement ses mains. Ne l'oubliez pas.

— Je m'en irai, dit Mentor d'un ton belliqueux.

— Rejoindre les robots sauvages, je suppose, dit Jenkins.

— Ils seront très contents de m'avoir, acquiesça Mentor. Ils font des choses. Ils ont besoin d'aide.

— Ils vous enverraient à la casse, fit Jenkins d'un ton mordant. Vous n'avez aucun entraînement, aucune spécialité qui les intéresse. (Il se tourna vers Ebenezer :) Nous avons d'autres robots.

Ebenezer secoua la tête :

— Mentor est très bien. Je peux parfaitement m'en accommoder. Nous nous connaissons. Il m'empêche de devenir paresseux ; il est toujours sur mes talons.

— Parfait, fit Jenkins. Alors, filez, vous deux. Et si jamais en chassant le lapin, tu tombes à nouveau sur ce loup, tâche de cultiver cette relation.

Les rayons du soleil couchant pénétraient par les fenêtres, baignant la vieille pièce de la chaleur du printemps finissant.

Jenkins resta assis dans le fauteuil, tendant l'oreille aux bruits du dehors : le tintement des clochettes des vaches, l'aboiement des chiots, le bruit sourd d'une cognée fendant des bûches.

Pauvre petit diable, songea Jenkins. *Qui file chasser le lapin quand il devrait être à écouter. Je suis allé trop loin... trop vite. Il faut faire attention. Il ne faut pas qu'ils ne puissent plus suivre le train. A l'automne, je leur donnerai une semaine ou deux de vacances et nous organiserons des chasses au rat d'eau. Cela leur fera le plus grand bien.*

Je sais qu'un jour viendra où il n'y aura plus de chasse au rat ni au lapin, le jour où les chiens auront fini par tout apprivoiser, où tous les animaux sauvages seront des créatures pensantes, parlantes et qui travailleront. C'est un rêve fou et lointain, se dit Jenkins, *mais pas plus fou ni plus lointain que certains rêves de l'homme.*

Et peut-être vaut-il mieux que les rêves de l'homme qui, ignorant les scrupules, n'aspirait qu'à la brutalité mécanisée.

Une nouvelle civilisation, une nouvelle culture, une nouvelle façon de penser. Mystique, peut-être, et visionnaire, mais l'homme aussi avait souvent été visionnaire. Une pensée qui sondera des mystères que l'homme avait écartés comme des superstitions sans intérêt et indignes qu'il y consacre une partie de son temps.

Il y avait les choses qui surgissaient dans la nuit. Qui rôdaient autour des maisons et faisaient grogner les chiens mais ne laissaient pas de traces sur la neige. Et les chiens qui hurlaient quand quelqu'un mourait.

Les chiens connaissaient tout cela. Ils le connaissaient longtemps avant qu'on leur eût donné une langue pour parler et des verres de contact pour lire. Ils n'étaient pas allés aussi loin que l'homme : ils n'étaient pas devenus sceptiques. Ils croyaient ce qu'ils entendaient et percevaient. Ils ne parlaient pas de superstitions chaque fois qu'ils aimaient mieux ne pas voir, qu'ils avaient besoin d'un bouclier contre l'inconnu.

Jenkins prit une plume sur son bureau et se pencha sur le cahier ouvert devant lui. En faisant crisser sa plume, il nota :

> « Ebenezer signale des dispositions amicales chez le loup. Je propose que le conseil dispense Ebenezer d'écouter et lui confie la tâche de contacter le loup. »

Les loups, pensa Jenkins, *seraient de précieux alliés. Ils feraient des éclaireurs merveilleux. Meilleurs que les chiens. Ils étaient plus durs, plus rapides, plus souples. Ils pourraient surveiller les robots qui étaient de l'autre côté de la rivière et relever les chiens. Ils pourraient également jeter un coup d'œil aux châteaux des mutants.*

Jenkins secoua la tête. *On ne pouvait se fier à personne aujourd'hui. Les robots semblaient très bien. Ils se montraient amicaux, venaient de temps en temps leur rendre visite, donner un coup de main. Des voisins parfaits. Mais on ne pouvait pas savoir, ils construisaient quand même des machines.*

Les mutants ne dérangeaient personne, on les voyait rarement, en fait. Mais il fallait les surveiller aussi. On ne pouvait jamais savoir quelle idée diabolique pouvait leur passer par la tête. Il n'y avait qu'à se rappeler ce qu'ils avaient fait à l'homme. Ne lui avaient-ils pas révélé le Juwaïnisme au moment où il devait fatalement entraîner la condamnation de la race ?

Les hommes. Pour les chiens, c'étaient des dieux, et maintenant, ils avaient disparu. Ils les avaient laissés seuls. Il en restait quelques-uns à Genève, bien sûr, mais il était inutile de les déranger, ils ne s'intéressaient pas aux chiens.

Et Jenkins se mit à songer aux verres de whisky qu'il avait servis, aux courses qu'il avait faites, aux jours où les Webster vivaient et mouraient entre ces murs.

Et voilà maintenant qu'il était devenu le père confesseur des chiens. De bons petits diables, vifs et intelligents. Et qui se donnaient du mal.

Une sonnette retentit, un peu étouffée, et Jenkins sursauta dans son fauteuil. On sonna encore et une lumière verte se mit à clignoter sur le téléviseur. Jenkins se leva pour aller regarder la petite lueur clignotante.

Un appel !

Après mille ans presque de solitude, quelqu'un appelait.

Il revint d'un pas chancelant jusqu'à son fauteuil, abaissa la manette du téléviseur.

Le mur qui était devant lui s'effaça et il vit un homme assis à un bureau. Derrière l'homme, les flammes d'un feu qui brûlait dans la cheminée éclairaient une pièce aux hautes fenêtres à vitraux.

— Vous êtes Jenkins, dit l'homme, et quelque chose dans son visage arracha un cri de surprise au vieux robot.

— Mais c'est... c'est...

— Je suis Jon Webster, dit l'homme.

Jenkins se cramponna au téléviseur, puis se redressa dans son fauteuil, effrayé des émotions peu convenables pour un robot qu'il sentait monter dans son enveloppe métallique.

— J'aurais reconnu monsieur n'importe où, dit Jenkins. Monsieur a bien un air de famille. J'ai

212

travaillé si longtemps pour la famille de monsieur. A porter des whiskies et... et...

— Oui, je sais, dit Webster. Nous nous sommes transmis votre nom avec les traditions de la famille. Nous ne vous avons pas oublié.

— Vous êtes à Genève, Jon ? (Mais Jenkins se reprit aussitôt :) Je veux dire : est-ce que monsieur est à Genève ?

— Pas de monsieur, Jenkins, dit Webster. J'aime mieux Jon. Oui, je suis à Genève. Mais j'aimerais bien vous voir. Je me demande si c'est faisable.

— Monsieur veut dire qu'il viendrait ici ?

Webster acquiesça d'un signe de tête.

— Mais monsieur sait que la maison est pleine de chiens.

— Les chiens qui parlent ? sourit Webster.

— Oui, dit Jenkins. Et ils seront très heureux de voir monsieur. Ils connaissent la famille de monsieur. Le soir, ils se couchent devant le feu et s'endorment en racontant des histoires du temps passé et... et...

— Qu'y a-t-il, Jenkins ?

— Je serai si heureux, moi aussi, de voir monsieur. On est si seul ici !

Dieu était venu.

Ebenezer frissonna à cette pensée et se recroquevilla dans le noir. *Si Jenkins savait que je suis ici*, pensa-t-il, *il me botterait le derrière. Jenkins a dit qu'il fallait le laisser tranquille, du moins pour un moment.*

Ebenezer vint sans bruit flairer la porte du bureau. Celle-ci était ouverte, enfin à peine entrouverte.

Il se tapit sur le sol, l'oreille aux aguets, et il n'entendit rien. Il ne perçut qu'une odeur, une odeur étrange, piquante, qui déclenchait en lui de brefs frissons d'une extase presque intolérable.

Il jeta un coup d'œil derrière lui, mais rien ne bougeait. Jenkins était dans la salle à manger, en train de donner des leçons de maintien aux chiens et Mentor était quelque part à vaquer à l'une de ses occupations de robot.

Doucement, avec mille précautions, Ebenezer poussa la porte avec son museau. Encore un coup et elle fut à demi entrebâillée.

L'homme était assis devant le feu, dans le fauteuil, ses longues jambes croisées, les mains posées à plat sur son ventre.

Ebenezer se blottit contre le sol, poussant sans le vouloir un petit gémissement.

Le bruit fit sursauter Jon Webster.

— Qui est là ? demanda-t-il.

Ebenezer se figea sur place, son cœur battant à tout rompre.

— Qui est là ? répéta Webster. (Il aperçut le chien et sa voix se radoucit :) Entre, mon vieux, entre donc.

Ebenezer ne bougeait pas. Webster fit claquer ses doigts :

— Je ne te ferai pas de mal. Entre donc. Où sont les autres ?

Ebenezer essaya de se lever, de ramper sur le sol, mais ses os étaient mous comme du caoutchouc, son sang n'était plus que de l'eau. Et l'homme s'avançait vers lui, à grands pas.

Il vit l'homme se pencher vers lui, sentit des mains robustes se glisser sous son corps, puis se vit soulever dans les airs. Et l'odeur qu'il avait sentie par la porte ouverte — l'odeur toute-puissante du dieu — emplit ses narines.

Les mains le serrèrent contre l'étrange tissu que l'homme portait en guise de pelage et une voix le rassura doucement.

214

— Alors, tu es venu me voir, dit Jon Webster. Tu t'es échappé pour venir me voir ?

Ebenezer acquiesça, tout penaud :

— Tu ne m'en veux pas ? Tu ne vas pas le dire à Jenkins ?

Webster secoua la tête :

— Non, je ne le dirai pas à Jenkins.

Il s'assit et Ebenezer s'assit sur ses genoux, en le regardant : il avait un visage qui respirait la force, avec des rides qu'accusait encore la lueur des flammes.

La main de Webster vint caresser la tête d'Ebenezer qui poussa un petit gémissement heureux.

— J'ai l'impression de rentrer au bercail, dit Webster sans s'adresser au chien en particulier. On dirait qu'après une longue, longue absence, je rentre à la maison. Et cela fait si longtemps que je ne reconnais plus rien. Je ne reconnais pas le mobilier, ni la disposition des pièces. Mais je sens quand même que c'est un endroit familier et que je suis content de le retrouver.

— Je me plais bien ici, dit Ebenezer.

Il voulait parler des genoux de Webster, mais celui-ci se méprit.

— Naturellement, dit-il. C'est ta maison aussi bien que la mienne. Plus encore la tienne parce que tu es resté ici pour l'entretenir tandis que moi, je n'y pensais plus. (Il caressa la tête d'Ebenezer et lui tira les oreilles.) Comment t'appelles-tu ? lui demanda-t-il.

— Ebenezer.

— Et que fais-tu, Ebenezer ?

— J'écoute.

— Tu écoutes ?

— Bien sûr, c'est mon travail. J'écoute les horlas.

— Et tu les entends ?

— Quelquefois. Je ne suis pas très fort pour

215

ce genre de travail. Je pense à des chasses au lapin et je ne fais plus attention.

— Et que font-ils, ces horlas ?

— Ça dépend. Parfois ils marchent, et d'autres fois ils avancent seulement par bonds. Et de temps en temps ils parlent. Mais le plus souvent, ils pensent.

— Mais enfin, où sont-ils ?

— Ils ne sont nulle part, dit Ebenezer. En tout cas, pas sur terre.

— Je ne comprends pas.

— C'est comme s'il y avait une grande maison, commença Ebezener. Une grande maison avec un tas de pièces. Et des portes entre les pièces. Et quand on est dans une pièce, on entend s'il y a quelqu'un dans les autres, mais on ne peut pas l'atteindre.

— Bien sûr que si, dit Webster. Il suffit de franchir la porte.

— Mais on ne peut pas ouvrir la porte, protesta Ebenezer. On ne sait même pas qu'il existe une porte. On croit que la pièce où on se trouve est la seule pièce de toute la maison. Et même si on connaissait l'existence de la porte, on ne pourrait pas l'ouvrir.

— Tu veux parler des dimensions.

Ebezener plissa le front d'un air soucieux.

— C'est un mot que je ne connais pas. Dimensions. Je te répétais ce que nous dit Jenkins. Il nous dit que ce n'est pas vraiment une maison et pas vraiment des pièces et que les choses qu'on entend ne sont probablement pas comme nous.

Webster acquiesça sans rien dire. C'était comme cela qu'il fallait procéder. Doucement. Graduellement. Ne pas les embrouiller avec de grands mots. Leur donner la notion d'abord et puis introduire ensuite une terminologie plus exacte, plus scientifique. Il faudrait d'ailleurs sans doute en inventer une. On avait déjà forgé un mot. Les horlas, les choses qui sont derrière le mur, qu'on peut entendre mais pas identifier, les habitants de la pièce voisine.

Les horlas.

Si tu ne fais pas attention, les horlas vont venir te chercher.

Voilà ce que diraient les humains. On ne comprend pas une chose ? On ne peut pas la voir, la toucher, l'analyser ? Très bien, elle n'existe pas. Voilà tout. C'est un fantôme, un lutin, un horla.

Les horlas vont venir te chercher...

C'est plus facile comme ça, plus confortable. On a peur ? Bien sûr, mais on n'y pense plus quand il fait clair. Et puis ça ne vous hante pas sans arrêt. Il suffit de vouloir assez fort et on n'y pense plus. Il n'y a qu'à en faire un fantôme, un lutin et on peut en rire... quand il fait clair.

Une langue tiède et humide vint râper le menton de Webster et Ebenezer se tortilla d'un air heureux.

— Je t'aime bien, dit Ebenezer. Jenkins ne m'a jamais tenu comme ça. Personne ne m'a jamais tenu comme ça.

— Jenkins est trop occupé, dit Webster.

— Oh ! oui, fit Ebenezer. Il écrit des choses dans un cahier. Il prend des notes sur ce que nous, les chiens, nous entendons quand nous écoutons, et sur ce que nous devrions faire.

— Est-ce que tu as entendu parler des Websters ? demanda l'homme.

— Bien sûr. Nous avons tous entendu parler d'eux. Tu es un Webster. Nous ne croyions plus qu'il en restait.

— Si, dit Webster. Il y en a eu un ici tout le temps. Jenkins est un Webster.

— Il ne nous a jamais dit cela.

— Ça ne m'étonne pas.

Le feu était tombé et l'ombre avait envahi la pièce. Les derniers sursauts des flammes jetaient de brèves lueurs sur les murs et sur le sol.

Mais ce n'était pas tout. Il y avait de légers froissements, des chuchotements, comme si les murs parlaient. C'était une vieille maison lourde de souvenirs et de vie. Deux mille ans d'existence avaient passé entre ses murs. Elle avait été construite pour durer et elle avait duré. On avait voulu en faire un foyer stable et c'était toujours un foyer, un endroit qui vous tenait chaud et vous protégeait.

Des bruits de pas résonnèrent dans son cerveau, qui venaient d'un lointain passé, des pas dont le dernier écho s'était tu bien des siècles auparavant. Les pas des Websters. De ceux qui étaient partis avant lui, et que Jenkins avait vu naître et mourir.

De l'histoire, c'est de l'histoire. C'est de l'histoire qui s'agite dans les plis des rideaux, qui rôde par terre, qui se tapit dans les coins, qui m'épie du haut d'un mur. C'est de l'histoire vivante qu'on peut sentir peser sur ses épaules, le choc des regards morts qui montent du fond de la nuit.

Encore un autre Webster, alors ! Il ne paie pas de mine. C'est une race finie. Ce n'est plus comme de notre temps. C'est le dernier de la lignée.

Jon Webster s'agita dans son fauteuil.

— Non, non, dit-il, pas le dernier. J'ai un fils.

Bah ! ça ne change pas grand-chose. Il dit qu'il a un fils. Mais il ne doit pas être bon à grand-chose, ce fils...

Webster se mit debout d'un bond, Ebenezer glissa par terre.

— Ce n'est pas vrai ! cria Webster. Mon fils...

Et il se rassit.

Son fils, qui courait les bois, avec son arc et ses flèches, jouant à il ne savait quoi.

Un passe-temps, avait dit Sara, avant de s'en aller sur la colline pour rêver pendant cent ans.

Un passe-temps. Pas un métier. Pas un mode d'existence. Pas une nécessité.

Un passe-temps.

Quelque chose d'artificiel, qui n'avait ni queue ni tête. Quelque chose qu'on pouvait abandonner d'une minute à l'autre sans que personne s'en soucie.

Par exemple, inventer des formules de liqueurs.

Ou peindre des tableaux dont personne ne voulait.

Ou traîner derrière soi une bande de robots en suppliant les gens de vous laisser refaire l'installation de leur appartement.

Ou écrire des livres d'histoire qui n'intéressaient personne.

Ou jouer à l'Indien, ou à l'homme des cavernes, ou au pionnier, avec un arc et des flèches.

Ou inventer des rêves de plusieurs siècles pour des hommes et des femmes qui en ont assez de la vie et qui ont soif de fantaisie.

Assis dans son fauteuil, l'homme avait le regard perdu dans le vide redoutable qui devenait demain, puis demain encore.

Machinalement il se frotta la main droite.

Ebenezer vint mettre ses pattes de devant sur les genoux de l'homme et le regarda dans les yeux.

— Ta main te fait mal ? demanda-t-il.

— Hein ?

— Ta main te fait mal ? Tu la frottes.

Webster eut un petit rire :

— Non, ce sont simplement des verrues.

Il les montra au chien.

219

— Chic, des verrues ! dit Ebenezer. Tu ne tiens pas à les garder, je pense ?

— Non. (Webster hésitait :) Non, je ne crois pas. Mais je ne me suis jamais décidé à les faire enlever.

Ebenezer baissa la tête et frotta son museau contre la main de Webster.

— Voilà, annonça-t-il triomphalement.

— Voilà quoi ?

— Regarde tes verrues, dit Ebenezer.

Une bûche s'écroula dans le feu et Webster examina sa main à la lueur de la flamme qui venait de jaillir.

Les verrues avaient disparu. La peau était lisse et nette.

Jenkins, dans le noir, écoutait le silence, le doux silence qui abandonnait la maison aux ombres, aux pas à demi oubliés, aux phrases prononcées jadis, aux bouches qui chuchotaient dans les murs et derrière les rideaux.

Il aurait suffi d'une pensée pour changer la nuit en jour, d'un simple réglage de lentilles, mais le vieux robot ne toucha pas à son mécanisme visuel. Car il aimait cette heure de méditation, ce moment choisi où le présent s'effaçait et où le passé reprenait vie.

Les autres dormaient, mais Jenkins ne dormait pas. Car les robots ne dorment jamais. Deux mille ans de conscience, vingt siècles bien remplis sans un seul moment d'inattention.

C'est une longue période, songea Jenkins. *Même pour un robot. Car avant même le départ de l'homme pour Jupiter, la plupart des anciens robots avaient déjà été retirés du service et démantelés pour être remplacés par de nouveaux modèles. Ces derniers ressemblaient plus à des hommes, étaient plus finis, plus jolis ; ils parlaient mieux et leurs cerveaux de métal fonctionnaient plus vite.*

Mais Jenkins était resté parce que c'était un vieux et fidèle serviteur, parce que la Maison Webster sans lui n'aurait plus été ce qu'elle était.

« Ils m'aimaient bien », se dit Jenkins. Et cette pensée lui apporta le réconfort, lui rendit confiance dans un monde devenu incertain et où de domestique il était devenu un chef alors qu'il souhaitait de tout son cœur être resté domestique.

Il s'arrêta devant la fenêtre et regarda, au-delà du patio, les bouquets de chênes qui semaient le flanc de la colline. Tout était noir. Pas une lumière. Autrefois, il y avait des lumières. Des fenêtres qui brillaient comme des phares amicaux dans la vaste campagne qui s'étendait de l'autre côté de la rivière.

Mais l'homme était parti et il n'y avait plus de lumière. Les robots n'avaient pas besoin de lumière car ils pouvaient voir dans le noir ; Jenkins aussi, mais il n'y tenait pas. Quant aux châteaux des mutants, ils étaient aussi noirs la nuit qu'ils étaient redoutables le jour.

Et voilà que l'homme était revenu, un homme. Il était venu mais probablement pas pour rester. Il allait dormir quelques nuits dans la grande chambre du maître de maison au premier, puis repartir pour Genève. Il allait fouler les sentiers oubliés, regarder la rivière, fouiller parmi les livres alignés sur les murs du cabinet de travail ; et puis il repartirait.

Jenkins se redressa brusquement. *Il faut que j'aille voir comment il est installé. S'il n'a besoin de rien. Peut-être lui porter à boire, mais j'ai bien peur que le whisky ne vaille plus rien. Mille ans, c'est beaucoup pour une bouteille de bon whisky.*

Il traversa la pièce ; une grande paix descendit sur lui, la paix profonde du bon vieux temps où, heureux comme un jeune chien, il s'en allait faire mille courses.

Il se dirigea vers l'escalier, fredonnant doucement.

Il allait juste jeter un coup d'œil et si Jon Webster était endormi, il s'en irait, mais sinon, il dirait : « Monsieur est bien ? Monsieur n'a besoin de rien ? Un bon grog, peut-être ? »

Et il se mit à grimper les marches deux par deux.

Car il se retrouvait au service d'un Webster.

Jon Webster était assis dans son lit, calé sur ses oreillers. Le lit était dur et peu confortable, la chambre était étouffante et sentait le renfermé ; dans sa chambre à coucher de Genève, on était allongé sur l'herbe au bord d'un ruisseau murmurant, et l'on voyait des étoiles artificielles scintiller dans un ciel artificiel. Et l'on sentait aussi l'odeur artificielle des lilas artificiels qui demeureraient en fleur aussi longtemps qu'il y aurait des hommes. Ici, pas de murmure de chute d'eau, pas de bourdonnement d'insectes captifs, rien qu'un lit et une chambre réduits à leur aspect strictement fonctionnel.

Webster étendit ses mains bien à plat sur ses cuisses allongées sous la couverture, et contempla ses doigts d'un air songeur.

Ebenezer avait à peine touché les verrues et elles avaient disparu. On ne pouvait pas parler de coïncidence : c'était parfaitement intentionnel. Il n'y avait pas eu miracle, mais exercice d'un pouvoir conscient. Car les miracles ne se produisent pas toujours et Ebenezer était sûr de lui.

Peut-être était-ce un pouvoir qu'Ebenezer avait pris dans la pièce voisine, un pouvoir volé à ces horlas qu'il écoutait toujours.

C'était un phénomène d'imposition des mains,

un pouvoir de guérir sans médicaments ni chirurgie, en faisant appel à une certaine connaissance très particulière.

Dans la nuit des âges, certains hommes avaient prétendu posséder la faculté de faire disparaître les verrues ; ils les achetaient un penny ou les échangeaient contre quelque chose, ou se livraient à quelque mômerie, et parfois, les verrues disparaissaient comme ils l'avaient dit.

Ces hommes bizarres écoutaient-ils les horlas, eux aussi ?

La porte craqua soudain et Webster sursauta dans son lit.

Une voix dans l'ombre demanda :

— Monsieur est bien ? Monsieur n'a besoin de rien ?

— C'est vous, Jenkins ? dit Webster.

— Oui, monsieur, dit Jenkins.

La silhouette sombre s'avança doucement sur le seuil.

— Au fait, si, je voudrais quelque chose, dit Webster. Je voudrais vous parler. (Il fixa la sombre carcasse métallique plantée au chevet du lit :) Je voudrais vous parler des chiens.

— Ils se donnent tellement de mal, dit Jenkins. Et c'est si difficile pour eux. Parce qu'ils n'ont personne, vous comprenez. Pas âme qui vive.

— Ils vous ont.

Jenkins secoua la tête :

— Mais je ne suffis pas, monsieur. Je ne suis... enfin, je ne suis qu'une sorte de directeur de conscience. Ce sont des hommes qu'il leur faut. C'est un besoin qu'ils ont en eux. Pendant des milliers d'années, le chien a été le compagnon de l'homme. L'homme et le chien chassaient ensemble, gardaient ensemble les troupeaux, combattaient les ennemis. Le chien montait la garde pendant que l'homme dormait et l'homme partageait sa dernière parcelle de viande, se privait, pour nourrir son chien.

— Oui, c'est vrai, acquiesça Webster.

— Tous les soirs, dit Jenkins, ils parlent des hommes, avant d'aller se coucher. Ils s'asseyent en rond tous et l'un des vieux raconte une de ces histoires qui ont passé les siècles, et ils écoutent, émerveillés, et ils espèrent.

— Mais où vont-ils ? Qu'est-ce qu'ils essaient de faire ? Ont-ils un plan ?

— J'en vois un, dit Jenkins. J'entrevois vaguement ce qui arrivera peut-être. Monsieur sait qu'ils sont psychiques. Ils n'ont aucun sens mécanique, ce qui est compréhensible puisqu'ils n'ont pas de mains. Alors qu'un homme s'intéresse aux métaux, ce qui les intéresse, eux, ce sont les fantômes.

— Les fantômes ?

— Enfin, ce que les hommes appellent des fantômes. Mais ce ne sont pas des fantômes. J'en suis sûr. C'est quelque chose qui se trouve dans la pièce voisine. Une autre forme de vie sur un autre plan.

— Vous voulez dire qu'il peut exister plusieurs plans de vie simultanément sur la Terre ?

— Je commence à le croire, monsieur, acquiesça gravement Jenkins. J'ai tout un cahier plein de notes sur ce que les chiens ont entendu et vu, et maintenant, après toutes ces années, tout cela commence à prendre forme. Je peux m'être trompé, bien sûr, continua-t-il. Monsieur comprend bien que je n'ai aucune formation. Autrefois, je n'étais qu'un simple domestique. J'ai commencé à m'instruire après... après l'histoire de Jupiter, mais cela n'a pas été facile. Un autre robot m'a aidé à faire les premiers robots pour les chiens, et maintenant les petits en fabriquent d'autres dans leur propre atelier quand on en a besoin.

— Mais les chiens, eux, se contentent d'écouter.

— Oh ! mais non, monsieur. Ils font bien d'autres choses. Ils cherchent à se faire des amis des autres animaux, et ils surveillent les robots sauvages et les mutants...

— Les robots sauvages. Ils sont nombreux ?

— Très nombreux, monsieur, fit Jenkins. Ils sont dispersés à travers le monde, en petits camps. Ce sont tous ceux que les hommes ont abandonnés quand ils sont partis pour Jupiter. Ils se sont groupés et ils travaillent...

— A quoi ?

— Je ne sais pas, monsieur. Ils construisent des machines, surtout. Ils ont un esprit très mécanique. Je me demande ce qu'ils vont faire avec toutes ces machines. S'ils ont des plans.

— Moi aussi, dit Webster.

Le regard perdu dans le noir, il se mit à songer. Comment l'homme, claquemuré à Genève, avait-il pu perdre à ce point contact avec le monde ? Au point d'ignorer ce que faisaient les chiens, d'ignorer l'existence des petits camps de robots, des châteaux des mutants haïs et redoutés ?

Nous avons perdu contact, songea Webster. *Nous nous sommes enfermés hors du monde. Nous nous sommes fait une petite niche dans la dernière cité du monde et nous nous y sommes blottis. Et nous ne savons rien de ce qui se passe en dehors de la cité : nous aurions pu, nous aurions dû nous tenir au courant, mais nous nous en moquions.*

Il est temps, se dit-il, *de nous y remettre.*

Nous nous sommes trouvés perdus et désemparés, mais si nous avons commencé par faire quelques efforts pour nous ressaisir, nous avons vite passé la main.

Et alors les quelques survivants se sont rendu compte de la grandeur de la race, ils ont vu les puissantes réalisations de l'homme. Et ils ont essayé de continuer l'œuvre, mais ils en ont été incapables. Alors, ils se sont mis à raisonner, comme l'homme cherche à introduire presque partout la raison. Ils ont cherché à se duper en se persuadant qu'il n'existe pas vraiment de fantômes et en donnant aux créatures inconnues de l'ombre le premier nom poétique qui leur est venu à l'esprit.

Comme nous étions incapables de continuer la tradition, nous nous sommes mis à tout rationaliser, nous avons cherché refuge derrière un écran de mots, et le Juwainisme nous a beaucoup aidés dans cette tâche. Nous en sommes presque arrivés à un culte des ancêtres. Nous avons cherché à glorifier la race humaine. Incapables que nous étions de poursuivre son œuvre, nous avons voulu la glorifier, porter au pinacle les hommes qui en étaient les instigateurs. Comme nous cherchons à exalter toutes les belles choses qui meurent.

Nous sommes devenus une race d'historiens et nous avons creusé dans les ruines de la race, déterrant précieusement le moindre petit fait sans intérêt, comme si c'était une pierre rare ; ce fut la première phase, le subterfuge qui nous permit de tenir le coup quand nous eûmes pris conscience de ce que nous étions vraiment : la lie de l'humanité.

Mais nous avons remonté le courant. Oh ! oui. En une génération à peu près. L'homme est une créature qui sait s'adapter, qui peut survivre à n'importe quoi. Nous n'étions pas capables de construire de grands astronefs, d'aller jusqu'aux étoiles, de deviner le secret de la vie. Et après ?

Nous étions les héritiers, on nous avait légué un patrimoine, nous étions mieux lotis que la race humaine ne l'avait jamais été ou pouvait jamais espérer l'être. Nous fîmes donc un nouveau travail de rationalisation et nous oubliâmes le glo-

226

rieux passé de la race car, avec tout son éclat, c'était quand même un souvenir encombrant et humiliant.

— Jenkins, dit calmement Webster, nous avons gaspillé dix bons siècles.

— Ce n'est pas du gaspillage, monsieur, dit Jenkins. C'était du repos peut-être. Mais maintenant, vous pouvez peut-être sortir de votre isolement. Revenez à nous.

— Vous voulez que nous revenions ?

— Les chiens ont besoin de vous, lui dit Jenkins. Et les robots aussi. Car les uns comme les autres n'ont jamais été que les serviteurs de la race humaine. Sans vous ils sont perdus. Les chiens sont en train de construire une civilisation, mais ils progressent lentement.

— Ce sera peut-être une civilisation meilleure que la nôtre, dit Webster. Elle donnera peut-être de meilleurs résultats. Car la nôtre n'a pas été une réussite, Jenkins.

— Ce sera une civilisation plus empreinte de bonté, reconnut Jenkins, mais qui manquera de sens pratique. Une civilisation fondée sur la fraternité des animaux, sur la compréhension psychique et peut-être même en fin de compte sur des communications et sur des relations avec des mondes connexes. Une civilisation de l'esprit et de la sympathie, mais pas très positive. Sans buts précis, avec des moyens mécaniques limités. Ce sera une quête de la vérité qui se fera un peu à tâtons et dans une direction que l'homme a très vite abandonnée.

— Et vous croyez que l'homme pourrait les aider ?

— Il pourrait les guider, dit Jenkins.

— Les guidera-t-il dans la bonne voie ?

— C'est une question à laquelle il est difficile de répondre.

Webster frotta sur les couvertures ses mains qui se couvraient de sueur.

— Dites-moi la vérité, fit-il avec effort. Selon vous, l'homme pourrait les guider. Mais il se pourrait aussi que l'homme reprît la direction des opérations une fois de plus. Qu'il condamnât comme inutiles les recherches auxquelles se livrent actuellement les chiens. Qu'il rassemblât les robots et utilisât leurs moyens mécaniques selon de vieilles formules. Les robots comme les chiens se soumettraient à l'homme.

— Bien sûr, dit Jenkins. Car autrefois ils étaient ses serviteurs. Mais l'homme est sage... il sait ce qu'il a à faire.

— Merci, Jenkins, dit Webster. Merci beaucoup.

Son regard se perdit dans le noir car la réponse y était écrite.

Le sol gardait la trace de ses pas et l'odeur de poussière flottait toujours dans l'air. L'ampoule au radium brillait toujours au-dessus du panneau et le levier de commande, le volant et les cadrans attendaient toujours le moment où on aurait besoin d'eux.

Webster s'arrêta sur le seuil, humant l'odeur de moisi des pierres à travers l'âcre senteur de la poussière.

Un mécanisme de défense, songea-t-il. *Quelque chose qui interdit l'accès, un dispositif qui met un endroit à l'abri de toutes les armes existantes ou possibles auxquelles un ennemi hypothétique pourrait recourir.*

Et, à n'en pas douter, ce même mécanisme qui interdirait l'accès à un ennemi retiendrait prisonnier l'assiégé. Pas forcément, bien sûr, mais...

Il traversa la salle et s'arrêta devant le panneau ; sa main empoigna le levier de commande et le remua doucement : il fonctionnait.

D'un geste rapide il abaissa le levier. Du sol monta le doux bruissement de machines qui se mettaient en marche. Les aiguilles oscillèrent sur les cadrans.

Webster posa sur le volant des doigts hésitants, puis le manœuvra et les aiguilles oscillèrent à nouveau. Puis il imprima au volant un énergique mouvement de rotation et les aiguilles se bloquèrent à l'autre extrémité des cadrans.

Sur quoi, tournant les talons, il sortit du souterrain, referma la porte derrière lui et remonta l'escalier aux marches croulantes.

Pourvu que cela marche, se dit-il. *Pourvu que cela marche.* Il hâta le pas, les tempes battantes.

Pourvu que cela marche !

Il entendait encore le bourdonnement des machines dans le sous-sol. Cela signifiait que le mécanisme de défense fonctionnait encore — du moins en partie.

Mais même alors, cela suffirait-il ? Supposons que cela empêche les ennemis d'entrer, mais pas les hommes de sortir ?

Si...

Quand il regagna la rue, il vit que le ciel avait changé d'aspect. Un voile gris, métallique, masquait le soleil et la cité baignait dans une pénombre que ne compensait qu'à moitié l'éclairage automatique des rues. Une légère brise lui frôla les joues.

Les cendres fragiles des notes et de la carte qu'il avait brûlées s'entassaient dans la cheminée et Webster alla prendre un pique-feu et les fouailla longuement jusqu'à ce que toute trace en eût disparu.

Et voilà, se dit-il, *le dernier indice avait été détruit. Sans le secours de la carte, et tant que demeurait inconnue l'existence de cette cité qu'il*

229

avait mis vingt ans à découvrir, personne ne trouverait la chambre secrète avec son levier de commande et son volant qui brillaient à la lueur de l'unique ampoule.

Personne ne saurait exactement ce qui se serait passé. Et même si on s'en doutait, on n'aurait aucun moyen de s'en assurer. Et même si l'on en était sûr, on ne pourrait rien y faire.

Mille ans auparavant, il n'en aurait pas été ainsi. Car en ce temps-là, il suffisait de donner à l'homme le plus faible indice et il trouvait la solution de n'importe quel problème.

Mais l'homme avait changé. Il avait perdu le savoir et la pratique qu'il avait jadis. Son esprit s'était ramolli comme un ballon dégonflé. Il vivait au jour le jour, sans but. Mais il avait gardé ses vieux défauts, il en avait fait des vertus. Il croyait toujours que sa race était la seule qui comptât, son existence, la seule qui importât, il avait toujours l'égoïsme complaisant qui l'avait aidé à se proclamer le roi de la création.

Webster entendit des pas précipités dans la rue et se posta derrière les hautes fenêtres aveugles.

Je les ai tirés de leur torpeur, se dit-il. Ils courent maintenant. Ils sont tout excités. Ils se demandent ce qui se passe. Voilà des siècles qu'ils n'ont pas mis le nez hors de la cité, et maintenant ils en meurent d'envie, mais ils ne peuvent pas sortir.

Son sourire s'affirma.

Ils vont peut-être être tellement secoués qu'ils vont faire quelque chose. Des rats pris au piège font parfois des choses bien étranges... à condition qu'ils ne deviennent pas fous de peur.

Et s'ils s'en tirent, eh bien, ma foi, c'est leur droit. S'ils s'en tirent, ils auront mérité le droit de reprendre les rênes.

Il traversa la pièce et s'arrêta un moment sur le seuil pour jeter un regard au tableau accroché au-dessus de la cheminée. Il leva la main, esquissa gauchement un signe d'adieu puis il sortit dans la rue et grimpa la colline, suivant la route qu'avait prise Sara quelques jours auparavant.

Les robots du Temple étaient aimables et pleins d'égards ; ils marchaient d'un pas feutré et digne. Ils l'emmenèrent à l'endroit où se trouvait Sara et lui montrèrent le compartiment voisin qu'elle avait fait réserver à son intention.

— Vous allez choisir un rêve, dit le porte-parole des robots. Nous avons divers échantillons. Nous pouvons les mélanger à votre goût. Nous pouvons...

— Merci, fit Webster. Je ne veux pas de rêve.

Le robot hocha la tête d'un air entendu :

— Je vois, monsieur. Vous voulez seulement attendre, passer le temps.

— Oui, dit Webster. Je crois que c'est comme cela qu'on dit.

— Pour combien de temps ?

— Combien de temps ?

— Oui. Combien de temps voulez-vous attendre ?

— Ah oui ! dit Webster. Eh bien ! si nous disions pour toujours ?

— Toujours ?

— Je crois que toujours est bien le mot, dit Webster. J'aurais pu dire l'éternité, mais cela ne change pas grand-chose. Ce n'est pas la peine de jouer sur les termes.

— Oui, monsieur, dit le robot.

Pas la peine de jouer sur les termes. Bien sûr que non. Car il ne pouvait pas courir de risque. Il aurait pu dire mille ans, et puis se raviser et aller couper le courant du mécanisme de défense.

Et il ne fallait pas que cela se produise. Il fallait laisser leur chance aux chiens. Ils devaient être libres d'essayer là où la race humaine avait échoué. Et ils ne le seraient pas tant qu'il subsisterait un élément humain. Car l'homme reprendrait toujours les rênes, viendrait tout gâcher, rirait des horlas qui parlaient derrière le mur, s'opposerait à ce qu'on apprivoise et à ce qu'on civilise toutes les créatures sauvages de la terre.

Il fallait une nouvelle conception, un nouveau mode de vie et de pensée, une nouvelle façon d'aborder l'éternel problème de la société. Et la triste haleine de la pensée humaine ne pourrait que tout corrompre.

Le soir, une fois le travail fini, les chiens s'assiéraient en rond pour parler de l'homme. Ils dévideraient la vieille, vieille histoire, celle où l'homme faisait figure de dieu.

Et c'était mieux ainsi.

Car un dieu ne peut pas faire de mal.

Notes sur le septième conte

Voici plusieurs années, on retrouva un fragment d'une œuvre littéraire ancienne. Le fragment avait, semblait-il, fait partie d'un groupe important de contes sur les divers membres de la fraternité animale. Ces contes ont un cachet archaïque et les points de vue qui s'y trouvent exprimés aussi bien que le ton même du récit nous paraissent aujourd'hui étranges. Un certain nombre d'érudits qui ont étudié ces fragments reconnaissent avec Tige qu'ils peuvent très bien être d'origine extra-canine.

Ils sont groupés sous le titre d'Ésope. Le titre de ce conte est également Ésope car c'est celui qui nous a été transmis avec ce conte d'une lointaine Antiquité.

Quelle est, s'interrogent les érudits, la signification de ce conte ? Tige, évidemment, y voit une nouvelle preuve à l'appui de sa théorie selon laquelle l'ensemble de la légende est d'origine humaine. La plupart des autres savants sont en désaccord avec lui sur ce point, mais aucune explication n'a jusqu'à ce jour été trouvée pour remplacer la thèse de Tige.

Selon Tige, ce septième conte explique pourquoi l'on ne possède pas de preuve historique de l'existence de l'Homme : c'est, dit-il, parce qu'on a cherché délibérément à l'oublier, parce qu'on en a à dessein effacé le souvenir afin de maintenir la continuité de la culture canine sous sa forme la plus pure.

Dans ce conte, les chiens ont oublié l'Homme. Les quelques spécimens de la race humaine qui subsistent ne sont pas, à leurs yeux, des hommes, mais ils donnent à ces étranges créatures le vieux nom de famille de Webster qui de nom propre devient ainsi nom commun. Les Chiens appellent les hommes des websters, alors que Jenkins pense toujours à eux comme si leur nom s'écrivait avec un w majuscule.

« Que sont les hommes ? » demande Lupus, et Bruno est incapable de le lui expliquer.

Jenkins déclare dans ce conte que les Chiens ne doivent jamais connaître l'existence de l'Homme. Et dans le cours du récit, il expose à notre intention certaines des mesures qu'il a prises pour en effacer le souvenir.

Les vieux contes du coin du feu ont disparu, dit Jenkins. Et c'est là où Tige voit une conspiration de l'oubli, dont le caractère n'est peut-être pas si altruiste que Jenkins veut bien le dire, mais qui est destinée à sauvegarder la dignité canine. Les contes ont disparu, dit Jenkins, et doivent demeurer à jamais disparus. Máis il semble que leur disparition n'ait pas été totale. Quelque part, dans un coin perdu du monde, on continuait à les raconter et ils sont parvenus jusqu'à nous.

Mais si les contes n'avaient pas complètement disparu, l'Homme, lui, n'était pratiquement plus là. Les robots sauvages existaient toujours, mais même eux, si tant est qu'ils aient été autre chose que les produits d'une imagination fertile, ne sont pas parvenus jusqu'à nous. Les Mutants, qui appartenaient à la même espèce que l'Homme, avaient également cessé de manifester leur présence. Si l'Homme a existé, sans doute les Mutants ont-ils existé aussi.

234

Toute la controverse peut se ramener à cette unique question : l'Homme a-t-il existé ? Si, à la lecture de ces contes, le lecteur ne sait que penser, qu'il se rassure en se disant qu'il est en excellente compagnie. Les savants et les érudits eux-mêmes, qui ont passé leur vie à étudier cette légende et qui possèdent plus d'éléments d'appréciation qu'eux, en sont dans ce domaine au même point.

ESOPE

L'ombre grise glissa le long de la corniche rocheuse, en direction de la tanière, ruminant sa déception : car les Mots avaient échoué.

Les rayons obliques du soleil révélèrent un visage, une tête, un corps, aux contours indistincts comme une brume matinale se levant au fond d'une gorge.

La corniche se rétrécit brusquement et l'ombre s'arrêta, stupéfaite, et se tapit contre le mur de rochers, car il n'y avait pas de tanière. La corniche se rétrécissait avant de parvenir à la tanière !

L'ombre pivota sur elle-même et examina la vallée. La rivière non plus n'était pas où elle aurait dû être. Elle coulait beaucoup plus près des bords du ravin qu'elle ne l'avait jamais fait. Et une hirondelle avait bâti son nid sur le mur de rochers — où il n'y avait jamais eu de nid.

L'ombre se raidit et les tentacules frémissants plantés derrière ses oreilles fouillèrent l'air.

Il y avait de la vie par ici ! L'odeur de la vie flottait dans l'air, vibrait sur les étendues des collines.

L'ombre frémit, quitta le bord du mur et continua à suivre la corniche.

Il n'y avait pas de tanière, la rivière n'était plus comme avant et une hirondelle avait bâti son nid contre le mur de rochers.

L'ombre frissonna, inquiète.

Les Mots avaient raison. Ils n'avaient pas échoué. C'était bien un monde différent.

Un monde différent, à plus d'un égard, si plein de vie que l'air en vibrait. Et cette vie peut-être ne courait pas si vite, n'était pas si prompte à se cacher.

Le loup et l'ours se rencontrèrent au pied du grand chêne et s'arrêtèrent pour passer un peu le temps.

— Il paraît, dit Lupus, qu'il y a eu un meurtre.

— Un drôle de meurtre, mon vieux, grogna Bruno. On l'a trouvé mort mais pas dévoré.

— C'est un meurtre symbolique, dit le loup.

Bruno secoua la tête :

— N'allez pas me dire qu'il peut exister un meurtre symbolique. Cette nouvelle psychologie que nous enseignent les Chiens va quand même un peu loin. Quand il y a meurtre, le mobile est la faim ou la haine. Vous ne me surprendrez jamais à tuer quelque chose que je ne mangerais pas. (Il se hâta d'ajouter :) Non pas qu'il m'arrive d'ailleurs de tuer, mon cher. Vous le savez bien.

— Bien sûr, dit le loup.

Bruno fit cligner ses yeux paresseux :

— Vous comprenez bien qu'il m'arrive parfois de retourner une pierre et d'écraser une fourmi par-ci par-là.

— Je ne crois pas que les Chiens considéreraient cela comme un meurtre, lui dit gravement Lupus. Les insectes, c'est un peu différent des animaux et des oiseaux. Personne ne nous a jamais dit de ne pas tuer d'insectes.

— C'est en cela que vous vous trompez, dit Bruno. Les Canons sont fort précis sur ce point. Vous ne devez pas détruire de vie. Vous ne devez pas ôter la vie.

— Peut-être bien, oui, peut-être bien, mon cher, fit le loup d'un ton papelard. Mais les Chiens eux-mêmes ne sont pas trop tâtillons en ce qui concerne les insectes. Voyons, vous savez bien qu'ils cherchent à mettre au point une poudre plus efficace contre les puces. Et à quoi sert cette poudre, je vous le demande ? Mais à tuer les puces, voilà tout. Or, les puces, c'est la vie. Les puces sont des êtres vivants.

Bruno écrasa d'un geste vif une petite mouche verte qui bourdonnait devant son nez.

— Je vais au poste de ravitaillement, dit le loup. Voulez-vous que nous fassions route ensemble ?

— Je n'ai pas faim, dit l'ours. Et d'ailleurs, vous êtes un peu en avance. Il n'est pas encore l'heure de la pâtée.

Lupus se lécha les babines d'une langue gourmande :

— Oh ! de temps en temps, je passe comme ça, négligemment, vous savez, et le webster de service me donne un petit extra.

— Vous devriez vous méfier, dit Bruno. Il ne vous donne pas de petit extra pour rien. Il doit avoir une idée de derrière la tête. Je n'ai aucune confiance en ces websters.

— Celui-là est très bien, déclara le loup. C'est lui qui dirige le poste de ravitaillement, mais c'est parce qu'il le veut bien. N'importe quel robot pourrait le faire. Mais c'est lui qui est venu demander à en être chargé. Il en avait assez de traîner dans des maisons délabrées sans avoir rien d'autre à faire que jouer. Et il s'assied avec nous et reste à rire et à bavarder comme s'il était l'un de nous. C'est un bon type, ce Peter.

L'ours se gratta la gorge :

— Un des Chiens me disait l'autre jour que, selon Jenkins, leur nom n'est pas webster. Il dit que ce ne sont pas des websters, mais des hommes.

— Qu'est-ce que c'est que des hommes ? demanda Lupus.

— Je ne le sais pas plus que vous. C'est Jenkins qui les appelle comme ça.

— Jenkins, déclara Lupus, se fait si vieux qu'il ne sait plus très bien ce qu'il dit. Il a trop de souvenirs. Il doit avoir des milliers d'années.

— Sept mille, dit l'ours. Les Chiens comptent organiser une grande fête pour son anniversaire. Ils font faire un nouveau corps qu'ils vont lui offrir en cadeau. Son vieux s'use : il est tous les mois à l'atelier.

L'ours hocha la tête d'un air sagace :

— En fin de compte, Lupus, les Chiens ont fait beaucoup pour nous. Ils ont installé ces postes de ravitaillement, ils nous envoient des robots vétérinaires et mille autres choses. Tenez, l'an dernier, j'avais une rage de dents épouvantable...

— Mais, interrompit le loup, ces postes de ravitaillement pourraient être mieux. Ils prétendent que la levure de bière remplace la viande, que c'est aussi nourrissant et tout. Mais cela n'a pas le même goût que la viande...

— Qu'en savez-vous ? interrogea Bruno.

Le loup eut un soupçon de bredouillement :

— Mais... mais d'après ce que m'a raconté mon grand-père. Un gaillard, mon grand-père. De temps en temps il se faisait apporter un peu de gibier. Il m'a dit quel goût avait la viande rouge. Mais, en ce temps-là, on n'était pas aussi surveillé qu'aujourd'hui.

Bruno ferma les yeux d'un air rêveur :

— Je me suis toujours demandé quel goût avait le poisson. Il y a un tas de truites dans la crique du Pin. Je les ai observées. Ce serait facile de les attraper d'un coup de patte et de m'en payer une paire. Naturellement, s'empressa-t-il d'ajouter, je ne l'ai jamais fait.

— Naturellement, dit le loup.

240

Un monde, puis un autre, comme on dévide une chaîne. Un monde qui marchait sur les talons d'un autre qui lui-même allait de l'avant. Un monde pour demain, un autre pour aujourd'hui. Et hier est demain et demain est le passé.

A cela près qu'il n'y avait pas de passé. Pas de passé sinon cette illusion de souvenir qui glissait comme l'aile de la nuit sur l'ombre de la pensée. Pas de passé palpable. Pas d'images tracées sur le mur du temps. Pas de film qu'on pouvait dérouler à l'envers pour voir les événements du temps jadis.

Josué se leva et se secoua, puis se rassit et se mit à se gratter. Icabod était assis devant la table et ses doigts métalliques pianotaient sur le bois.

— Il n'y a pas d'erreur, dit le robot. Nous n'y pouvons rien. Tout concorde. Nous ne pouvons pas voyager dans le passé.

— Non, dit Josué.

— Mais, dit Icabod, nous savons où sont les horlas.

— Oui, dit Josué, nous savons où sont les horlas. Et peut-être pourrons-nous les atteindre. Nous savons maintenant quelle route il faut prendre.

Une route était ouverte, mais une autre route était fermée. Fermée n'était pas le mot, d'ailleurs, puisqu'elle n'avait jamais existé. Il n'y avait pas de passé, il n'y en avait jamais eu, il n'y avait pas place pour un passé. Là où il aurait dû y avoir un passé, il y avait un autre monde.

C'était comme deux chiens dont l'un marcherait dans les traces de l'autre. Comme les maillons d'une chaîne sans fin passant sur une roue munie de milliards de dents.

— Nous sommes en retard, dit Icabod en jetant un coup d'œil à l'horloge. Nous devrions nous préparer à aller à la fête en l'honneur de Jenkins.

Josué s'ébroua encore une fois :

241

— Oui, bien sûr. C'est un grand jour pour Jenkins, Icabod. Pense donc... sept mille ans.

— Je suis prêt, moi, dit Icabod fièrement. Je me suis passé au Miror ce matin, mais toi, tu aurais besoin d'un coup de peigne. Tu es tout ébouriffé.

— Sept mille ans, dit Josué. Je n'aimerais pas vivre si vieux.

Sept mille années et sept mille mondes, chacun marchant sur les traces de l'autre. Mais cela devait faire encore plus. Un monde par jour. Trois cent soixante-cinq fois sept mille. Ou peut-être un monde à la minute. Ou même un monde à la seconde. C'était beaucoup, une seconde, assez pour séparer deux mondes. Trois cent soixante-cinq fois sept mille que multiplient vingt-quatre que multiplient soixante fois soixante...

Non, il n'y avait pas de passé. Pas de retour en arrière. On ne pouvait pas remonter le temps pour vérifier les dires de Jenkins, pour voir s'il disait la vérité ou si sept mille années avaient un peu déformé ses souvenirs. On ne pouvait pas revenir en arrière pour vérifier les légendes brumeuses qui parlaient d'une maison et d'une famille de websters et d'une coupole de néant tapie sur des montagnes très loin au-delà de la mer.

Icabod s'avança, portant un peigne et une brosse et Josué recula.

— Allons, fit Icabod, je ne vais pas te faire de mal.

— La dernière fois, dit Josué, tu as failli m'écorcher vif. Va doucement.

Le loup était venu dans l'espoir de faire un petit repas supplémentaire, mais rien n'était prêt et il était trop poli pour demander quoi que ce fût. Il s'était donc assis, sa queue en panache bien ramenée autour de ses pattes, et il regardait Peter tailler avec un couteau la mince baguette.

Fatso, l'écureuil, se laissa tomber d'une basse branche et sauta sur l'épaule de Peter.

— Qu'est-ce que c'est que ça ? demanda-t-il.

— Un bâton qu'on lance, dit Peter.

— Tu peux lancer n'importe quel bâton, dit le loup. Ce n'est pas la peine d'en avoir un extra-ordinaire. Tu peux ramasser n'importe lequel.

— Mais non, celui-ci est une invention, dit Peter. Quelque chose que j'ai fabriqué. Mais je ne sais pas comment ça s'appelle.

— Ça n'a pas de nom ? demanda Fatso.

— Pas encore, dit Peter. Il faudra que j'en trouve un.

— Mais, insista le loup, tu peux lancer n'importe quel bâton.

— Pas si loin, dit Peter. Pas si fort.

Peter fit rouler le bâton entre ses doigts, pour sentir la rondeur bien lisse du bois, et l'examina pour s'assurer qu'il était bien droit.

— Je ne le lance pas avec mon bras, dit Peter. Je le lance avec un autre bâton et une corde.

Il prit un autre instrument appuyé au tronc de l'arbre.

— Ce que je n'arrive pas à comprendre, dit Fatso, c'est pourquoi tu veux lancer un bâton.

— Je ne sais pas, dit Peter. Pour m'amuser.

— Vous autres websters, dit le loup, vous êtes de drôles de corps. Je me demande quelquefois si vous avez tout votre bon sens.

— Si le bâton est bien droit, et si on a une bonne corde, dit Peter, on peut toucher tout ce qu'on veut. Il ne suffit pas de ramasser n'importe quel morceau de bois. Il faut chercher...

— Montre-moi, dit Fatso.

— Tiens, dit Peter, en prenant la longue tige de noyer. C'est solide, tu vois. Et élastique. Si tu le plies, ça reprend sa position primitive. J'ai attaché les deux extrémités avec une corde ; je pose le bâton à lancer comme ceci, une extrémité contre la corde, et puis je tire en arrière...

— Tu as dit que tu pouvais toucher ce que tu voulais, fit le loup. Eh bien ! montre-nous.

— Qu'est-ce que je vais briser ? demanda Peter. Trouvez-moi une cible et...

— Tiens, dit Fatso, très excité. Ce rouge-gorge-là, dans l'arbre.

D'un geste prompt, Peter tendit la corde, la longue tige se replia en forme d'arc et le bâton partit en sifflant. Le rouge-gorge dégringola de la branche où il était perché, dans une pluie de plumes. Il heurta le sol avec un bruit sourd et resta sur le dos, minuscule, désemparé, ses petites serres tendues vers l'arbre. Du sang perlait sur son bec et venait tacher la feuille sur laquelle reposait sa tête.

Fatso se figea sur l'épaule de Peter et le loup bondit sur ses pattes. Et ce fut le silence, le silence des feuilles immobiles, des nuages qui passaient devant le soleil de midi.

— Tu l'as tué, fit Fatso d'une voix étranglée par l'horreur. Il est mort ! C'est toi qui l'as tué !

— Je ne savais pas, protesta Peter, atterré. Je n'avais jamais essayé de toucher quoi que ce soit de vivant. Je visais des cibles...

— Mais tu l'as tué. Et on ne doit pas tuer.

— Je sais bien, dit Peter. Je sais qu'il ne faut pas tuer. Mais c'est toi qui m'as dit de tirer sur lui. Tu me l'as montré. Tu...

— Je ne pensais pas que tu le tuerais ! hurla Fatso. Je pensais que tu allais juste le toucher. Lui faire peur. Il était si gras, si gentil...

— Je t'avais dit que le bâton frappait fort.

Le webster était figé sur place.

Loin et fort, se disait-il. *Ça va loin et fort... et vite.*

— Il ne faut pas te frapper comme ça, mon vieux, dit la voix douce du loup. Nous savons bien que tu ne voulais pas lui faire de mal. Ça restera entre nous trois. Nous ne dirons rien.

Fatso sauta de l'épaule de Peter et cria de la branche à laquelle il se cramponnait :

— Si, si, je vais aller le dire à Jenkins !

— Sale petit mouchard, gronda le loup, les yeux soudain brillants de rage. Rapporteur !

— Je vais le dire ! hurla Fatso. Attendez un peu. Je vais le dire à Jenkins.

Il grimpa de branche en branche, sauta dans un autre arbre.

Le loup se mit en mouvement.

— Attends ! cria Peter.

— Il ne peut pas faire tout le trajet par les arbres, dit vivement le loup. Il faudra bien qu'il descende pour traverser le champ. Tu n'as pas besoin de t'inquiéter.

— Non, dit Peter. Plus de meurtres. Un seul suffit.

— Il le dira, tu sais.

— Oui, je suis sûr qu'il le dira, acquiesça Peter.

— Je pourrais l'en empêcher.

— Quelqu'un pourrait te voir et te signaler, dit Peter. Non, Lupus, je ne veux pas.

— Alors tu ferais mieux de filer, dit Lupus. Je connais un endroit où tu pourrais te cacher. Un endroit où ils ne te trouveront jamais. Même s'ils cherchent pendant mille ans.

— Je ne pourrai pas m'échapper, dit Peter. Il y a partout des yeux qui guettent dans les bois. Trop d'yeux. Ils diraient où je suis parti. On ne peut plus se cacher maintenant.

— Je crois que tu as raison, dit le loup. Oui, je crois que tu as raison. (Il se retourna et examina le cadavre du rouge-gorge.) Si nous faisions disparaître la pièce à conviction ? proposa-t-il.

— La pièce à conviction ?...

— Bien sûr...

Le loup s'avança rapidement, baissa la tête. On entendit un bruit de chairs broyées. Lupus se lécha les babines et s'assit, la queue bien enroulée autour des pattes.

— On pourrait s'entendre, tous les deux, dit-il. Oui, j'ai l'impression qu'on pourrait s'entendre. Nous nous ressemblons tellement.

Sur son museau était collé un duvet révélateur.

Le corps était une merveille.

Inoxydable ; d'une solidité à toute épreuve. Et avec tous les perfectionnements imaginables.

C'était le cadeau d'anniversaire de Jenkins. Sur la poitrine une inscription disait :

POUR JENKINS DE LA PART DES CHIENS

« Mais je ne le mettrai jamais, se dit Jenkins. C'est trop excentrique pour un vieux robot comme moi. Je ne me sentirais pas à ma place dans une aussi somptueuse enveloppe. »

Il se balançait doucement dans le fauteuil à bascule, tout en écoutant le gémissement du vent dans les gouttières.

« Ils étaient pleins de bonnes intentions. Et je ne voudrais pas les vexer pour un empire. Il faudra que je le mette de temps en temps, pour la forme. Simplement pour faire plaisir aux Chiens. Ce ne serait pas bien de ma part de ne pas le porter quand ils se sont donné tellement de mal pour me le faire faire. Mais pas tous les jours ; ce sera mon corps de sortie.

« Tiens, je le mettrai peut-être pour le piquenique des Websters. Il faut que je me mette sur

246

mon trente-et-un pour le pique-nique. C'est un grand jour. C'est le jour où tous les Websters du monde, tous ceux qui restent, se réunissent. Et ils veulent que je sois avec eux. Ah ! oui, ils y tiennent beaucoup. Parce que je suis un robot Webster. Parfaitement, je l'ai toujours été et je le serai toujours. »

Il baissa la tête et marmonna des mots qui résonnèrent doucement dans la pièce. Des mots qu'il était seul à n'avoir pas oubliés, seul, avec les murs. Des mots qui dataient d'un lointain passé.

« Et le feu, songea Jenkins. Voilà bien longtemps que nous n'avons pas fait de feu. Les hommes aimaient bien le feu. Ils aimaient s'asseoir devant, regarder les flammes et construire des images dans leurs reflets. Et rêver...

« Mais les rêves des hommes s'en sont allés. Les hommes sont partis pour Jupiter, ils se sont enfuis à Genève, et ils connaissent un faible regain de vigueur, bien faible, avec les Websters d'aujourd'hui.

« Le passé, j'en ai assez du passé. Il m'a rendu inutile. J'ai trop de souvenirs, j'en ai tant qu'ils finissent par tenir plus de place dans ma pensée que ce que j'ai à faire. Je vis dans le passé et ce n'est pas une façon de vivre.

« Josué dit qu'il n'y a pas de passé et il ne doit pas se tromper. De tous les Chiens, s'il y en a un qui le sait, c'est lui. Car il s'est donné assez de mal pour trouver un passé qu'il puisse explorer, pour remonter dans le temps et vérifier les histoires que je lui ai racontées. Il croit que je déraisonne et que je lui débite de vieux contes de robot, où la fantaisie se mélange à la réalité.

« Il ne voudrait jamais le reconnaître ouvertement, mais c'est ce qu'il pense, le gaillard. Il ne croit pas que je le sais, mais c'est comme ça.

« Il ne peut pas me duper, se dit Jenkins, en

riant sous cape. Aucun d'eux ne peut me duper. Je les connais à fond. J'ai aidé Bruce Webster à soigner les premiers d'entre eux. J'ai entendu le premier mot qu'ils aient jamais prononcé. Et s'ils ont oublié, eux, moi je n'ai pas oublié : je me souviens de tout, geste, parole, regard.

« Après tout, c'est peut-être naturel qu'ils oublient. Ils ont fait de grandes choses. Je les ai laissés faire en intervenant le moins possible, et je m'en félicite. C'était ce que m'avait conseillé de faire Jon Webster, ce fameux soir, il y a si longtemps. Et c'est pour laisser faire les chiens qu'il a fermé la cité de Genève. Car c'est Jon Webster qui a fait cela. Ce ne pouvait être que lui.

« Il croyait isoler ainsi à jamais la race humaine pour laisser aux chiens le champ libre sur la Terre. Mais il avait oublié une chose. Eh oui ! il avait oublié que son fils et la petite bande de fanatiques de l'arc et de la flèche s'en étaient allés ce matin-là jouer aux hommes des cavernes... et aux femmes des cavernes aussi.

« Et leur jeu est devenu réalité, dure réalité, pendant près de mille ans. Jusqu'au jour où nous les avons trouvés et ramenés au bercail. A la Maison Webster, à l'endroit où tout a commencé. »

Jenkins croisa les mains sur son ventre et, la tête penchée, se mit à se balancer doucement. Le fauteuil craquait, le vent galopait dans les gouttières, une fenêtre se mit à battre. La cheminée, de sa voix enrouée par la suie, parlait des jours et des gens d'autrefois, et des vents de jadis qui soufflaient de l'ouest.

« Le passé, songea Jenkins. C'est bien futile, bien vain quand on a tant à faire. Quand les Chiens ont encore tant de problèmes à résoudre.

« La surpopulation, par exemple. Voilà un problème dont on discute depuis trop longtemps sans rien décider. Il y a trop de lapins, parce que ni les loups ni les renards ne peuvent plus les tuer. Trop de daims parce que les loups et les lions des montagnes ne doivent plus manger de gibier. Trop de ratons laveurs, trop de souris, de chats sauvages. Trop d'écureuils, trop de porcs-épics, trop d'ours.

« Une fois supprimé le frein du meurtre, la vie a pullulé. Qu'on ajoute à cela la lutte contre les maladies menée par les médecins-robots et on arrive à la surpopulation.

« L'homme avait trouvé la solution. Oui. Il tuait tout ce qui se trouvait sur son chemin : les autres hommes comme les animaux.

« L'homme n'avait jamais songé à une grande société animale unique, n'avait jamais rêvé de voir l'ours, le raton laveur et le chat descendre ensemble le chemin de la vie, en faisant des plans communs, en s'entraidant, en bannissant toutes les différences.

« Mais les Chiens l'ont réalisée, cette société.

« Comme un conte de la Mère l'Oye. Comme les livres d'enfants du temps jadis, où l'on voyait le Lion s'allonger à côté de l'Agneau. Comme un dessin animé de Walt Disney, à cela près que les dessins animés n'avaient jamais l'air vrais car ils étaient fondés sur une philosophie humaine. »

La porte s'entrouvrit, des pas résonnèrent sur le plancher. Jenkins se retourna dans son fauteuil.

— Bonjour, Josué, dit-il. Bonjour, Icabod. Entrez donc. Je réfléchissais.

— Nous avons vu une lumière en passant, dit Josué.

— Je pensais aux lumières, dit Jenkins en hochant lentement la tête. Je songeais à cette nuit d'il y a cinq mille ans. Jon Webster était arrivé de Genève, c'était le premier homme à venir depuis bien des siècles. Il était dans la chambre en haut, tous les Chiens dormaient et moi, j'étais près de la fenêtre et je regardais la rivière. Et il n'y avait pas de lumières. Pas une seule lumière. Rien qu'une grande étendue noire. Et je pensais au temps où il y avait encore des lumières et je me demandais si ce jour-là reviendrait jamais.

— Il y a des lumières maintenant, dit Josué, d'une voix très douce. Il y a des lumières à travers tout le monde, ce soir. Même dans les cavernes et dans les grottes.

Icabod traversa la pièce et s'approcha du corps de robot flambant neuf posé dans un coin, et tendit la main pour caresser presque tendrement l'enveloppe métallique.

— C'est très gentil de la part des Chiens, de m'avoir donné ce corps, dit Jenkins. Mais ils n'auraient pas dû. Avec quelques petits rafistolages par-ci par-là, le vieux est encore bon.

— Mais c'est parce que nous vous aimons, lui dit Josué. C'est la moindre des choses. Nous avons essayé plusieurs fois de vous faire d'autres cadeaux, mais vous n'avez jamais voulu nous laisser. Nous aurions voulu vous construire une maison pour vous, avec tout le confort.

Jenkins secoua la tête :
— Ce ne serait pas la peine, car je ne pourrais pas y vivre. Tu comprends, ici, je suis chez moi. J'ai toujours habité ici. J'ai toujours rafistolé cette maison comme mon corps et j'y serai toujours heureux.

— Mais vous êtes tout seul.
— Pas du tout, dit Jenkins. La maison est pleine de monde.
— Comment cela ? demanda Josué.
— Des gens que je connaissais, dit Jenkins.

— Bigre ! fit Icabod, quel corps ! J'aimerais bien l'essayer.

— Icabod ! cria Josué. Reviens ici. Veux-tu ne pas toucher à ça !

— Bah ! fit Jenkins, il faut laisser les jeunes s'amuser. Qu'il vienne un jour où je ne serai pas trop occupé...

— Non, dit Josué.

Une branche grinça contre la gouttière et vint frapper au carreau. Un bardeau craqua et le vent fit des entrechats sur le toit.

— Je suis bien content que tu sois passé, dit Jenkins. Je voudrais te parler.

Il se balança dans son fauteuil.

— Je ne durerai pas éternellement, dit Jenkins. Sept mille ans, c'est déjà plus que je n'étais en droit d'attendre.

— Avec le nouveau corps, dit Josué, vous pourrez durer encore trois fois sept mille ans.

Jenkins secoua la tête :

— Ce n'est pas au corps que je pense. C'est le cerveau qui me préoccupe. C'est un mécanisme, tu comprends. Il a été bien conçu, pour durer longtemps, mais pas éternellement. Un jour, quelque chose se déréglera et mon cerveau s'arrêtera de fonctionner.

On entendit le craquement du fauteuil dans le silence de la pièce.

— Ce sera la mort, dit Jenkins. Ce sera la fin pour moi. Et c'est très bien ainsi. C'est ainsi que cela doit être. Car je ne suis plus bon à rien. Autrefois, on avait besoin de moi, mais c'est fini.

— Nous avons toujours besoin de vous, dit doucement Josué. Nous ne pourrions pas nous passer de vous.

Mais Jenkins reprit comme s'il n'avait rien entendu.

— Je peux te parler des Websters. Je veux te

251

raconter leur histoire. Je veux que tu comprennes.

— J'essaierai de comprendre, dit Josué.

— Vous, les Chiens, vous dites les websters, sans majuscule, et cela n'a pas d'importance, dit Jenkins. Peu importe comment vous les appelez pourvu que vous sachiez qui ils sont.

— Tantôt vous les appelez des hommes et tantôt vous les appelez les websters, dit Josué. Je ne comprends pas.

— C'étaient des hommes, dit Jenkins, et c'étaient les maîtres de la Terre. Et parmi eux une famille s'appelait les Websters. Et ce sont eux qui vous ont rendu ce grand service.

— Quel grand service ?

Jenkins s'arrêta de se balancer.

— Je suis distrait, marmonna-t-il. J'oublie si facilement. Et je mélange un peu tout.

— Vous parliez d'un grand service que les websters nous ont rendu.

— Heu ! fit Jenkins, oh, oui, c'est cela. Eh bien, il faut les surveiller. Il faut bien s'occuper d'eux, et les surveiller. Les surveiller surtout.

Il reprit son mouvement de bascule et ses pensées reprirent leur cours, au rythme du balancement. « Tu as bien failli le leur dire, pensa-t-il. Tu as failli gâcher le rêve.

« Mais je me suis rappelé à temps. Oui, Jon Webster, je me suis repris à temps. J'ai tenu ma promesse, Jon Webster.

« Je n'ai pas dit à Josué que les Chiens étaient autrefois les animaux favoris des hommes, que ce sont les hommes qui les ont élevés à la place qu'ils occupent aujourd'hui. Car ils ne doivent jamais savoir. Ils doivent garder la tête haute. Ils doivent poursuivre leur tâche. Les vieilles légendes que l'on contait au coin du feu ont disparu et il ne faut pas qu'elles reviennent jamais.

« J'aimerais pourtant bien leur dire. Dieu sait que j'aimerais les mettre en garde. Leur expliquer comment nous avons débarrassé de leurs vieilles conceptions les hommes des cavernes que nous avons recueillis en Europe. Comment nous leur avons fait oublier ce qu'ils savaient. Comment nous avons fait disparaître de leurs esprits la notion d'armes, comment nous leur avons enseigné l'amour et la paix.

« J'aimerais pouvoir les prévenir afin qu'ils guettent chez les humains tout retour de leurs anciennes tendances. »

— Mais vous disiez... insista Josué.

Jenkins eut un geste de négation :

— Rien du tout, Josué. Ce n'était qu'un radotage de vieux robot. Par moments, mes pensées s'embrouillent, et je dis des choses que je n'avais pas l'intention de dire. Je pense tellement au passé... et tu prétends qu'il n'y a pas de passé.

Icabod, accroupi sur le sol, leva les yeux vers Jenkins.

— Bien sûr qu'il n'y en a pas, dit-il. Nous avons essayé quarante méthodes différentes depuis dimanche, et tout concorde. Tout se tient. Il n'y a pas de passé.

— Il n'y a pas la place, poursuivit Josué. Quand on voyage le long du fil du temps, ce n'est pas le passé qu'on trouve, mais un autre monde, un autre champ de conscience. La terre est la même, vous comprenez, ou presque. Les mêmes arbres, les mêmes rivières, les mêmes collines, mais ce n'est pas le monde que nous connaissons. Parce que celui-là aurait connu un développement différent. La seconde qui est juste derrière nous est en fait une seconde tout autre, un secteur totalement distinct du temps. Nous vivons sans cesse dans la même seconde, dans le minuscule intervalle de temps qui a été alloué à notre monde à nous.

— Ce qui nous a trompés, dit Icabod, c'est notre façon de mesurer le temps. C'est cela qui nous a empêchés de voir les choses comme elles sont en fait. Car nous étions persuadés que nous traversions le temps, alors que ce n'est pas cela du tout. Nous nous déplaçons *avec* le temps. Nous disions : encore une seconde de passée, encore une minute, encore une heure, encore un jour, alors qu'en réalité la seconde, la minute, l'heure était toujours là. C'était toujours la même. Elle s'était seulement déplacée et nous avions suivi le mouvement.

Jenkins hocha la tête :

— Je vois. Comme des bois flottants, comme des morceaux de bois qui flottent sur la rivière. Le paysage des rivières change, mais l'eau est toujours la même pour eux.

— En gros, c'est cela, dit Josué. A cela près que le temps est un courant rigide et que les différents mondes ont chacun une position plus fixe que le bois qui flotte sur la rivière.

— Et ce sont les horlas qui habitent ces autres mondes ?

— J'en suis persuadé, dit Josué.

— Et maintenant, dit Jenkins, je présume que vous êtes en train de chercher un moyen de vous rendre dans ces autres mondes ?

Josué se gratta doucement.

— Je pense bien, dit Icabod. Nous avons besoin d'espace.

— Mais les horlas...

— Peut-être les horlas n'occupent-ils pas tous les mondes, dit Josué. Il peut exister des mondes vides. Si nous pouvons les découvrir, ils nous seront utiles. Il nous faut de l'espace. L'augmentation de la population va déclencher une vague de

254

massacres. Et nous nous retrouverons alors à notre point de départ.

— Il y a déjà des meurtres, dit paisiblement Jenkins.

Josué fronça le front et ses oreilles s'abaissèrent :

— Drôles de meurtres. Les victimes sont mortes, mais on ne les a pas touchées. Pas de sang. Elles sont par terre, c'est tout. Nos techniciens médicaux en deviennent fous. Ils ne trouvent rien. Rien qui explique ces décès.

— Et pourtant ils sont morts, dit Icabod.

Josué se pencha plus près, baissa la voix :

— J'ai peur, Jenkins, j'ai peur que...

— Il n'y a pas de quoi avoir peur.

— Mais si. Angus m'a dit. Angus a peur qu'un des horlas... qu'un des horlas n'ait traversé.

Une bouffée de vent tournoya dans la cheminée, tourbillonna dans la gouttière. Et la peur vint rôder sur le toit, d'un pas assourdi.

Jenkins frissonna et dit d'une voix mal assurée :

— Personne n'a jamais vu de horla.

— On ne peut pas les voir.

— Non, dit Jenkins. Non. On ne peut pas les voir.

C'était ce que l'Homme avait dit jadis. On ne voyait pas un fantôme, on ne voyait pas un revenant, mais on en sentait la présence. Car l'eau continuait à couler du robinet quand on l'avait bien fermé, des doigts grattaient au carreau et les chiens hurlaient dans la nuit, mais on ne voyait aucune trace dans la neige.

Et des doigts vinrent gratter au carreau.

Josué se dressa et demeura figé sur place, véritable statue de chien, une patte levée, les lèvres retroussées, prêt à mordre. Icabod se crispa, les

255

pieds solidement plantés sur le sol, aux aguets.

Le grattement recommença.

— Ouvre la porte, dit Jenkins à Icabod. Il y a quelque chose qui veut entrer.

Icabod se leva dans le silence. La porte s'ouvrit en grinçant et au même instant, l'écureuil entra en trombe et sauta sur les genoux de Jenkins.

— Eh bien ! Fatso, dit Jenkins.

Josué se rassit ; sa lèvre recouvrit à nouveau ses crocs. Icabod arborait un sourire figé.

— Je l'ai vu ! cria Fatso. Je l'ai vu tuer le rouge-gorge. Il a fait cela avec un bâton qu'il a lancé. Et les plumes ont volé. Et il y avait du sang sur la feuille.

— Du calme, dit doucement Jenkins. Prends ton temps et raconte-moi. Tu es tout excité. Tu as vu quelqu'un tuer un rouge-gorge ?

Fatso reprit son souffle ; il claquait des dents,

— C'était Peter, dit-il.

— Peter ?

— Peter, le webster.

— Tu disais qu'il avait lancé un bâton ?

— Oui, il l'a lancé avec un autre bâton. Les deux bouts étaient attachés avec une corde et il a tiré la corde, alors le grand bâton s'est plié...

— Je sais, dit Jenkins. Je sais.

— Vous savez ! Vous savez ce que c'est ?

— Oui, dit Jenkins. Je sais ce que c'est. C'était un arc et une flèche.

Et quelque chose dans son ton réduisit les trois autres au silence ; la pièce soudain parut immense et vide et on aurait dit que le claquement de la branche contre la fenêtre venait de très loin, comme une voix qui appelait à l'aide.

— Un arc et une flèche ? demanda finalement Josué. Qu'est-ce qu'un arc et une flèche ?

« Et voilà », pensa Jenkins.

« Qu'est-ce qu'un arc et une flèche ?

256

« C'est le commencement de la fin. C'est le sentier tortueux qui mène à la route où résonne le tonnerre de la guerre.

« C'est un jeu et une arme tout à la fois et un triomphe de l'ingéniosité humaine.

« C'est la première esquisse de la bombe atomique.

« C'est le symbole d'une conception de la vie.

« Et c'est un vers d'une chanson enfantine.

> *« Qui a tué le Rouge-Gorge ?*
> *Moi, dit le moineau.*
> *Avec mon arc et ma flèche,*
> *J'ai tué le Rouge-Gorge.*

« Et c'était quelque chose d'oublié. D'oublié, mais de retrouvé.

« C'est bien ce que je craignais. »

Il se redressa dans son fauteuil, et se leva lentement.

— Icabod, dit-il, j'ai besoin de toi.

— Bien sûr, dit Icabod. A votre service.

— Je voudrais mettre mon nouveau corps, dit Jenkins. Il faut que tu démontes mon boîtier à cerveau...

— Je sais le faire, Jenkins, dit Icabod.

— Qu'y a-t-il, Jenkins ? Qu'allez-vous faire ? demanda Josué, d'une voix soudain affolée.

— Je vais aller trouver les Mutants, dit Jenkins, en détachant chaque mot. Après tant d'années, je vais leur demander secours.

L'être glissa sur le versant de la colline, évitant les taches de clair de lune. A la lumière de la lune, il brillait, et il ne devait pas se faire voir. Il ne devait pas gâcher la chasse des autres qui venaient après.

Car il en viendrait d'autres. Pas en masse, bien

sûr ; non, leurs arrivées seraient soigneusement contrôlées et se feraient en des points très différents, pour éviter que les créatures vivantes de ce monde étonnant ne prennent peur.

Car une fois l'alarme donnée, la fin ne tarderait pas.

L'être s'accroupit dans le noir et ses nerfs tendus, frémissants, fouillèrent la nuit. Il tria les pulsations qu'il connaissait, les classant dans son cerveau bien rangé.

Il en connaissait certaines, devinait la nature de certaines autres, mais il y en avait qui gardaient pour lui leur mystère. Une surtout, qui évoquait une impression d'horreur.

Il se colla contre le sol, redressant sa tête affreuse et s'efforçant de faire abstraction des messages vibrants de la nuit. Il concentra son attention sur la chose qui gravissait la colline.

La chose se composait de deux êtres, deux êtres différents. Un grognement monta en lui et son corps mince se raidit sous l'effet d'une attente frémissante à quoi venait se mêler une terreur insondable.

Il se souleva un peu dévala la colline afin de couper la route aux deux êtres qui montaient.

Jenkins avait retrouvé sa jeunesse, sa force, son agilité de corps et d'esprit. Il marchait d'un pas vif sur les coteaux noyés de lune. Son oreille enregistrait avec précision le murmure des feuilles, le pépiement des oiseaux, et tant d'autres choses encore.

Ce corps était vraiment un bijou. Il était inoxydable, inaltérable.

« Je n'aurais jamais cru qu'un nouveau corps me changerait tellement l'existence. Je ne me rendais pas compte du point de délabrement auquel était parvenu l'autre. Il n'avait jamais été extraordi-

258

naire et pourtant c'était ce qui se faisait de mieux à l'époque où on l'avait fabriqué. C'était merveilleux ce qu'on arrivait à faire maintenant. »

C'était l'œuvre des robots, bien sûr. Des robots sauvages. Les Chiens s'étaient arrangés avec eux pour qu'ils fassent le corps. Chiens et robots sauvages n'avaient plus guère de rapports. Ils s'entendaient bien, mais précisément parce que les uns laissaient les autres tranquilles et que personne ne se mêlait des affaires d'autrui.

Un lapin s'agita dans son terrier, et Jenkins le sentit. Un raton laveur passa dans les parages et Jenkins le sentit aussi : il perçut la présence du petit cerveau curieux derrière les yeux fouineurs qui le fixaient au creux du buisson. Et sur la gauche, pelotonné sous un arbre, un ours dormait et rêvait en dormant : un rêve de glouton, plein de miel sauvage, de poisson pêché dans la crique, le tout assaisonné de quelques fourmis trouvées par hasard en retournant une pierre.

C'était ahurissant et cependant naturel. Cela semblait aussi naturel que de lever les pieds pour marcher, aussi naturel que d'entendre normalement. Mais c'était autre chose que voir ou qu'entendre. Sans que ce fût pourtant imaginer. Car Jenkins était *sûr* de la présence du lapin dans son terrier, du raton laveur dans le buisson et de l'ours endormi au pied de l'arbre.

« C'est là, se dit-il, le genre de corps que possèdent les robots sauvages, car il est bien certain que s'ils peuvent en faire un pour moi, ils ne se sont pas privés d'en fabriquer pour eux-mêmes.

« Ils ont fait du chemin, eux aussi, en sept mille ans. Mais nous n'avons pas fait attention à eux, voilà tout. Les robots allaient leur chemin, les Chiens suivaient le leur et personne n'interrogeait l'autre, ne se demandait ce qu'il faisait. Tandis que les robots construisaient des astronefs et cherchaient à atteindre les étoiles, tandis qu'ils fabriquaient des corps perfectionnés, qu'ils faisaient des recherches de mathématiques et de mécanique, les Chiens étudiaient les animaux, créaient une fraternité de tout ce qui du temps de l'Homme avait été traqué et réduit à l'état sauvage, ils écoutaient les horlas et découvraient, en fouillant les profondeurs du temps, que le temps n'existait pas.

« Et si les Chiens et les Robots sont allés si loin, les Mutants ont dû aller encore plus loin. Et ils m'écouteront, se dit Jenkins, il faudra qu'ils m'écoutent, car je leur apporte un problème qui est exactement de leur ressort. Les Mutants, en effet, sont des hommes, quoi qu'ils en aient, ce sont les fils de l'Homme. Et ils ne peuvent plus garder de rancœur maintenant, car le nom de l'Homme n'est plus qu'une poussière qu'emporte le vent, que le bruissement des feuilles par un jour d'été.

« Et puis je ne les ai jamais ennuyés depuis sept mille ans. Joe était un de mes amis, aussi ami que peut l'être un Mutant. Il me parlait à une époque où il ne voulait pas parler aux hommes. Les Mutants m'écouteront, ils me diront ce qu'il faut faire. Ils ne se moqueront pas de moi.

« Parce qu'il n'y a pas de quoi rire. Il ne s'agit que d'un arc et d'une flèche, mais il n'y a pas de quoi rire. Peut-être aurait-on pu s'en moquer jadis, mais l'histoire ôte à tant de choses leur caractère risible ! Si la flèche est une plaisanterie, alors la bombe atomique aussi, et aussi le nuage bactériologique qui anéantit des cités entières et la fusée hurlante qui va tomber à quinze mille kilomètres de son point de départ et tue un million de personnes.

« Bien sûr, il n'y a plus un million de personnes maintenant. Il n'en reste plus que quelques centaines, vivant dans des maisons que les Chiens ont construites pour eux, parce que les Chiens savaient ce que c'était que des êtres humains, quelle relation existait entre eux, et qu'ils considéraient les hommes comme des dieux. Ils les tenaient pour des dieux et contaient de vieilles légendes par les soirs d'hiver au coin du feu et préparaient le jour où l'Homme peut-être reviendrait leur caresser la tête en disant : « Bon travail, fidèle et vaillant serviteur. »

« Et c'était injuste, se dit Jenkins, en descendant à grands pas la colline, c'était vraiment injuste. Car les hommes ne méritaient pas ce culte, ils ne méritaient pas cette divinisation. Moi-même ne les ai-je pas aimés ? Et je les aime encore d'ailleurs : non pas parce que ce sont des hommes, mais à cause du souvenir que j'ai gardé de quelques-uns d'entre eux.

« Il était injuste que les Chiens construisissent pour l'Homme. Car ils faisaient mieux que l'Homme n'avait jamais fait. J'ai donc effacé le souvenir de l'Homme et cela a été un travail de longue haleine. De longues années durant, je me suis efforcé de leur faire oublier les légendes, de brouiller leurs souvenirs, et maintenant ils appellent les hommes des websters et ils croient que c'est bien ce qu'ils sont.

« Je me suis demandé si j'avais eu raison. Je me faisais l'effet d'un traître et pendant que le monde était en proie à l'ombre et au sommeil, je passais des nuits amères à me balancer dans mon fauteuil en écoutant le vent gémir dans les gouttières. Car peut-être n'avais-je pas le droit de faire ce que j'avais fait. Cela n'aurait sans doute pas plu aux Websters. Car telle était l'emprise qu'ils avaient sur moi, qu'ils ont encore d'ailleurs, que des millénaires passaient et que je me demandais si ce que j'avais fait ne leur aurait pas déplu.

« Mais maintenant je sais que j'ai eu raison.

261

L'arc et la flèche en sont la preuve. Un jour j'ai cru que l'Homme peut-être avait pris la mauvaise route, que quelque part dans le monde de sombre sauvagerie d'où il avait fini par émerger, il était parti du mauvais pied. Mais je vois bien que je m'étais trompé. Il y avait pour l'Homme une route et une seule : celle de l'arc et de la flèche.

« J'ai bien essayé : Dieu sait que j'ai fait des efforts.

« Quand nous avons ramassé les traînards et que nous les avons recueillis dans la Maison Webster, je leur ai retiré leurs armes, non seulement des mains, mais de l'esprit. J'ai réédité tout ce qu'on pouvait rééditer de la littérature et j'ai brûlé le reste. Je leur ai de nouveau fait apprendre à lire, à chanter, à penser. Et les livres qu'ils ont lus ne parlaient plus de guerre, ni d'armes ; on n'y trouvait plus trace de haine ni d'histoire, car l'histoire n'est que haine ; on n'y voyait plus de batailles, ni de héros, ni de trompettes.

« Mais c'était du temps perdu, songea Jenkins. Je sais maintenant que c'était du temps perdu. Car, quoi qu'on fasse, l'homme inventera un arc et des flèches. »

Il avait descendu la longue pente de la colline et traversé la crique qui rejoignait la rivière et maintenant il escaladait le versant d'une nouvelle colline que couronnait une falaise abrupte.

Il entendait de menus froissements et son nouveau corps dit à son cerveau que c'étaient des souris qui détalaient dans les tunnels qu'elles avaient creusés sous l'herbe. Et un instant il sentit la joyeuse animation des souris, les infimes ébauches de pensées qui passaient dans leur esprit informe.

Une belette était tapie au creux d'un arbre abattu et son esprit était plein de pensées mauvaises ; elle pensait aux souris, aux jours enfuis où les belettes mangeaient les souris. Et elle était partagée entre la soif de sang et la peur de ce que les Chiens pourraient faire si elle tuait une souris, des centaines d'yeux qui veillaient pour empêcher que le crime ne revînt souiller la terre.

Mais un homme avait tué. Une belette n'osait pas tuer et un homme avait tué. Sans mauvaise intention, peut-être bien, sans malice. Mais il avait tué. Et les Canons disaient qu'on ne devait pas ôter la vie.

Dans les années passées, d'autres avaient tué et on les avait châtiés. Il faudrait châtier l'homme aussi. Mais le châtiment ne suffisait pas. Le châtiment seul ne résoudrait rien. La solution ne devait pas s'appliquer qu'à un seul homme, mais à tous les hommes, à toute la race. Car ce qu'avait fait l'un, les autres en étaient capables. Non seulement ils en étaient capables, mais ils le feraient sûrement, car c'étaient des hommes et les hommes avaient tué jadis et ils tueraient encore.

Le château des Mutants se dressait contre le ciel, si noir qu'il semblait briller sous la lune. On ne voyait aucune lumière et cela n'avait rien de surprenant car il en avait toujours été ainsi. Pas plus qu'on ne se souvenait avoir jamais vu la porte s'ouvrir. Les Mutants avaient bâti leurs châteaux de par le monde, ils s'y étaient enfermés et on n'avait plus entendu parler d'eux. Ils avaient mené contre les hommes une drôle de guerre et quand les hommes avaient disparu, les Mutants avaient disparu aussi.

Parvenu au pied des larges marches qui menaient à la porte, Jenkins s'arrêta. La tête renversée en arrière, il contempla le bâtiment qui se dressait devant lui.

« Je suppose que Joe est mort, se dit-il. Joe a dû vivre très vieux, mais il n'était pas immortel.

Et cela me semblera étrange de rencontrer un autre Mutant et de me dire que ce n'est pas Joe. »

Il commença à grimper l'escalier, à pas très lents, les nerfs en alerte, s'attendant à entendre déferler sur lui des ricanements.

Mais il n'arriva rien.

Il monta les marches, s'arrêta devant la porte et chercha quelque chose qui lui permettrait de faire savoir aux Mutants qu'il était là.

Mais il n'y avait pas de cloche. Pas de sonnette. Pas de marteau. La porte n'était munie que d'un loquet simple.

Un peu hésitant, il leva le poing et frappa, recommença et attendit. Pas de réponse. La porte demeurait muette et immobile.

Il frappa encore, plus fort cette fois. Toujours pas de réponse.

Il avança prudemment la main et saisit le loquet, y appuya le pouce. Le loquet joua, la porte s'ouvrit et Jenkins entra.

— Tu es vraiment cinglé, dit Lupus. Moi, je les ferais courir. Je leur ferais piquer un de ces cent mètres dont ils se souviendraient. Je leur en ferais voir.

Peter secoua la tête :

— C'est peut-être ce que tu ferais, Lupus, et tu aurais peut-être raison. Mais pour moi, ce ne serait pas bien. Les websters ne s'enfuient jamais.

— Qu'en sais-tu ? demanda le loup, impitoyable. Tu parles pour ne rien dire en ce moment. Aucun webster n'a encore eu à s'enfuir et si aucun webster n'a eu à s'enfuir, comment sais-tu que jamais...

— Oh ! assez, dit Peter.

Il gravirent en silence le sentier rocailleux.

— Quelque chose nous suit, dit Lupus.

— C'est de l'imagination, dit Peter. Qu'est-ce qui pourrait bien nous suivre ?

— Je ne sais pas, mais...

— Tu sens quelque chose ?

— A vrai dire, non.

— Tu entends, tu vois quelque chose ?

— Non, non, mais...

— Alors, rien ne nous suit, déclara Peter d'un ton catégorique. D'ailleurs on ne voit jamais plus aucune créature suivre de piste.

Le clair de lune se coulait entre les arbres, tachant de noir et d'argent la forêt. De la vallée de la rivière monta le cancan étouffé de canards qui se disputaient. Une douce brise arriva sur le flanc de la colline, apportant avec elle un pan de brume venant de la rivière.

La corde de l'arc de Peter s'accrocha dans un buisson et il dut s'arrêter pour la dégager. Ce faisant, il fit tomber par terre quelques flèches et se baissa pour les ramasser.

— Tu ferais mieux de trouver un autre moyen de trimbaler tout cet attirail, grommela Lupus. Tu passes ton temps à t'accrocher et à tout faire tomber...

— J'y ai réfléchi, dit Peter sans se démonter. Une sorte de sac que je passerais en bandoulière.

Ils grimpaient toujours.

— Que vas-tu faire une fois arrivé à la Maison Webster ? interrogea Lupus.

— Je vais demander à voir Jenkins, dit Peter. Je vais lui raconter ce que j'ai fait.

— Fatso le lui a déjà dit.

— Mais peut-être pas bien. Il a peut-être mal raconté. Fatso était très énervé.

— Il n'est pas très malin, non plus, dit Lupus.

Ils traversèrent une flaque de lune et s'enfoncèrent dans les ténèbres du chemin.

— Je me sens nerveux, dit Lupus. Je vais rentrer. C'est idiot, ce que tu fais. J'ai fait un bout de chemin avec toi, mais...

265

— Eh bien ! rentre, dit Peter, sans douceur. Je ne suis pas nerveux, moi. Je...

Il se retourna brusquement et ses cheveux se dressèrent sur sa tête.

Car il y avait quelque chose, quelque chose dans l'air qu'il respirait, dans son esprit, une troublante et mystérieuse impression de danger, une horrible sensation qui le prenait aux épaules et qui glissait le long de son dos.

— Lupus ! cria-t-il. Lupus !

Un buisson s'agita sur le bord du sentier et Peter se mit à courir, à toutes jambes. Il contourna un taillis et s'arrêta. Il saisit son arc et d'un geste vif prit une flèche dans sa main gauche et la tendit sur la corde.

Lupus était allongé par terre, une partie de son corps dans l'ombre, une partie sous le clair de lune. Sa lèvre retroussée découvrait ses crocs. Une de ses pattes demeurait crispée.

Une forme était penchée au-dessus de lui. Une forme, rien d'autre. Une forme qui crachait furieusement et dont les grognements rageurs retentissaient dans le cerveau de Peter. Le vent agita une branche d'arbre et la lune se montra, éclairant le contour d'un visage, un contour vague comme un dessin à la craie à demi effacé sur un tableau noir : un crâne décharné avec une bouche en mouvement, des yeux bridés et des oreilles hérissées de tentacules.

La corde de l'arc vibra et la flèche s'enfonça dans le visage... elle s'enfonça, passa à travers et retomba sur le sol. Et le visage était toujours là, ricanant.

Une autre flèche tendit la corde de l'arc. Une autre flèche partit, lancée par la détente du noyer bien souple, et lancée aussi par la haine, la peur et tout le dégoût qui s'accumulaient au cœur du tireur.

La flèche vint s'enfoncer au centre du visage crayeux, trembla et tomba par terre.

Une autre flèche. Il tira plus fort cette fois. Plus fort pour pouvoir mieux tuer cette chose qui ne voulait pas mourir quand une flèche la touchait. Qui ralentissait une flèche, la faisait trembler et se laissait traverser par elle.

Il tira sur la corde, plus loin, plus loin. Et puis...
Et puis la corde cassa.

Un instant, Peter resta immobile, son arc inutile dans une main, sa flèche inutile dans l'autre. Et il regardait le petit espace qui le séparait de la forme affreuse vautrée sur le corps gris du loup.

Il n'avait pas peur. Il était désarmé, mais il n'avait pas peur. Seule une colère terrible le secouait et une voix hurlait sans trêve dans sa tête :

TUE — TUE — TUE.

Il jeta l'arc et s'avança, les mains crispées.

La forme recula, saisie de terreur à la vue de cette créature qui marchait vers elle, enflammée d'une haine qui lui tordait les traits. La peur, l'horreur, la forme les avait déjà connues, et aussi une inquiétante résignation, mais cette fois, c'était quelque chose de nouveau. Cela lui cinglait les nerfs comme un coup de fouet, cela lui brûlait le cerveau.

C'était de la haine.

La forme poussa un gémissement et recula en fouillant frénétiquement son cerveau pour y retrouver les symboles de la fuite.

La pièce était vide, vieille et abandonnée. Elle s'emparait du bruit d'une porte qui grinçait pour l'envoyer résonner dans de lointains couloirs d'où il revenait sans fin. C'était un endroit lourd de la poussière de l'oubli, plein de silence des siècles en allés.

Jenkins s'arrêta, la main sur la poignée de la porte, tous les sens de son nouveau corps en alerte. Il n'y avait rien. Rien que le silence, la poussière et le noir. Rien non plus qui indiquât qu'il se fût trouvé là depuis des années autre chose que le silence, la poussière et le noir. Pas trace de pas sur le sol, pas d'empreintes sur la table.

Une vieille chanson, une chanson incroyablement vieille, qui était déjà vieille quand on l'avait forgée, émergea de quelque recoin oublié de son cerveau. Et il fut surpris de la trouver là, surpris de l'avoir jamais connue ; et il se sentit soudain tout empli de mélancolie à l'idée des siècles innombrables qu'éveillait son souvenir, il évoqua avec nostalgie les coquettes maisons blanches perchées sur chaque colline, et les hommes qui aimaient leur terre et qui parcouraient leur domaine avec le calme et la tranquille assurance du propriétaire.

Annie n'habite plus ici.

« C'est stupide, se dit Jenkins. C'est stupide d'être hanté par le souvenir d'une race disparue. Stupide. »

Annie n'habite plus ici.

Qui a tué le Rouge-Gorge ? Moi, dit le moineau...

Il referma la porte derrière lui et s'avança dans la pièce.

Des meubles recouverts d'une couche de poussière attendaient le retour de l'homme qui n'était jamais revenu. Sur les tables étaient posés des outils couverts de poussière, des instruments divers. La poussière recouvrait aussi les titres des livres qui s'alignaient dans la gigantesque bibliothèque.

« Ils sont partis, se dit Jenkins. Et personne n'a su quand ni pourquoi ils sont partis. Ni même où ils sont allés. Ils se sont glissés dans la nuit

268

sans dire à personne qu'ils partaient. Et parfois, j'en suis sûr, en y repensant, ils ricanent : ils ricanent à l'idée que nous les croyons toujours là, ils ricanent en pensant que nous montons toujours la garde au cas où ils sortiraient. »

Il y avait d'autres portes et Jenkins s'approcha de l'une d'elles. La main sur le bouton, il se dit qu'il était inutile de l'ouvrir, inutile de chercher plus avant. Si cette pièce était vieille et vide, il en serait de même des autres.

Il appuya quand même et la porte s'ouvrit et une bouffée de chaleur lui souffla au visage. Derrière, il n'y avait pas une autre pièce. Il n'y avait qu'un désert jaune d'or qui s'étendait jusqu'à un horizon vague et brûlait sous un grand soleil bleu.

Une chose verte et rouge qui aurait pu être un lézard mais qui n'en était sûrement pas un, fila à travers le sable, émettant un sifflement étrange.

Jenkins referma la porte ; il se sentait l'esprit et le corps engourdis.

Un désert, et quelque chose qui courait. Pas une autre pièce, pas un couloir, ni même une véranda : non, un désert.

Et le soleil était bleu et brûlant.

Lentement, avec mille précautions, il ouvrit encore une fois la porte.

Le désert était toujours là.

Jenkins referma la porte et s'adossa contre elle, comme s'il lui fallait toute la force de son corps de métal pour résister au désert, à tout ce qu'impliquaient cette porte et ce désert.

« Oh ! se dit-il, ils étaient malins. Malins et vifs. Beaucoup trop pour des hommes ordinaires. Jamais nous ne nous sommes rendu compte à quel point ils étaient forts. Mais je sais maintenant qu'ils étaient plus forts qu'on ne croyait.

« Cette salle n'est que l'antichambre de nom-

269

breux autres mondes, c'est une porte ouverte sur des espaces impensables où d'autres planètes gravitent autour de soleils inconnus. Un moyen de quitter cette Terre sans jamais la quitter, une façon de traverser le vide en franchissant une porte. »

Il y avait encore d'autres portes, et Jenkins les contempla longuement en hochant la tête.

Il revint à pas lents vers la porte d'entrée. Doucement, soucieux de ne pas troubler la paix de cette salle endormie sous son linceul de poussière, il souleva le loquet et retrouva dehors le monde familier. Le monde de la lune et des étoiles, du brouillard qui montait de la rivière entre les contreforts des collines, des arbres qui échangeaient de douces confidences.

Les souris couraient toujours dans leurs souterrains herbeux, l'esprit occupé de joyeuses pensées de souris, qui étaient à peine des pensées. Une chouette se morfondait, perchée sur un arbre, nourrissant des idées de meurtre.

« Comme la vieille soif de sang est encore près de la surface, se dit Jenkins. Mais nous leur donnons un meilleur départ que celui qu'on a donné à l'Homme ; il est vrai que si l'humanité avait pris un meilleur départ, cela n'aurait sans doute jamais changé grand-chose.

« Et voilà revenu cet antique besoin de sang qu'a l'Homme, cette passion d'être différent, d'être plus fort, d'imposer sa volonté grâce à des inventions de son cru : qui lui font un bras plus fort que le bras ou que la patte de n'importe quelle autre créature, qui lui donnent une mâchoire plus solide que les autres et qui lui permettent de frapper et de blesser plus loin que son bras ne peut atteindre.

« Je croyais que je pourrais servir à quelque

270

chose. C'est pour cela que je suis venu ici. Et je ne peux rien faire.

« Rien. Car les Mutants étaient les seuls qui auraient pu nous aider et ils ont disparu.

« A toi de te débrouiller, Jenkins, se dit-il, en descendant les marches de l'escalier. A toi d'arrêter les hommes. Il faut que tu réussisses à les changer. Tu ne peux pas les laisser gâcher ce que les Chiens sont en train d'entreprendre. Tu ne peux pas les laisser faire à nouveau de ce monde un monde de l'arc et de la flèche. »

Il traversa les taillis pleins d'ombre au pied de la colline et il perçut soudain dans le sous-bois l'odeur des feuilles mortes d'automne, et c'était là une sensation neuve pour lui.

Son ancien corps n'avait pas d'organes d'odorat.

Il sentait maintenant, il voyait mieux et il possédait le don de savoir ce que pensait une autre créature, de lire les pensées des ratons laveurs, de deviner les pensées des souris, de déceler des envies de meurtres chez les hiboux et chez les belettes.

Soudain une autre sensation le frappa : il perçut un hurlement de terreur, un hurlement totalement étranger, un souffle de haine.

Cela traversa son cerveau et d'abord il s'arrêta net, puis bientôt il se mit à courir, à dévaler la colline, non pas comme un homme pourrait courir dans le noir, mais comme court un robot qui voit clair la nuit et dont la force métallique ignore l'essoufflement.

C'était de la haine et il ne connaissait qu'une sorte de haine qui pût être ressentie de cette façon.

Tandis qu'il remontait à grands pas le sentier, cela se précisa, s'affirma et il sentit la peur l'envahir : il avait peur de ce qu'il allait trouver.

Il contourna un taillis et s'arrêta net.

L'homme s'avançait, les poings serrés, et l'arc brisé gisait sur le sol. Le corps gris du loup était allongé par terre, moitié dans le clair de lune, moitié dans l'ombre, et une forme vague s'éloignait du corps, une chose qui était mi-ombre et mi-lumière, qu'on distinguait à peine, comme une de ces créatures fantomatiques qu'on rencontre parfois au hasard d'un rêve.

— Peter ! cria Jenkins, mais aucun son ne sortit de sa bouche.

Car il sentait la terreur frénétique qui déferlait sur le cerveau de cette créature indistincte, une terreur qui tranchait sur la haine de l'homme, lequel avançait toujours vers elle. La créature était terrifiée et elle faisait un effort immense, désespéré, pour retrouver, pour se rappeler quelque chose.

L'homme était presque sur la créature maintenant, il marchait très droit, avec son corps chétif, ses poings ridicules et son courage. Car il avait du courage, reconnut Jenkins, un courage qui le ferait s'attaquer à l'enfer s'il le fallait.

Et puis la créature retrouva ce qu'elle cherchait frénétiquement, elle se rappela ce qu'il fallait faire. Jenkins sentit le soulagement qui s'empara d'elle, il entendit la formule qu'elle prononça : moitié mots, moitié symboles. On aurait dit un tour de sorcellerie, une incantation, mais ce n'était pas tout à fait cela quand même. C'était plutôt un exercice mental, une pensée qui commandait au corps, une pensée qui devait être plus proche de la vérité.

Car le charme opéra.

La créature disparut. Elle disparut du monde.

Il ne resta plus une trace de sa présence, pas même une vibration. On aurait dit qu'elle n'avait jamais été.

Et la chose qu'elle avait dite, la chose qu'elle

avait pensée s'en était allée aussi. D'un seul coup...

Jenkins sursauta. La formule s'était imprimée dans son esprit, et il la savait maintenant, il savait le mot qu'il fallait dire, la pensée qu'il fallait évoquer, l'inflexion qu'il fallait avoir. Mais il ne devait pas s'en servir, il devait l'oublier afin de ne pas en révéler le secret.

Car la formule avait agi sur le horla. Et elle agirait sur lui. Il savait qu'elle agirait.

L'homme s'était retourné et il était là, les bras ballants, qui dévisageait Jenkins.

Dans la tache pâle que faisait son visage dans l'ombre, ses lèvres remuèrent :

— Vous... vous...

— Je suis Jenkins, lui dit Jenkins. C'est mon nouveau corps.

— Il y avait quelque chose là, dit Peter.

— C'était un horla, dit Jenkins. Josué m'avait dit qu'un horla avait réussi à passer.

— Il a tué Lupus, dit Peter.

— Oui, il a tué Lupus, acquiesça Jenkins. Et il en a tué bien d'autres. C'était lui qui était responsable de tous ces meurtres.

— Et je l'ai tué, dit Peter. Je l'ai tué... ou fait partir... je ne sais pas.

— Tu lui as fait peur, dit Jenkins. Tu étais plus fort que lui. Il a pris peur, et il est reparti pour le monde d'où il vient.

— J'aurais pu le tuer, fit Peter, mais la corde a cassé...

— La prochaine fois, dit tranquillement Jenkins, tu prendras une corde plus solide. Je te montrerai comment on fait. Et tu mettras une pointe d'acier à ta flèche...

— A ma quoi...

— A ta flèche. Le bâton que tu lances s'appelle une flèche. Le bois et la corde dont tu te sers pour la lancer forment un arc. L'ensemble s'appelle un arc et une flèche...

— On en a donc déjà fait, dit Peter, déçu. Je ne suis pas le premier ?

Jenkins secoua la tête :

— Non, tu n'es pas le premier.

Il s'approcha et posa une main sur l'épaule de Peter :

— Viens à la maison avec moi, Peter.

Peter secoua la tête :

— Non. Je vais rester ici avec Lupus jusqu'au matin. Alors, j'appellerai ses amis et nous l'enterrerons. (Il leva la tête pour regarder Jenkins droit dans les yeux :) Lupus était un de mes amis. Un grand ami, Jenkins.

— Je sais, dit Jenkins. Mais je te reverrai ?

— Oh ! oui, dit Peter. Je serai au pique-nique webster. C'est la semaine prochaine.

— Oui, en effet, dit Jenkins, comme s'il se parlait à lui-même. En effet. Je te verrai alors.

Sur quoi il fit demi-tour et remonta lentement la colline.

Peter s'assit auprès du loup mort, attendant l'aube. Parfois il levait la main pour s'essuyer les joues.

Assis en demi-cercle, ils écoutaient attentivement Jenkins.

— Faites bien attention maintenant, dit Jenkins. C'est très important. Faites bien attention, concentrez votre pensée et serrez bien fort ce que vous avez à la main : les paniers à provisions, les arcs, les flèches et tout.

— C'est un nouveau jeu, Jenkins ? fit une des filles en riant.

— Oui, dit Jenkins, si vous voulez. Je crois que c'est cela, oui : un nouveau jeu. Un jeu passionnant, absolument passionnant.

274

— Jenkins invente toujours un nouveau jeu pour le pique-nique webster, dit quelqu'un.

— Et maintenant, dit Jenkins, faites bien attention. Regardez-moi et essayez de deviner à quoi je pense...

— C'est un jeu de devinette ! s'exclama l'une des petites filles. J'adore les devinettes.

Jenkins esquissa un sourire.

— Voilà, dit-il. C'est exactement cela : un jeu de devinettes. Et maintenant, si vous voulez bien faire attention et me regarder...

— Je voudrais essayer ces arcs et ces flèches, dit un des hommes. Quand ce sera fini, nous pourrons les essayer, n'est-ce pas, Jenkins ?

— Oui, dit Jenkins, d'un ton patient, quand ce sera fini, vous pourrez les essayer.

Il ferma les yeux et sa pensée alla chercher chacun d'eux, visitant l'un après l'autre ces esprits tendus vers le sien.

« Plus fort, pensa Jenkins. Plus fort ! Plus fort ! »

Un frisson lui traversa l'esprit et il le chassa. Ce n'était pas de l'hypnotisme, ce n'était pas encore de la télépathie, mais c'était ce qu'il pouvait faire de mieux. Une sorte de groupage, de rassemblement des esprits ; et tout cela présenté comme s'il s'agissait d'un jeu.

Lentement, soigneusement, il tira des profondeurs de son cerveau le symbole qu'il y avait enfoui, les mots, la pensée, l'inflexion. Il les fit l'un après l'autre passer dans sa conscience. Il attendit un moment et sentit les autres esprits entrer en contact avec le sien. Et puis il pensa tout haut, comme il l'avait vu faire au horla sur la colline.

Et il ne se passa rien. Absolument rien. Il n'y eut aucun déclic dans son cerveau. Pas non plus d'impression de chute. Pas de vertige. Rien.

Ainsi donc, il avait échoué. C'était fini. La partie était terminée.

Il ouvrit les yeux et vit que la colline n'avait pas changé. Le soleil brillait toujours et le ciel était toujours là.

Il ne bougea pas et il sentit leurs regards peser sur lui.

Tout était comme avant.

Et pourtant...

Là où s'épanouissait auparavant le massif d'arbres à thé, il y avait une marguerite. A son côté, il aperçut un plant de roses qui, quand il avait fermé les yeux, n'était pas là.

— C'est tout ? demanda la fillette au rire niais, visiblement désappointée.

— C'est tout, dit Jenkins.

— On peut essayer les arcs et les flèches maintenant ? demanda un des jeunes gens.

— Oui, dit Jenkins, mais faites attention. Ne vous tirez pas les uns sur les autres. C'est dangereux. Peter va vous montrer.

— Nous allons déballer les provisions, dit une des femmes. Vous avez apporté un panier, Jenkins ?

— Oui, dit Jenkins. C'est Esther qui l'a. Elle le tenait quand nous avons commencé à jouer.

— Oh ! que c'est gentil, dit la femme. Tous les ans vous nous faites une surprise.

« Et tu vas voir la surprise cette année, se dit Jenkins. Tu vas être bien étonnée de trouver dans mon panier de petits paquets de graines, tous proprement étiquetés.

« Car nous aurons besoin de graines. Nous allons avoir à planter de nouveaux jardins, de nouveaux champs, pour faire pousser une fois de plus de quoi vivre. Et il nous faudra des arcs et des flèches pour nous procurer de la viande. Et des lances et des hameçons pour pêcher du poisson. »

D'autres petites différences commençaient à apparaître : la façon dont un arbre était penché au bord d'un pré.

La rivière, au fond de la vallée, faisait un nouveau coude.

Jenkins écoutait les cris des hommes et des garçons qui essayaient les arcs et les flèches, il entendait le bavardage des femmes qui étendaient la nappe sur le sol et déballaient les provisions.

« Il faudra que je leur dise bientôt, songea-t-il. Il faudra que je leur dise de ne pas gaspiller la nourriture, de ne pas tout engloutir en un seul festin. Car nous aurons besoin de ces provisions pour nous permettre de passer un jour ou deux, le temps de trouver des racines comestibles, d'attraper du poisson, de cueillir des fruits.

« Oui, très bientôt, il va falloir que je leur annonce la nouvelle. Que je leur dise qu'ils sont libres. Que je leur explique pourquoi. Que je leur dise de s'en aller et d'en faire à leur tête. Car ce monde-ci est un monde tout neuf.

« Il faut aussi que je leur parle des horlas.

« Mais ce n'est pas le plus important. L'homme sait s'y prendre, il a une façon bien à lui de s'y prendre. De se débarrasser de tout ce qui se dresse sur son chemin. »

Jenkins soupira.

« Seigneur, ayez pitié des horlas », pensa-t-il.

Notes sur le huitième conte

On se demande si le huitième et dernier conte n'est pas surajouté et postérieur à la légende.

Dans sa structure même, il est acceptable, mais le style n'est pas aussi riche que celui des contes précédents. En outre, l'aspect fiction en est trop marqué. La construction en est trop habile, et elle reprend avec trop de bonheur les thèmes déjà traités.

Par contre, s'il est difficile de trouver le moindre fondement historique aux autres récits, dont le caractère légendaire est manifeste, il n'en est pas de même ici.

Il est de notoriété publique que l'un des mondes fermés a précisément été fermé parce que c'est un monde de fourmis, et ce depuis des générations.

On ne possède aucune preuve permettant d'affirmer que c'est sur le monde des fourmis que les Chiens ont commencé à ériger le leur, mais rien non plus ne permet d'affirmer le contraire. Le fait qu'on n'ait encore découvert aucun monde qui puisse se prétendre le monde originel semblerait indiquer que le monde des fourmis pourrait bien être celui qu'on appelait la Terre.

S'il en est ainsi, on peut abandonner à jamais tout espoir de découvrir de nouvelles preuves quant à l'origine de la légende, car si elles existent c'est sans conteste sur ce monde premier. C'est là seulement qu'on pourrait espérer trouver la réponse au problème fondamental de l'existence réelle ou non de l'Homme. Si le monde des fourmis est bien la Terre, alors la cité fermée de Genève et la maison du Mont Webster sont à jamais perdues pour nous.

UN MOYEN BIEN SIMPLE

Archie, le petit raton laveur renégat, était tapi sur le flanc de la colline, essayant d'attraper les choses minuscules qui se hâtaient dans l'herbe. Rufus, le robot d'Archie, s'efforçait de lui parler, mais Archie était trop occupé et ne répondait pas.

Homer, lui, fit une chose qu'aucun Chien n'avait faite avant lui. Traversant la rivière, il pénétra dans le camp des robots sauvages, non sans crainte d'ailleurs, car il ignorait quelle serait la réaction des robots en le voyant. Mais il était encore plus soucieux qu'effrayé, aussi continua-t-il son chemin.

Au fond d'un refuge perdu, les fourmis rêvaient d'un monde qui dépassait leur entendement. Et elles se hâtaient vers ce monde, pleines d'un dessein que ni Chien, ni robot, ni homme ne pouvait comprendre.

A Genève, Jon Webster terminait sa dix millième année d'animation suspendue et continuait son sommeil, sans un mouvement. Dans la rue, une brise errante faisait bruire les feuilles sur les boulevards, mais personne n'était là pour entendre le murmure des feuilles ni pour suivre leur course dans le vent.

Jenkins descendit la colline sans regarder à gauche ni à droite, car il préférait ne pas voir certaines choses. Un arbre se dressait là où dans un autre monde un autre arbre se trouvait planté. Là s'étendait le terrain dont des millions de pas avaient imprimé l'image dans son cerveau, dix mille ans plus tôt.

Et en prêtant l'oreille, on aurait pu entendre l'écho d'un rire retentir du fond des âges... le rire sardonique d'un nommé Joe.

Archie attrapa une des petites choses qui trottaient dans l'herbe et la saisit dans sa patte qui se referma sur elle. Puis il souleva avec précaution sa patte et l'ouvrit : il aperçut la petite créature qui courait dans tous les sens, en cherchant à s'échapper.

— Archie, dit Rufus, tu ne m'écoutes pas.

La petite créature affolée plongea dans le pelage d'Archie et remonta prestement le long de son membre antérieur.

— C'était peut-être une puce, dit Archie. (Il s'assit et se gratta le ventre.) Une nouvelle espèce de puce, dit-il, songeur. Mais j'espère bien que non. Il y avait déjà bien assez de puces ordinaires.

— Tu ne m'écoutes pas, répéta Rufus.

— Je suis occupé, dit Archie. L'herbe grouille de ces petites choses. Il faut que je trouve ce que c'est.

— Je te quitte, Archie.

— Quoi ?

— Je te quitte, dit Rufus. Je vais au Building.

— Tu es fou ! tonna Archie. Tu ne peux pas me faire une chose pareille. Tu es très bizarre depuis que tu es tombé sur cette fourmilière...

— J'ai entendu l'Appel, dit Rufus. Il faut que je parte.

— J'ai toujours été bon avec toi, plaida le raton laveur. Je ne t'ai jamais fait trop travailler. Tu as toujours été un copain pour moi plutôt qu'un robot. Je t'ai toujours traité comme un animal.

Rufus secoua la tête d'un air buté :

— Tu ne peux pas me faire rester, dit-il. Tu auras beau dire, je ne pourrai pas rester. J'ai entendu l'Appel, et il faut que je parte.

— Ce n'est pas comme si je pouvais trouver un autre robot, insista Archie. Ils ont tiré mon numéro et je me suis enfui. Je suis un déserteur, tu le sais bien. Tu sais que je ne pourrai pas trouver d'autre robot avec les gardiens qui me surveillent.

Rufus restait muet.

— J'ai besoin de toi, lui dit Archie. Il faut que tu restes pour m'aider à déterrer des vers. Je ne peux aller à aucun poste de ravitaillement, sinon les gardiens me mettront le grappin dessus pour m'envoyer au Mont Webster. Il faut que tu m'aides à me creuser un terrier. Il n'aura pas la lumière ni le chauffage, mais il m'en faut un. Et il faut que...

Rufus avait tourné les talons et descendait la colline en se dirigeant vers le sentier qui longeait la rivière, vers la tache sombre, là-bas, à l'horizon.

Archie s'assit, se recroquevillant contre la morsure du vent. La bise était plus froide qu'elle ne l'était une heure auparavant. Et ce n'était pas seulement une question de température.

Son regard fouilla le versant de la colline : pas trace de Rufus.

Rien à manger, pas de terrier, plus de robot. Les gardiens à ses trousses. Et harcelé par les puces.

Et le Building qui faisait une tache sombre sur les collines d'en face, de l'autre côté de la rivière.

Cent ans plus tôt, disait-on pourtant, le Building n'était pas plus grand que la Maison Webster.

Mais il avait grandi depuis... et il n'était pas

fini. D'abord il avait couvert quelques centaines de mètres carrés, puis plusieurs hectares. Maintenant il était aussi grand qu'une ville. Et il continuait à se développer, à s'étendre et à monter plus haut dans le ciel.

Cela faisait une tache parmi les collines, une tache dont la vue terrifiait les superstitieux habitants de la forêt. Et dont le nom seul calmait aussitôt le petit chat, le lionceau, le jeune renard.

Car il y avait quelque chose de mauvais dans le Building... une présence mauvaise que les sens ordinaires ne pouvaient déceler, mais dont on avait l'intuition. Et surtout au cœur de la nuit, au moment où les lumières étaient éteintes, où le vent sifflait à l'orifice du terrier, et où les autres animaux dormaient tandis qu'éveillé, l'oreille tendue, on écoutait la pulsation de l'*Autre* résonner entre les mondes.

Archie clignota dans le soleil automnal et se gratta furtivement le flanc.

Peut-être qu'un jour quelqu'un trouvera un moyen de se débarrasser des puces, se dit-il. Un produit dont on s'enduira et qui les éloignera. Ou une façon de les raisonner, de les toucher et de discuter avec elles. On pourrait peut-être installer une réserve où on les parquerait et où on les nourrirait sans qu'elles viennent incommoder les animaux. Une solution, enfin.

Pour l'instant, on ne pouvait pas faire grand-chose. On se grattait. Votre robot vous les ôtait, mais généralement il enlevait plus de poils que de puces. On se roulait dans le sable ou dans la poussière. On allait prendre un bain et on en noyait quelques-unes... enfin, non, on ne les noyait pas ; on s'en débarrassait dans l'eau et si d'aventure quelques-unes d'entre elles se noyaient, eh bien ! c'était de la malchance, voilà tout.

284

Votre robot vous les ôtait... mais maintenant il n'avait plus de robot.

Plus de robot pour lui chercher les puces.

Plus de robot pour l'aider à trouver sa pâture.

Archie se souvint qu'il y avait un bouquet de pruniers sauvages en bas, dans la vallée ; la gelée de la nuit dernière n'aurait sans doute pas épargné les fruits. A la pensée des prunes, il se lécha les babines. Et juste derrière la corniche, il y avait un champ de blé. Pour peu que l'on fût assez vif et qu'on choisît bien son moment, on pouvait sans difficulté voler un épi. Et en mettant les choses au pire, il restait toujours les racines, les glands et les raisins sauvages près du banc de sable.

« Bah, se dit Archie, que Rufus aille où bon lui semble. Que les Chiens continuent à entretenir leurs postes de ravitaillement. Et que les gardiens s'amusent à surveiller si cela leur chante. »

Lui vivrait à sa guise. Il se nourrirait de fruits, il déterrerait des racines, ferait des razzias dans les champs de blé, tout comme ses lointains ancêtres avaient mangé des fruits, déterré des racines, ravagé les champs.

Il vivrait comme avaient vécu les autres ratons laveurs avant que les Chiens viennent répandre leurs idées de Fraternité Animale. Comme vivaient les animaux avant de pouvoir s'exprimer en mots, de pouvoir lire les livres fournis par les Chiens, du temps qu'ils n'avaient pas de robots pour leur servir de mains et que leurs terriers n'avaient pas encore la lumière ni le chauffage.

Et avant qu'il n'existât une loterie pour décider si vous restiez sur Terre ou si vous alliez dans un autre monde.

Les Chiens s'étaient montrés très persuasifs, Archie s'en souvenait, très mielleux. Il fallait, disaient-ils, que certains animaux s'en aillent dans d'autres mondes, sinon il y aurait trop d'animaux sur Terre. La Terre, disaient-ils, n'était pas assez vaste pour tout le monde. Et la loterie était le moyen le plus équitable qu'ils eussent trouvé pour décider qui s'en irait dans les autres mondes.

Et d'ailleurs, disaient-ils, les autres mondes ressembleraient beaucoup à la Terre. Car ce n'étaient que des extensions de la Terre. Ils suivaient les traces de la Terre. Ils ne lui étaient pas rigoureusement identiques, peut-être, mais en tout cas très voisins. Il y avait simplement çà ou là une petite différence, minime vraiment. Peut-être y avait-il un arbre à un endroit où sur Terre il n'y en avait pas. Un chêne là où sur Terre il se trouvait un châtaignier. Une source d'eau vive là où sur Terre il n'y en avait pas.

Peut-être, lui avait dit Homer, devenant lyrique, peut-être le monde dans lequel on l'enverrait serait-il encore mieux que la Terre.

Accroupi sur le versant de la colline, Archie sentait la tiédeur du soleil automnal percer le froid mordant du vent. Il pensa aux prunes, noires et sucrées. Elles seraient douces et charnues et quelques-unes seraient tombées par terre. Il les mangerait et puis il grimperait dans l'arbre pour en cueillir d'autres et il redescendrait pour manger celles qu'il avait fait choir en grimpant.

Il les mangerait, et s'en barbouillerait la figure.

Du coin de l'œil il aperçut les petites choses qui grouillaient dans l'herbe. On aurait dit des fourmis, seulement ce n'étaient pas des fourmis. Du moins n'avait-il jamais vu de fourmis comme celles-là.

C'étaient peut-être des puces. Une nouvelle espèce de puces.

Il allongea la patte et en saisit une. Il la sentit courir contre sa paume. Il ouvrit sa patte et la vit trotter. Il la porta à son oreille et écouta.

La chose qu'il avait attrapée faisait tic tac !

Le camp de robots sauvages n'était pas du tout ce que Homer avait imaginé. Il n'y avait pas de bâtiments, mais des rampes de lancement et trois astronefs, dont l'un sur lequel s'affairaient une douzaine de robots.

« Mais, à la réflexion, se dit Homer, il n'y a rien de surprenant à ce qu'il n'y ait pas de constructions dans un camp de robots. Car les robots n'ont pas besoin d'abri et les maisons ne servent à rien d'autre. »

Homer avait peur, mais s'efforçait de n'en rien montrer. Il releva la queue en panache, redressa la tête et les oreilles et trotta sans hésitation vers le petit groupe de robots. Parvenu auprès d'eux il s'assit, tira la langue et attendit que l'un d'eux lui adresse la parole.

Mais comme personne ne disait rien, il rassembla tout son courage et engagea la conversation.

— Je m'appelle Homer, dit-il, et je représente les Chiens. Si vous avez un robot chef, je voudrais lui parler.

Les robots continuèrent leur travail pendant près d'une minute, puis l'un d'eux finit par se retourner et vint s'asseoir auprès de Homer si bien que sa tête était au même niveau que celle du Chien. Les autres robots poursuivirent leur travail comme si de rien n'était.

— Je suis un robot du nom de Andrew, dit le robot lorsqu'il fut tout près de Homer, et je ne suis pas comme tu dis le robot chef, car cela n'existe pas chez nous. Mais je peux te parler.

— Je suis venu vous voir au sujet du Building, dit Homer.

— Sans doute, dit le robot nommé Andrew, veux-tu parler de cet édifice qui est au nord-est de notre camp, celui qu'on voit là-bas, derrière nous.

287

— C'est cela, dit Homer. Je suis venu vous demander pourquoi vous le construisiez.

— Mais ce n'est pas nous qui le construisons, dit Andrew.

— Nous avons vu des robots y travailler.

— Oui, quelques robots travaillent là-bas. Mais ce n'est pas nous qui le construisons.

— Vous aidez quelqu'un alors ?

Andrew secoua la tête :

— Certains d'entre nous reçoivent un appel... qui les pousse à aller travailler là-bas. Nous n'essayons pas de les retenir, car nous sommes tous libres.

— Mais qui construit ce Building ? demanda Homer.

— Les fourmis, dit Andrew.

Homer demeura la gueule béante.

— Les fourmis ? Vous voulez dire les insectes. Les petites choses qui vivent dans les fourmilières ?

— Exactement, dit Andrew.

Il fit trotter ses doigts dans le sable pour imiter la marche des fourmis.

— Mais elles seraient incapables de construire un édifice pareil, protesta Homer. Elles sont stupides.

— Plus maintenant, dit Andrew.

Homer demeura pétrifié et sentit un frisson de terreur le parcourir.

— Plus maintenant, répéta Andrew. Elles ne sont plus stupides. Tu comprends, il était une fois un homme du nom de Joe...

— Un homme ? Qu'est-ce que c'est que ça ? interrompit Homer.

Le robot eut un petit gloussement, comme s'il se moquait gentiment de Homer.

— Les hommes étaient des animaux, dit-il. Des

288

animaux qui marchaient sur deux pattes. Ils nous ressemblaient beaucoup, à ceci près qu'ils étaient de chair et que nous sommes de métal.

— Vous voulez sans doute parler des websters, dit Homer. Nous connaissons ces créatures, mais nous les appelons des websters.

Le robot hocha lentement la tête :

— Oui, les websters étaient peut-être des hommes. Il y avait une famille qui portait ce nom. Ils habitaient de l'autre côté de la rivière.

— Il existe un endroit qui s'appelle la Maison Webster, dit Homer. Sur le Mont Webster.

— C'est là, dit Andrew.

— Nous l'entretenons, dit Homer. C'est un lieu sacré pour nous, mais nous ne savons pas exactement pourquoi. C'est une tradition qui s'est perpétuée... il faut entretenir la Maison Webster.

— Ce sont les websters, lui dit Andrew, qui ont appris aux Chiens à parler.

— Personne ne nous a appris à parler, fit Homer sèchement. Nous avons appris tout seuls. Nous nous sommes développés au cours des âges et nous avons enseigné la parole aux autres animaux.

Andrew, le robot, hochait la tête d'un air songeur.

— Dix mille ans, dit-il. Non, plus près de douze. Ou peut-être onze.

Homer se taisait, il sentait le poids des années qui pesait sur les collines... les années qu'avaient connues le soleil, et la rivière, et le sable, et le vent, et le ciel.

Et Andrew aussi.

— Vous êtes vieux, dit-il. Vous vous souvenez d'un temps si éloigné ?

— Oui, dit Andrew. Je suis l'un des derniers robots de fabrication humaine. On m'a forgé quelques années avant leur départ pour Jupiter.

Homer gardait le silence, mille pensées tumul-tueuses s'agitaient dans son cerveau.

L'homme... un mot nouveau.

Un animal qui marchait sur deux pattes.

Un animal qui avait fabriqué les robots, appris aux Chiens à parler.

Et, comme s'il lisait dans la pensée de Homer, Andrew dit :

— Vous n'auriez pas dû vous tenir à l'écart. Nous aurions pu travailler ensemble. Nous l'avons fait jadis. Nous y aurions gagné les uns et les autres.

— Nous avions peur de vous, dit Homer. J'ai encore peur de vous.

— Oui, dit Andrew. C'est bien ce que je pen-sais. Je suppose que c'est Jenkins qui vous a habi-tués à avoir peur de nous. Oh ! il était malin, Jen-kins. Il savait que vous deviez partir de zéro. Il savait que vous ne deviez pas traîner le souvenir de l'Homme comme un boulet.

Homer ne répondit rien.

— Et nous, dit le robot, nous ne sommes rien de plus que le souvenir de l'Homme. Nous faisons ce qu'il faisait, mais plus scientifiquement, car, comme nous sommes des machines, nous som-mes forcément scientifiques. Nous sommes plus patients aussi que l'Homme, car nous avons l'éter-nité devant nous et lui n'avait que quelques an-nées.

Andrew traça deux lignes sur le sable, puis deux autres perpendiculaires aux deux premières. Dans le carré inachevé en haut et à gauche, il traça une croix.

— Tu crois que je suis fou, dit-il. Tu te figures que je dis n'importe quoi.

Homer se tortilla sur le sable.

— Je ne sais que penser, dit-il. Après tant d'an-nées...

Andrew traça du doigt un rond dans le carré central.

— Je sais, dit-il. Toutes ces années, vous les avez vécues dans un rêve. Avec l'idée que les Chiens étaient les animateurs du bal. Et les faits sont difficiles à comprendre, difficiles à concilier avec cette croyance. Tu ferais peut-être aussi bien d'oublier ce que je t'ai dit. Les faits sont parfois pénibles. Le robot doit s'appuyer sur eux, car c'est la seule base de travail qu'il possède. Nous ne pouvons pas rêver, nous, tu sais. Nous n'avons que les faits.

— Voilà longtemps que nous avons dépassé le stade des faits, dit Homer. Non pas que nous ne les utilisions jamais ; si, cela nous arrive. Mais nous avons d'autres méthodes : nous nous servons de notre intuition, des horlas, nous écoutons.

— Vous n'avez pas l'esprit mécanique, dit Andrew. Pour vous, deux et deux ne font pas toujours quatre, mais pour nous ils doivent toujours faire quatre. Et je me demande parfois si la tradition ne nous aveugle pas. Je me demande quelquefois si deux et deux ne peuvent pas faire quelque chose d'un peu supérieur ou d'un peu inférieur à quatre.

Ils se turent tous deux et leurs regards se tournèrent vers la rivière, dont le sillon argenté traversait la verdure.

Andrew traça une croix dans le coin en haut à droite, un rond en haut au milieu, et une croix au centre en bas. Puis, du dos de la main, il effaça tout.

— Je ne gagne jamais, dit-il. Je suis trop fort pour moi.

— Vous me parliez des fourmis, dit Homer. Vous me disiez qu'elles n'étaient plus stupides.

— Oh ! oui, dit Andrew. Je te parlais d'un homme du nom de Joe...

Jenkins marchait à grands pas sur la colline, sans regarder à droite ni à gauche, car il préférait ne pas voir certaines choses, certaines choses dont il gardait un souvenir trop vivace. Un arbre se dressait là où dans un autre monde se dressait un arbre d'une autre sorte. Là s'étendait le terrain dont des millions de pas avaient imprimé l'image dans son cerveau dix mille ans plus tôt.

Le pâle soleil hivernal vacilla dans le ciel, comme la flamme d'une bougie dans le vent, et quand la lumière redevint régulière, elle ne venait plus du soleil, mais de la lune.

Jenkins se retourna soudain : la maison était là... basse et allongée sur le sommet de la colline, comme un jeune animal endormi blotti contre le flanc maternel de la Terre.

Jenkins hésita, puis reprit sa marche et son corps métallique se mit à étinceler au clair de lune, qui un instant plus tôt était la clarté du soleil.

De la vallée de la rivière monta le cri d'un oiseau de nuit ; dans un champ de blé juste derrière la corniche, un raton laveur pleurnichait.

Jenkins fit un nouveau pas en avant en souhaitant de toutes ses forces que la maison restât où elle était... il savait pourtant bien que c'était impossible, puisqu'elle n'était pas là. Car le sommet de cette colline n'avait jamais vu de maison. C'était un autre monde dans lequel il n'existait pas de maison.

La maison était toujours là, sombre et silencieuse ; il ne sortait aucune fumée de la cheminée, on ne voyait pas de lumière aux fenêtres, mais ses contours demeuraient parfaitement reconnaissables.

Jenkins avançait lentement, à pas prudents, il avait peur que la maison ne disparût.

Mais la maison resta là. Et ce n'était pas tout. L'arbre qu'il y avait dans le coin aurait dû être un orme et maintenant c'était un chêne, comme avant. Et au ciel brillait la lune d'automne et non plus le soleil d'hiver. La brise soufflait de l'ouest et non plus du nord.

« Il est arrivé quelque chose, se dit Jenkins. Cette chose que je sentais croître en moi, que je ne comprenais pas. Est-ce une faculté nouvelle qui se développe ? Un sens nouveau qui voit enfin le jour ? Ou bien un pouvoir que je n'aurais jamais rêvé avoir ?

« La faculté de passer à volonté d'un monde à l'autre. D'aller à mon gré par le chemin le plus court que le jeu des circonstances et des lignes de force peut tracer pour moi. »

Il avança d'un pas plus assuré et la maison demeura là, solide et sans peur.

Il traversa le patio envahi par l'herbe et s'arrêta devant la porte.

Il leva une main hésitante, la posa sur la poignée. La poignée était bien là. Ce n'était pas un fantôme de poignée, mais un corps dur et métallique.

Il la manœuvra lentement, la porte s'ouvrit et il franchit le seuil.

Au bout de cinq mille ans, Jenkins rentrait à la maison, à la Maison Webster.

Ainsi donc, il existait un homme du nom de Joe. Pas un webster, un homme. Car un webster était la même chose qu'un homme. Et les Chiens n'avaient pas été les premiers.

Homer était allongé devant le feu, masse détendue de poils, de chair et d'os, les pattes devant lui et la tête posée sur les pattes. À travers ses paupières mi-closes, il voyait le feu et les ombres dansantes, il sentait la chaleur des bûches pénétrer sa fourrure.

Mais dans son esprit il gardait la vision du robot accroupi sur le sable et des collines sur lesquelles pesaient les ans.

Andrew s'était accroupi sur le sable et il avait parlé, tandis que le soleil automnal faisait briller ses épaules... il avait parlé des hommes et des chiens et des fourmis. Il avait parlé de quelque chose qui s'était produit du vivant de Nathanael, et il y avait bien longtemps de cela, puisque Nathanael était le premier chien.

Il y avait eu un homme du nom de Joe... un mutant... un surhomme... qui s'était intéressé aux fourmis, douze mille ans auparavant. Qui s'était demandé pourquoi elles étaient allées si loin pour s'arrêter à un point qu'elles n'avaient jamais dépassé, pourquoi elles étaient engagées dans cette impasse.

Peut-être était-ce à cause de la faim, s'était dit Joe... le besoin constant de se procurer de la nourriture. Ou à cause de l'hibernation, peut-être, à cause de la stagnation du sommeil hivernal, qui rompait l'enchaînement de la mémoire et qui obligeait les fourmis à repartir chaque année de zéro.

Aussi, disait Andrew, dont le crâne métallique étincelait au soleil, Joe avait-il choisi une petite fourmilière et s'était-il fixé la mission de jouer le dieu des fourmis, de changer le cours de leur destinée. Il leur avait donné à manger pour leur éviter le souci de trouver de la nourriture. Il avait enfermé leur habitation à l'intérieur d'un dôme de plexiglass et il l'avait chauffée pour qu'elles n'aient pas à hiberner.

Et cela avait réussi. Les fourmis avaient progressé. Elles avaient fabriqué de minuscules chariots, fait fondre les minerais. De cela, on était sûr, parce que les chariots se voyaient et qu'on sentait l'odeur âcre du métal en fusion sortir des cheminées qui hérissaient la fourmilière. Mais ce qu'elles pouvaient faire d'autre, ce qu'elles apprenaient, au fond de leurs tunnels, nul ne pouvait le savoir.

Joe était fou, disait Andrew. Complètement fou... et pourtant, peut-être pas si fou que cela.

Car un jour, il avait brisé le dôme de verre et labouré la fourmilière d'un coup de talon, puis il s'en était allé, sans plus se soucier de ce qu'il advenait des fourmis.

Mais les fourmis, elles, s'en souciaient.

La main qui avait brisé le dôme, le pied qui avait anéanti la fourmilière avaient mis les fourmis sur le chemin de la grandeur. Ils les avaient forcées à combattre pour sauvegarder ce qu'elles avaient, pour empêcher le destin de les enfermer à nouveau dans une impasse.

Un véritable coup de pied aux fesses, disait Andrew, une de ces taloches qui vous remettent dans le droit chemin.

Douze mille ans plus tôt, c'était une fourmilière anéantie par un coup de pied. Et aujourd'hui, c'était devenu une puissante construction qui se développait chaque année. Un building qui, en l'espace d'un siècle, avait pris les proportions d'une ville, qui d'ici cent ans couvrirait l'étendue de cent villes. Qui croîtrait et s'emparerait de la Terre, laquelle n'appartenait pas aux fourmis, mais aux animaux.

Un building... et bien qu'on lui eût dès le début donné ce nom, ce n'était pas tout à fait cela. Car un building, un immeuble, c'était un abri, un endroit où l'on trouvait refuge contre le froid et la tempête. Or, les fourmis n'avaient pas besoin de cela, puisqu'elles avaient leurs souterrains et leurs fourmilières.

Qu'est-ce qui pouvait pousser une fourmi à bâtir un édifice qui en cent ans avait pris les proportions d'une ville et qui continuait à se développer ? A quoi un tel édifice pouvait-il lui servir ?

Homer enfouit son museau entre ses pattes et émit un sourd grognement.

On ne pouvait pas le concevoir. Car il aurait d'abord fallu savoir ce que pensait une fourmi. Connaître ses ambitions, ses buts. Sonder ses connaissances.

Douze mille ans de connaissance. Douze mille ans depuis un point de départ déjà inconnaissable.

Mais il fallait pourtant savoir. Il devait bien y avoir un moyen.

Car, chaque année, le Building continuerait de croître. Il couvrirait des kilomètres, puis des dizaines, des centaines de kilomètres, toute la surface du monde.

On pouvait se retirer.

« Eh oui ! songea Homer, nous pourrions émigrer sur l'un de ces autres mondes qui nous suivent dans le cours du temps, sur l'un de ces mondes qui marchent sur les talons les uns des autres. Nous pourrions laisser la Terre aux fourmis et il resterait encore de la place pour nous.

« Mais c'est notre patrie, ici. C'est d'ici que viennent les Chiens. C'est ici que nous avons appris à parler aux autres animaux, à penser, à agir de conserve. C'est ici que nous avons créé la Fraternité Animale.

« Car peu importe qui est venu le premier, le webster ou le Chien. Nous sommes chez nous ici. Chez nous, comme le webster est chez lui. Comme les fourmis aussi sont chez elles.

« Et nous devons arrêter les fourmis.

« Il doit y avoir un moyen de les arrêter. On doit pouvoir leur parler, trouver ce qu'elles veulent. Raisonner avec elles. Trouver un terrain d'entente. »

Homer, allongé, immobile devant le foyer, écoutait les bruits de la maison, le doux piétinement des robots au travail, le bavardage assourdi des Chiens dans les étages, le pétillement des flammes qui rongeaient les bûches.

« C'est une bonne vie, songea-t-il. Et nous nous imaginions que c'était nous qui nous l'étions faite. Mais Andrew dit que non. Il dit que nous n'avons pas ajouté un iota aux connaissances mécaniques et logiques que nous avons héritées... et que, au contraire, nous avons beaucoup perdu. Il m'a parlé de chimie et a essayé de m'expliquer ce que c'était, mais je n'ai rien compris. Il m'a dit qu'il s'agissait de l'étude des éléments et des choses qui s'appellent les molécules et les atomes. Et l'électronique... mais il a reconnu que malgré notre ignorance de l'électronique, nous réussissions mieux certaines choses que l'homme qui l'utilisait. Nous aurions pu étudier l'électronique pendant un million d'années, m'a-t-il dit, sans parvenir dans ces autres mondes, sans même en deviner l'existence... et pourtant nous y sommes parvenus, nous avons réussi quelque chose qu'un webster n'a jamais pu réussir.

« Parce que nous ne pensons pas comme les websters. Non, c'est vrai, on dit l'homme, pas le webster.

« Et nos robots. Nos robots ne valent pas mieux que ceux que nous a laissés l'homme. Une infime modification par-ci par-là, mais pas de véritable perfectionnement.

« Qui aurait jamais pu rêver de robots plus perfectionnés ?

« D'un plus bel épi de blé, oui. Ou d'un plus beau châtaignier. Ou d'un plant de riz sauvage qui donnerait davantage de grains. D'un meilleur procédé de préparation de la levure qui remplace la viande.

« Mais d'un robot perfectionné... pourquoi donc, puisqu'un robot fait tout ce que nous pouvons souhaiter ? Pourquoi le perfectionner ?

« Et pourtant... les robots reçoivent un appel et s'en vont travailler au Building, aider à construire une chose qui va nous chasser de la Terre.

« Nous ne comprenons pas. C'est évident. Nous comprendrions si nous connaissions mieux nos robots. Nous pourrions alors nous arranger pour que les robots ne reçoivent pas l'appel ou que, même s'ils le recevaient, ils n'en tiennent pas compte.

« Et ce serait cela la solution, naturellement. Si les robots ne travaillaient pas pour les fourmis, il n'y aurait pas de building. Car sans l'aide des robots, les fourmis ne pourraient pas continuer. »

Une puce passa sur le front de Homer et son oreille se crispa.

« Bien sûr, se dit-il, Andrew pourrait se tromper. Nous avons bien notre légende sur la naissance de la Fraternité Animale, et les robots sauvages la leur sur la chute de l'homme. Et qui peut dire laquelle de ces légendes reflète la vérité ?

« Seulement, l'histoire de Andrew se tient. Il y avait autrefois des Chiens et des robots, et au moment de la chute de l'homme, chacun est allé de son côté... mais nous avons gardé certains robots pour nous servir de mains. Un certain nombre de robots sont restés avec nous, mais aucun Chien n'est resté avec les robots. »

Une mouche attardée dans l'automne déboucha en bourdonnant, et fut stupéfaite à la vue du feu. Elle vint se poser sur la truffe de Homer. Il la foudroya du regard, mais elle se contenta de se frotter insolemment les ailes. Homer lui donna un coup de patte et elle s'envola.

On frappa à la porte.

Homer sursauta et leva la tête.

— Entrez, dit-il enfin.

C'était le robot Ezechiel.

— Ils viennent d'arrêter Archie, dit Ezechiel.

— Archie ?

— Oui, Archie, le raton laveur.

— Ah oui ! dit Homer. Celui qui s'était enfui.

— Il est ici, dit Ezechiel. Vous voulez le voir ?

— Faites-le entrer, dit Homer.

Ezechiel fit un signe du doigt et Archie entra à petits pas. Des teignes collaient à son pelage et il avait la queue pendante. Deux robots gardiens l'encadraient.

— Il a essayé de voler du blé, dit un des gardiens, et nous l'avons repéré, mais nous avons dû le poursuivre longtemps.

Homer s'assit d'un air songeur et fixa Archie qui le regarda droit dans les yeux.

— Ils ne m'auraient jamais attrapé si j'avais encore eu Rufus, dit Archie. Rufus était mon robot, il m'aurait prévenu.

— Et où est Rufus maintenant ?

— Il a reçu l'Appel aujourd'hui, dit Archie, et m'a quitté pour aller au Building.

— Dis-moi, demanda Homer, n'est-il rien arrivé à Rufus avant son départ ? Rien d'extraordinaire ?

— Rien, lui dit Archie. Sinon qu'il est tombé sur une fourmilière. Il était très maladroit. Il passait son temps à se prendre les pieds dans une chose ou dans une autre et à tomber. Ses mouvements étaient mal coordonnés, sans doute un boulon mal vissé quelque part.

Un petit corps noir sauta du nez de Archie et se mit à courir sur le plancher. D'un coup de patte, Archie rattrapa la chose.

— Vous feriez mieux de reculer, dit Ezechiel à Homer. Il grouille de puces.

— Ce n'est pas une puce, dit Archie, furieux. C'est autre chose. J'ai attrapé ça cet après-midi.

299

Ça fait tic tac et ça ressemble à une fourmi, mais ça n'en est pas une.

La chose en question se faufila entre les griffes de Archie, dégringola par terre et se mit à détaler. Archie donna un coup de patte, mais la manqua. La chose atteignit Ezechiel et commença à grimper sur sa jambe.

Homer se leva d'un bond.

— Vite ! cria-t-il. Attrapez-la ! Attrapez-la ! Ne la laissez pas...

Mais la chose avait disparu.

Homer se rassit, lentement. Il parlait d'une voix calme maintenant, presque éteinte.

— Gardes, dit-il, emmenez Ezechiel. Ne le quittez pas, ne le laissez pas s'éloigner. Signalez-moi tous ses faits et gestes.

Ezechiel recula :

— Mais je n'ai rien fait.

— Non, fit Homer doucement. Non, tu n'as encore rien fait. Mais cela ne tardera pas. Tu vas recevoir l'Appel et chercher à nous abandonner pour rejoindre le Building. Et avant de te laisser partir, nous découvrirons ce qui t'a poussé. Ce que c'est et comment cela agit. (Homer se tourna, un sourire aux babines :) Et maintenant, Archie...

Il y avait une fenêtre ouverte et plus de Archie.

Homer s'agita sur son lit de foin, un vague grognement au fond de la gorge.

« Je vieillis, songea-t-il. Trop d'années pèsent sur moi, comme sur les collines. Autrefois, au moindre bruit, j'aurais été debout, aboyant à perdre haleine pour alerter les robots. »

On frappa de nouveau et Homer se leva d'un pas chancelant.

— Entrez ! cria-t-il. Assez de vacarme, entrez.

La porte s'ouvrit et un robot apparut, mais un

robot plus grand que tous ceux que Homer avait jamais vus. Un robot étincelant, énorme et massif, dont le corps poli luisait doucement dans l'ombre. Sur l'épaule du robot était perché Archie, le raton laveur.

— Je suis Jenkins, dit le robot. Je suis revenu ce soir.

Homer avala sa salive et s'assit très lentement.

— Jenkins, dit-il. Oui, il y a des histoires... une légende... tout ça est très, très ancien.

— Seulement une légende ? demanda Jenkins.

— Oui, dit Homer. La légende d'un robot qui s'est occupé de nous. Mais Andrew parlait de Jenkins cet après-midi comme s'il l'avait connu. Et on raconte aussi que les Chiens vous ont donné un corps tout neuf comme cadeau d'anniversaire pour vos sept mille ans, un corps magnifique qui...

Sa voix s'éteignit... car le corps du robot qui venait d'arriver avec le raton laveur perché sur son épaule... ce corps étincelant ne pouvait être que le fameux cadeau d'anniversaire.

— Et la Maison Webster ? demanda Jenkins. Vous entretenez toujours la Maison Webster ?

— Nous l'entretenons toujours, dit Homer. C'est un devoir.

— Et les websters ?

— Il n'y a plus de websters.

Jenkins acquiesça. Il *savait* qu'il n'y avait plus de websters. Les détecteurs de son appareil sensoriel n'avaient pas perçu la moindre vibration de websters. Aucune des créatures avec lesquelles il était entré en contact ne pensait aux websters.

Et c'était bien ainsi.

Il traversa la pièce, se déplaçant, malgré sa masse, d'un pas souple de félin, et Homer sentit la bonté, la chaleur de la créature de métal, et l'impression de sécurité et de force immense qui se dégageait de sa puissante enveloppe.

Jenkins vint s'accroupir auprès de lui.

— Tu as des ennuis, dit Jenkins.

Homer le dévisagea.

— Archie m'a raconté, dit Jenkins. Il m'a dit que tu avais des ennuis avec les fourmis.

— Je suis allé me cacher dans la Maison Webster, dit Archie. J'avais peur qu'on ne me poursuive encore, et je me suis dit que la Maison Webster...

— Tais-toi, Archie, lui dit Jenkins. Tu ne sais pas de quoi il s'agit. Tu me l'as dit toi-même. Tu m'as seulement dit que les Chiens avaient des ennuis avec les fourmis.

Il se tourna vers Homer.

— Je suppose que ce sont les fourmis de Joe, dit-il.

— Ah! vous aussi, vous connaissez Joe, dit Homer. Il y avait donc un homme du nom de Joe.

— Oui. (Jenkins eut un petit rire :) Un empoisonneur. Mais bien gentil parfois. Il avait des idées diaboliques.

— Elles sont en train de construire, dit Homer. Elles font travailler les robots pour elles, et elles bâtissent un immense building.

— Naturellement, dit Jenkins, c'est bien leur droit.

— Mais elles construisent beaucoup trop vite. Elles vont nous chasser de la Terre. Si elles continuent à construire à ce rythme-là dans mille ans elles auront occupé toute la surface de la Terre.

— Et vous ne savez pas où aller? C'est ça qui vous tracasse?

— Si, nous savons où aller. Ce n'est pas la place qui manque. Il y a tous les autres mondes. Les mondes des horlas.

Jenkins hocha la tête d'un air grave :

— J'ai été dans un monde de horlas. Le premier

302

monde après celui-ci. J'y avais emmené quelques websters voilà cinq mille ans et je viens de rentrer. Je sais bien ce que tu ressens. On n'est chez soi dans aucun autre monde. A chaque instant presque de ces cinq mille ans, j'ai brûlé d'envie de revoir la Terre. Je suis revenu à la Maison Webster et j'y ai trouvé Archie. Il m'a parlé des fourmis et voilà pourquoi je suis venu ici. J'espère que tu ne m'en veux pas.

— Nous sommes heureux que tu sois venu, dit Homer gentiment.

— Ces fourmis, dit Jenkins, je suppose que vous voulez les arrêter.

Homer acquiesça sans rien dire.

— Il y a un moyen, dit Jenkins. Je sais que les websters avaient un moyen ; si seulement je pouvais m'en souvenir. Mais il y a si longtemps de cela. Et c'est un moyen bien simple, je le sais. Un moyen extrêmement simple.

Il se passa la main de droite à gauche sur son menton.

— Pourquoi faites-vous ça ? demanda Archie.

— Hein ?

— Vous vous frottez le menton. Pour quoi faire ?

Jenkins baissa la main :

— C'est une vieille habitude, Archie. Un geste de webster. Ils faisaient ça quand ils réfléchissaient. C'est d'eux que j'ai pris cette manie.

— Et ça vous aide à penser ?

— Ma foi, peut-être. Peut-être pas. Cela avait l'air d'aider les websters. Voyons, que feraient des websters dans un cas comme celui-ci ? Ils pourraient nous aider. Je suis sûr qu'ils pourraient...

— Les websters qui sont dans le monde des horlas ? dit Homer.

Jenkins secoua la tête :

— Il n'y a plus de websters là-bas.

— Mais vous disiez que vous les y aviez emmenés.

— Je sais. Mais ils ne sont plus là. Voilà près de quatre mille ans que j'étais seul dans le monde des horlas.

— Alors, il n'y a plus de websters nulle part. Les autres sont partis pour Jupiter. C'est Andrew qui me l'a dit. Jenkins, où est Jupiter ?

— Si, il en reste, dit Jenkins. Je veux dire qu'il reste quelques websters. Ou qu'il en restait. A Genève.

— Ce ne sera pas facile, dit Homer. Même pour un webster. Ces fourmis sont rusées. Archie vous a parlé de la puce qu'il a trouvée ?

— Ce n'était pas une puce, dit Archie.

— Oui, il m'en a parlé, dit Jenkins. Il m'a dit qu'elle était montée sur Ezechiel.

— Pas sûr, dit Homer. Dans Ezechiel. Ce n'était pas une puce... c'était un robot, un robot minuscule. Il a creusé un trou dans le crâne d'Ezechiel et pénétré dans son cerveau. Et il a refermé le trou derrière lui.

— Et que fait Ezechiel maintenant ?

— Rien, dit Homer. Mais nous sommes bien sûrs de ce qu'il va faire dès que le robot fourmi sera intervenu. Il va recevoir l'Appel. Il s'en ira travailler au Building.

Jenkins hocha la tête.

— Eh oui ! dit-il. Comme elles ne sont pas capables de faire un travail de cette ampleur toutes seules, elles recrutent de la main-d'œuvre par tous les moyens. (Il se passa la main sur le menton.) Je me demande si Joe savait, murmura-t-il. Quand il jouait au dieu des fourmis, je me demande s'il savait.

Mais c'était ridicule. Joe n'aurait pas pu savoir.

Même un mutant comme Joe n'aurait pas pu prévoir ce qui se passerait douze mille ans plus tard.

« Il y a si longtemps, se dit Jenkins. Il est arrivé tant de choses. Bruce Webster commençait juste ses expériences sur les chiens, il venait à peine d'ébaucher son rêve de chiens parlants et pensants qui descendraient le chemin du destin la patte dans la main de l'Homme... ignorant que quelques siècles plus tard, l'Homme se disperserait aux quatre vents de l'éternité et laisserait la Terre aux robots et aux Chiens. Ignorant que le nom même de l'Homme allait disparaître sous la poussière des ans, et que l'on finirait pas désigner la race humaine sous le nom d'une seule famille.

« Et pourtant, songea Jenkins, si l'on devait choisir une famille, c'était bien les Websters. Je me souviens d'eux comme si c'était hier. En ce temps-là, je me considérais comme un Webster moi aussi.

« Dieu sait que j'ai fait tout ce que je pouvais. Quand les hommes sont partis je suis resté avec les chiens et comme les derniers survivants de cette race humaine insensée étaient trop encombrants j'ai fini par les entraîner dans un autre monde pour laisser le champ libre aux Chiens... pour que les Chiens puissent façonner la Terre à leur idée.

« Et maintenant ces derniers survivants eux-mêmes sont partis... partis quelque part, je ne sais où. Si seulement je le savais ! Ils se sont enfuis dans quelque rêve de l'esprit humain. Et ceux qui sont sur Jupiter ne sont même plus des hommes, mais quelque chose d'autre. Et Genève est fermée... coupée du monde.

« Ce ne peut pourtant pas être plus loin ni plus coupé du monde que l'univers dont je viens. Si seulement je pouvais savoir comment j'ai fait le trajet de retour depuis le monde horla jusqu'à la Maison Webster, alors, peut-être, parviendrais-je à entrer en contact avec Genève.

« Une nouvelle faculté, se dit-il. C'est cela, une nouvelle faculté s'est développée en moi, sans que je m'en rende compte. Quelque chose que tous les Chiens peut-être pourraient posséder s'ils savaient.

« Mais peut-être est-ce mon corps qui m'a permis cela... ce corps dont les Chiens m'ont fait cadeau pour mon sept millième anniversaire. Un corps qui en fait plus qu'un corps de chair n'a jamais fait. Un corps capable de savoir ce que pense un ours, à quoi rêve un renard, capable de percevoir ce qu'éprouvent les joyeuses petites souris dans l'herbe.

« C'est comme l'accomplissement d'un souhait. C'est la réponse à ces besoins étranges, irrationnels qu'on a de choses qui arrivent rarement, et qui même, presque toujours ne peuvent pas être. Mais qui en fait sont toutes possibles pourvu que l'on sache, pourvu que l'on puisse développer ou greffer sur soi cette nouvelle faculté qui amène le corps et l'esprit à exaucer un souhait.

« Tous les jours, je me promenais sur la colline, je m'en souviens. Je me promenais là parce que je ne pouvais pas m'éloigner, si forte était ma nostalgie, et je faisais effort pour ne pas regarder de trop près car je ne voulais pas voir certaines différences.

« Je me suis bien promené là un million de fois et il a fallu tout ce temps pour que je trouve en moi une force assez grande pour me ramener.

« Car j'étais prisonnier. Le mot, la pensée, le concept qui m'avaient fait passer dans le monde horla c'était un billet simple, pas un aller et retour. Mais il existait une autre méthode, que j'ignorais. Que j'ignore même encore. »

— Vous disiez qu'il existait une méthode, insista Homer.

— Hein ?

— Oui, une méthode pour arrêter les fourmis.

Jenkins acquiesça :

— Je vais tâcher de la retrouver. Je vais partir pour Genève.

Jon Webster s'éveilla.

« Voilà, songea-t-il, qui est étrange, car j'avais dit pour l'éternité.

« Je devais dormir éternellement et l'éternité n'a pas de fin. »

Tout le reste était perdu dans la brume et dans l'oubli grisâtre du sommeil, seule cette pensée était parfaitement claire. Il avait demandé l'éternité, et ceci n'était pas l'éternité.

Un mot résonna dans son esprit, comme si l'on heurtait à une porte, très loin.

Il prêta l'oreille et le mot devint deux mots, deux mots qui formaient son nom : « Jon Webster. Jon Webster. » Inlassablement. Deux mots qui résonnaient à la porte de son cerveau.

« Jon Webster. »

« Jon Webster. »

« Oui », dit le cerveau de Jon Webster, et les mots cessèrent de retentir.

Ce fut le silence et les brumes de l'oubli peu à peu se dissipèrent. Lentement la mémoire lui revint. Un souvenir à la fois.

Il y avait une cité et cette cité avait pour nom Genève.

Des hommes y vivaient, qui n'avaient pas de but dans l'existence.

Les Chiens vivaient hors de la cité... dans le vaste monde qui s'étendait hors des limites de la cité. Les Chiens avaient un but et un rêve.

Sara avait gravi les pentes de la colline pour venir rêver un siècle.

« Et moi... et moi, se dit Jon Webster, je suis venu demander l'éternité. Et ceci n'est pas l'éternité. »

— Jon Webster, ici Jenkins.

« Oui, Jenkins », dit Webster, mais sans le dire vraiment, sans se servir de ses lèvres, de sa langue, de sa gorge, car il sentait toujours le fluide qui enveloppait son corps à l'intérieur du cylindre, le fluide qui le nourrissait et l'empêchait de se déshydrater. Et ce fluide scellait ses lèvres, ses oreilles et ses yeux.

« Oui, Jenkins, dit Webster en pensée. Je me souviens de vous. Je me souviens maintenant. Vous avez toujours été au service de la famille. Vous nous avez aidés à élever les Chiens. Vous êtes resté avec eux quand notre famille a disparu. »

« Je suis toujours avec eux », dit Jenkins.

« J'avais demandé l'éternité, dit Webster. J'ai fermé la cité et j'ai demandé l'éternité. »

« Nous n'avons jamais bien compris, lui dit Jenkins, pourquoi vous aviez fermé la cité. »

« A cause des Chiens, dit la pensée de Webster. Il fallait donner leur chance aux Chiens. L'Homme aurait tout gâché. »

« Les Chiens s'en tirent très bien », dit Jenkins.

« Mais la cité est ouverte maintenant ? »

« Non, elle est toujours fermée... »

« Mais vous êtes ici ! »

« Oui, mais je suis le seul à connaître le chemin. Et personne d'autre ne viendra. Pas d'ici bien longtemps, en tout cas. »

« Le temps, dit Webster. J'avais oublié le temps. Combien de temps s'est-il écoulé, Jenkins ? »

« Depuis que vous avez fermé la cité ? Dix mille ans environ. »

« Et il reste des hommes ? »

« Oui, mais ils dorment. »

« Et les robots ? Les robots continuent à monter la garde ? »

« Les robots continuent à monter la garde. »

Une grande paix descendit sur Webster. La cité était toujours fermée et les derniers des hommes dormaient. Les Chiens s'en tiraient très bien et les robots montaient toujours la garde.

« Vous n'auriez pas dû m'éveiller, dit-il. Vous auriez dû me laisser dormir. »

« J'avais besoin d'un renseignement. Il s'agit d'une chose très simple que j'ai sue autrefois, mais que j'ai oubliée. Très simple et pourtant terriblement importante. »

« Quelle chose, Jenkins ? » demanda Webster, amusé.

« C'est à propos des fourmis, dit Jenkins. Les fourmis gênaient les hommes. Que faisaient-ils pour s'en débarrasser ? »

« Mais nous les empoisonnions, voyons », dit Webster.

« Vous les empoisonniez ! » fit Jenkins stupéfait.

« Oui, dit Webster. Oh ! c'était bien simple. Nous utilisions un sirop de sucre pour les attirer. Et nous y mélangions du poison, un poison mortel pour les fourmis. Mais nous n'en mettions pas une dose suffisante pour les tuer sur-le-champ. C'était un poison lent, vous comprenez, si bien qu'elles avaient le temps de le transmettre aux autres dans la fourmilière. Comme cela, nous en tuions un grand nombre et pas seulement deux ou trois. »

Les vibrations du silence emplirent la tête de

Webster... le silence que ne troublent ni les mots ni les pensées.

« Jenkins, dit-il, Jenkins, êtes-vous... »

« Oui, Jon Webster. Je suis là. »

« C'est tout ce que vous vouliez savoir ? »

« C'est tout. »

« Je peux reprendre mon sommeil, alors ? »

« Oui, Jon Webster. Rendormez-vous. »

Au sommet de la colline, Jenkins sentit le premier souffle annonciateur du vent d'hiver. En bas, la rivière était bordée de la ligne grise et noire des troncs dépouillés de feuilles.

Au nord-est se dressait la forme menaçante de ce qu'on appelait le Building. Cette chose qui avait pris naissance dans l'esprit des fourmis, qui se développait sans cesse vers une fin que seule une fourmi pouvait deviner.

Mais il y avait un moyen de régler le problème des fourmis.

Le moyen des hommes.

Jon Webster le lui avait révélé après dix mille ans de sommeil. C'était simple, radical, brutal, mais efficace. On prenait du sirop de sucre, les fourmis aimaient beaucoup ça, on y mélangeait du poison... un poison lent qui mettait du temps à agir.

Le moyen bien simple du poison, se dit Jenkins. Si simple.

Seulement, il fallait utiliser la chimie et les Chiens ignoraient tout de la chimie.

Seulement, il fallait tuer et le meurtre était banni.

On ne tuait même pas les puces et les Chiens en étaient pourtant harcelés. Même pas les fourmis... et les fourmis pourtant menaçaient de déposséder les animaux du monde qu'ils considéraient comme le leur.

On n'avait pas tué depuis plus de cinq mille

ans. On avait arraché des esprits la notion même de meurtre.

« Et c'est mieux ainsi, se dit Jenkins. Mieux vaut perdre un monde que de revenir au meurtre. »

Il tourna lentement et se mit à descendre la colline.

Homer va être déçu, songea-t-il.

Terriblement déçu en apprenant que les websters ne savaient pas comment lutter contre les fourmis...

373

Achevé d'imprimer en Europe (France)
par Brodard et Taupin à La Flèche (Sarthe)
le 15 octobre 2004. 26113
Dépôt légal octobre 2004. ISBN 2-290-30859-5
1er dépot légal dans la collection : septembre 1975

Éditions J'ai lu
84, rue de Grenelle, 75007 Paris
Diffusion France et étranger : Flammarion